PETER HERELD

#ASHTAG

Eine Nachricht für dich

THRILLER

MAXIMUM

Hauptstraße 33
27299 Langwedel
www.maximum-verlag.de

1. Auflage 2022

Lektorat: Tanja Lampa
Korrektorat: Manuela Tiller
Satz/Layout: Alin Mattfeldt
Umschlaggestaltung: Alin Mattfeldt
Umschlagmotiv: © Anna Timoshenko / Shutterstock, vectorpouch / Shutterstock
E-Book: Mirjam Hecht

Druck: Booksfactory
Made in Germany
ISBN: 978-3-948346-60-7

Für meine liebe Niebi

Vorwort

Eines der höchsten Güter der modernen Gesellschaft ist die Meinungsfreiheit. Man lernt ihren Wert zu schätzen, wenn in autokratisch geführten Ländern Repressalien bis hin zu hohen Freiheitsstrafen drohen, sollte die eigene Regierung kritisiert werden.

Doch auch in Demokratien gibt es Grenzen der Meinungsäußerung, die zu Recht nicht überschritten werden dürfen. Harsche Beleidigungen bis hin zu Morddrohungen und -aufrufen werden strafrechtlich verfolgt. So hat sich eine Community entwickelt, die anonym im Internet agiert, und diese Community wächst stetig. Die Flüchtlingswelle 2015 hat nicht nur zu einem Umbruch der hiesigen Parteienlandschaft geführt, es etablierte sich auch der Begriff *Hatespeech* durch immer neue Höchststände von Hassbotschaften im Netz. Die Coronapandemie tat ihr Übriges. Erwachsene Menschen suchen und finden online die Meinungen, die ihrer eigenen Wahrnehmung entsprechen, und blenden alle anderen Informationen aus.

Es findet eine Spaltung unserer Gesellschaft statt bis hinein in den engsten Bekanntenkreis, Freundschaften werden gekündigt.

Und der Ton wird immer rauer, speziell in den sozialen Medien.

Welche Möglichkeiten hat ein Autor, dieser verheerenden Entwicklung entgegenzusteuern? Er kann sie in ebendiesen Medien anprangern und weiß doch von vorneherein, dass er eh nur von denen wahrgenommen wird, die seiner Meinung sind. Oder er schreibt einen Krimi in der Hoffnung, damit auch die *anderen* zu erreichen. Ich habe mich für den zweiten Weg entschieden.

Den Kapiteln sind Posts vorangestellt, die nahezu so im Internet zu finden waren. Nur der Satzbau wurde leicht verändert und die Namen von Personen unkenntlich gemacht. Einige dieser sogenannten Meinungsäußerungen sind kaum noch zu ertragen, dennoch finden sie sich zu Recht in diesem Buch wieder: Jedem sollte klargemacht werden, welchen Grad der Abscheulichkeit *Hatespeech* mittlerweile erreicht hat.

Peter Hereld, im April 2022

Prolog

Nina meinte, vor ihrem inneren Auge zu sehen, wie sich das Seil straffte – langsam, in Zeitlupe –, hörte den Stuhl umkippen, dann fielen ihre Beine ins Bodenlose. Ein Ruck, jäh und brutal, trotzdem nicht hart genug, um es schnell zu Ende zu bringen. Das Genick wollte nicht brechen. Stattdessen schnitt rauer Hanf ins Fleisch, raubte die Luft zum Atmen.

Gedanken fluteten ihren Kopf … Erinnerungen an bessere Zeiten

… ein Break vorn

… kurz vorm ersten großen Turniersieg

Bessere Zeiten? Damals begann der Albtraum …

… ignorier den Schmerz

… nur noch ein lächerliches Spiel

… nur noch eins …

Auf der Anzeigetafel das Unfassbare. Im entscheidenden dritten Satz ein Break vorne – gegen die Favoritin.

… nur noch ein Spiel …

Wenn bloß dieser Schmerz nicht wäre. Nicht wie sonst die Schulter oder das Knie, diesmal keine Gelenke oder Muskeln, dieser Schmerz ist … anders.

Der Stuhlschiedsrichter. Er fordert sie auf, die Pause zu beenden und aufs Spielfeld zurückzukehren. Die Gegnerin wartet an der Grundlinie – ungeduldig, nervös. Ebenso das Publikum, erste Pfiffe.

Los, steh auf!

Immer mehr Pfiffe.

Der Schiedsrichter schaut irritiert zu ihr herüber, zieht die Brauen hoch.

Hoch mit dir, sonst gibt's einen Punktabzug!

Wieder dieser Schmerz. Ein Krampf im Unterleib. Dann plötzlich … ein roter Punkt auf dem weißen Tennisrock.

Ein Marienkäfer?

Der Fleck wird größer und größer – unscharfe Konturen, wie zerlaufen, blutrot.

Sie hatte schon jahrelang nicht mehr ihre Tage gehabt – eigentlich seit ihrer Profizeit. Aber es war auch nie so schlimm gewesen. Das musste etwas anderes sein.

Keine Luft – die Gedanken wurden immer wirrer.

… der Fleck

wächst rasend schnell

über den ganzen Rock

Blut – die Beine runter – auf rote Asche

Buhrufe

Lachen

angewiderte Gesichter

der Schädel droht zu platzen

Versinken in blutiger Masse

Eintauchen

alles rot …

Sie schwang am Seil wie das Pendel einer Uhr.

Ihre Finger verkrampften, in jeder Hand einen Zettel. *Die karrieregeile Schlampe sollte man steinigen*, stand auf dem einen, *Diese verdammte F**** gehört in den Knast* auf dem anderen. Ihre Nägel stachen in die Handballen, Blut lief übers Papier.

aus

bald ist es vorbei

Wie durch Watte hörte sie den Schlüssel in der Haustür. Kam er heute ausnahmsweise nur ein paar Minuten zu spät von der Arbeit, nicht wie sonst Stunden?

ausgerechnet heute?

Sie flehte, dass es so wäre. Plötzlich wollte sie nicht mehr sterben. Jetzt wüsste er, dass sie es ernst meinte – und würde sie nicht mehr allein lassen in ihrer Verzweiflung.

Der Schlüssel, er drehte sich im Schloss.

Die Geräusche drangen nur noch aus weiter Ferne zu ihr durch. Schwarze Ameisen tanzten vor ihren Augen.

Keine Luft mehr …

Bitte!

Mach schnell!

Sie wollte schreien, brachte aber keinen Laut heraus.

Dann verlor sie das Bewusstsein.

SONNTAG, 24. NOVEMBER

1

… hoffe du reihst dich auch bei den Vergewaltigten ein

»Transe!«

»Quatsch, Trude!«

Emma Wallmann machte einen langen Hals und schaute in Richtung der halb geöffneten Toilettentür. Die Gestalt im roten Tüllkleid verschwand im Herrenklo.

»Transe – ich habe es doch gesagt!« Siegesbewusst reckte sie drei Finger in die Luft. »Drei zu null für mich! Mensch, Pia, haben sie dir denn gar nichts beigebracht auf der Polizeischule?«

»Beim Lehrgang gibt's um Gewaltverbrechen, ich war nicht bei der Sitte.«

»Hier geht es um Menschenkenntnis. Und überhaupt, was haben denn Transen mit der Sitte zu tun? Kindchen, die Zeiten sind schon lange vorbei. Heutzutage kann jeder rumlaufen, wie er will. Ein Hoch auf unsere liberale Gesellschaft. Ich sag nur, lieber bi als nie!«

Schon wieder so eine Anspielung. Pia Beck verzog das Gesicht zu einem angestrengten Grinsen. Dabei wollte sie mit der Kollegin nur den gelungenen Abschluss ihrer Sonderausbildung feiern. Klar, sie hatte gerade eine gescheiterte Beziehung hinter sich und wollte in absehbarer Zeit von Kerlen nichts mehr wissen. Das hatte sie Emma auch mehr als einmal gesagt. Aber so weit wollte sie nun doch nicht gehen.

»Na, Kleines«, Emma tätschelte Pias Hand, »einer geht noch rein, oder?«

Pia nickte. Wie war das doch gleich mit sexueller Belästigung am Arbeitsplatz? Nein, das hier war eindeutig Freizeit. Sie hatte auch selbst Schuld. Wieso war sie auch allein mit ihr ausgegangen, und dann noch in so einen Schuppen? Eine Frau, die in dem Alter Herrenschuhe trug, das hätte Pia zu denken geben müssen. Wie würde sie auf eine Abweisung reagieren? Immerhin war sie in der neuen Abteilung ihre Vorgesetzte und Emma eilte der Ruf voraus, nicht gerade einfach zu sein.

»Hier bitte, zwei Bier!« Serviert von der Wirtin persönlich. Beide nahmen ihr Glas in die Hand und stießen an. Wieder dieser tiefe Blick in die Augen. Pia musste das beenden, und zwar so schnell wie möglich. Emmas Trinkspruch »Scheiß auf die Männer!« ignorierte sie, studierte stattdessen die extravagante Einrichtung in der *Monika Bar*. Die lange Theke, in rotes Licht getaucht, daran auf Barhockern sitzend fünf aufgedonnerte Ladys wie Hühner auf der Stange. Die waren bestimmt nicht als Mädchen zur Welt gekommen, schienen aber harmlos. Sie ließen Pia in Ruhe, im Gegensatz zu Emma – aber sie standen ja auch auf Männer.

Ein altes Schwarz-Weiß-Foto an der Wand. Links der Star-Club, daneben die *Monika Bar* und jede Menge Leute mit Beatnik-Frisuren. Die Kneipe musste mindestens ein halbes Jahrhundert auf dem Buckel haben. Pia nahm sich vor, das zu googeln, sobald sie zu Hause war.

Apropos – sie schaute auf die Uhr. Kurz nach halb eins. Noch früh für den Kiez, aber spät genug für eine frischgebackene Oberkommissarin, die morgen den Dienst in ihrem neuen Dezernat antrat. Zudem nervte Emma mit ihrer Anmache. Pia stürzte das Bier hinunter. »Emma, ich denke, ich muss los. Morgen will ich ausgeruht zur Arbeit erscheinen, wenn das überhaupt noch möglich ist. Teilen wir uns ein Taxi oder bleibst du noch?«

»Na hör mal!« Eine steile Falte zeichnete sich auf Emmas Stirn ab. »Du lädst mich ein, um deinen Abschluss und die Beförderung zur Oberkommissarin zu feiern, und jetzt willst du mich hier einfach sitzen lassen?«

Pia zuckte zusammen. Nun zeigte sich Emma von ihrer anderen Seite. Es war ein Fehler gewesen, mit ihr auszugehen. Wäre ihr zukünftiger Chef ein Mann gewesen, hätte sie das nie gemacht.

Aber bei einer Frau …?

Pia stand wortlos auf und ging zur Theke. Sie spürte Emmas Blick, der über ihren Körper glitt. Ein unangenehmes Gefühl. Eigentlich hatte sie nichts dagegen, wenn ihr andere hinterhersahen, und sie hatte auch nichts gegen Schwule und Lesben. Wenn aber ein Vorgesetzter auf einen stand, konnte das böse ausgehen.

»Ich zahle alles vom Tisch dahinten!« Pia zog einen Fünfziger und wedelte damit vor den Augen der Wirtin. Die fünf Grazien an der Theke musterten sie eingehend. Pia kannte diese Blicke, eine Mischung aus Neid und Anerkennung.

»Denkst du, ich kann mir bei dem Trubel alles merken, Schätzchen? Sag mir lieber, was ihr getrunken habt!«, sagte die Wirtin, geschäftig und ohne aufzuschauen, während sie zwei Whiskey-Cola einschenkte.

»Bier?!«, erwiderte Pia, unsicher in Erwartung der Frage, die unweigerlich folgen musste. Sie spürte, wie ihr Puls sich beschleunigte.

Genervt stellte die Wirtin die Gläser ab, schaute Pia nun

direkt in die Augen. »Bier also. Na, das ist ja schon mal ein Anfang. Wenn du mir jetzt noch verrätst, wie viele es waren, kommen wir beide ins Geschäft.«

»Also, ich hatte …«

Bleib ganz ruhig, bevor es wieder passiert …

»… äh, ich hatte vier, und meine … meine Kollegin auch.«

»Aha, vier und vier, das macht nach Adam Riese also?«

»Vergessen Sie's, der Rest ist Trinkgeld!« Sprach's, knallte den Fünfziger auf die Theke und ging. Und an ihre künftige Chefin gewandt: »Kommst du, Emma? Ich zahl das Taxi!«

Aus den Augenwinkeln sah Pia, wie Emma ihren Kram zusammenraffte und aufstand. Ohne auf sie zu warten, öffnete Pia die Tür. Eine frische Brise Novemberluft kühlte sie ab – das tat gut.

»Hey, Frau Oberkommissar, was ist denn in dich gefahren? Was war das eben an der Theke?«

»Was soll gewesen sein?«, schnippisch. »Ich habe es eilig, will endlich nach Hause. Sagte ich das nicht bereits?«

»Die Wirtin hat dich angestarrt, als seist du von einem anderen Stern. Ich kenne sie ganz gut, normalerweise bringt die nichts aus der Ruhe.«

»Ich habe ihr für alles zusammen einen Fünfziger gegeben, das war's auch schon.«

»Sag mal, spinnst du? Fünfzig Euro für die paar Bier?«

Pia atmete tief durch. Der übliche Schweißausbruch war ausgeblieben, vermutlich wegen des frostigen Lüftchens. Jetzt musste sie nur noch dieses Gespräch halbwegs überzeugend zu Ende bringen, dann ab nach Hause und ins Bett. »Ich dachte, es wäre ziemlich teuer, hier auf dem Kiez.«

»Aber nicht bei Monika. Für einen Fünfziger hätten wir nochmal so viel trinken können.«

Pia nickte. Wo waren bloß die verdammten Taxen? »Vielleicht wollte ich ja, dass sie mich in guter Erinnerung behält?«

Emma lachte. »Na, das ist dir aber gründlich misslungen.« Sie hakte sich unter. So waren sie auch hierhergekommen, nachdem sie Pia das neue Dezernat gezeigt und sie sich in eine Bar verabredet hatten. Da ahnte Pia allerdings noch nicht, wie sehr sich ihre neue Chefin für sie interessierte.

»Aber mal im Ernst. Du sahst aus, als hättest du dich in der Bar nicht wohlgefühlt. Du bist doch nicht etwa ein bisschen homophob?«

Eigentlich nicht, dachte Pia, zumindest nicht bis heute. Sie schüttelte energisch den Kopf.

»Na, dann ist ja gut«, meinte Emma, wieder bestens gelaunt. »Also, zu wem fahren wir jetzt, zu dir oder zu mir?«

Nahm das denn gar kein Ende? Es war an der Zeit, endlich Klartext zu reden.

»Hola Chicas, was geht?«

Die beiden Typen waren Pia bereits aufgefallen. Sie hatten sich einige Meter vor ihnen aufgebaut und machten keine Anstalten, aus dem Weg zu gehen. Eigentlich schienen sie harmlos in ihren obligaten Kapuzenpullis. Abgehärmt, torkelnder Gang, vor Kälte zitternd. Wahrscheinlich zwei Junkies, keiner Mühe wert. Allerdings hatte sich bei Pia in den letzten Minuten so viel Wut aufgestaut, dass ihr die beiden gerade recht kamen.

»Ich habe gefragt, was geht, Chicas!«

»Du mir erst mal aus dem Weg, Kleiner!«

Emma zog an Pias Arm, flüsterte ihr zu, keinen Stress zu machen.

»Hast du gehört, wie diese Chica mit mir redet?«, raunte

der Kleinere seinem Freund zu. »Aber pass auf, in einer Stunde wird sie schnurren wie ein Kätzchen.« Er legte die Hand um Pia Hüfte und grinste seinen Freund an.

»Finger weg, du Penner«, zischte Pia angeekelt und wandte sich aus seinem Griff. »Erstens: Sehe ich etwa aus wie eine Chica?« Sie zeigte auf ihr langes, blondes Haar. »Und zweitens: Wenn du dich nicht gleich verziehst, setze ich mich auf dein kleines, fieses Gesicht, bis dir die Luft wegbleibt.«

»Das könnte dir so passen, was?« Er streckte seine Zunge raus und ließ sie kreisen. Dann grinste er breit. Nun sah er nicht mehr so harmlos aus. Sein Freund sagte noch immer nichts.

Emma mischte sich ein. »Wir sind von der Kriminalpolizei. Wenn Sie nicht sofort …«

Niemand hörte ihr zu. Und selbst wenn – so, wie sich Pia aufführte, konnten die beiden das nur für einen schlechten Witz halten. Kein deutscher Polizist würde solch einen Ton anschlagen, und schon gar keine Polizistin.

»Pia, bitte!« flehte Emma, sichtlich nervös. Mit zittrigen Fingern zog sie ihr iPhone aus der Tasche. Der Kurze riss es ihr aus der Hand.

»Na bitte, Lady, wir zwei verstehen uns!«

»Gib es ihr sofort zurück!«

»Und wenn nicht? Gilt noch unsere Verabredung?« Wieder zuckte seine Zunge.

»Ich sag dir, was gilt!« Der kurze Schlag auf seinen Solarplexus war für Pia wie eine Befreiung. Sie wusste, wo es wehtat und ab wann es gefährlich werden konnte. Diesmal sollte es nur wehtun. »Dass dir fürs Erste die Luft wegbleibt, das gilt.«

Der Kleine ging in die Knie und schnappte nach Luft wie

ein Ertrinkender, nur kam da nichts. Emmas Handy glitt aus seiner Hand. Es knallte auf den Boden, begleitet von einem lauten Knacken.

»Pia, verdammt – das kannst du doch nicht machen!«

»Und ob ich das kann. Das war eindeutig Notwehr!«

»Ihr seid Bullen?« Der große Schweiger konnte also doch reden. Er beugte sich runter zu seinem Kumpel.

»Nehmt's ihm nicht übel, ne … war nur 'n Spaß. Wollte euch nur ein bisschen anmachen, ne?«

»Okay, einverstanden. Und jetzt kommt ihr beide ein bisschen mit aufs Revier, ne?« erwiderte Pia ohne jeden Humor.

»Nee, Alter, kannste nich machen! Er ist auf Bewährung. Also, Schwamm drüber, ne?«

»Nix Schwamm drüber. Ihr seid beide festgenommen. Also, hoch mit ihm und Hände an die Wand!«

Er schüttelte den Kopf. »Aber wieso denn ich? Hab doch gar nichts gemacht. Vor mir aus, nehmt ihn mit, aber lasst mich jetzt geh'n!« Er richtete sich auf und wollte los.

»Nichts da, du bleibst schön hier.« Pia hielt ihn an der Jacke fest. »Emma, hast du schon angerufen?«

»Wie denn, mit dem Schrotthaufen?« Sie zeigte ihr iPhone – oder das, was noch von ihm übriggeblieben war.

»Nimm meins!« Mit der Linken streckte Pia Emma ihr Handy entgegen, mit der Rechten hielt sie immer noch den Langen fest.

»Mann, Alter, was willste überhaupt von mir!« Er zog und zerrte, dann das Geräusch von reißendem Stoff – Pia hatte seine Jackentasche in der Hand. Kleingeld klimperte aufs Pflaster.

Wie gebannt starrte sie auf die Münzen.

Fünfzig, siebzig, neunzig, eins-vierzig …

»Siehste, was du getan hast? Meine Jacke, und die ganze Kohle … hey, verdammt, redste noch mit mir?«

Zwei-neunzig, zwei-fünfundneunzig, zwei- …

»Schnapp dir die Tasche von der anderen, und dann ab!«

Inzwischen war der Kleine wieder auf den Beinen. Ohne Zögern gehorchte der andere und riss Emma die Handtasche aus der Hand. Sie wehrte sich und er stieß sie zu Boden. Beim Fallen schlug sie mit dem Hinterkopf auf den Bordstein. Pia bekam von all dem nichts mit.

Vier-siebenundzwanzig, vier-siebenundsiebzig.

Fertig!

Als sie aufschaute, hatte ein Passant bereits die Polizei gerufen. Während ihre Chefin, immer noch bewusstlos, in einen Krankenwagen gehoben wurde, überlegte sie sich, wie sie *das* morgen ihren Kollegen erklären sollte.

2

Schwarze sind keine Menschen. Also Schluss mit der Scheiße von wegen Rettung

Kevin Schwartz war auf dem Weg vom Fitnessstudio nach Hause gewesen, als er spurlos verschwand.

Beim Losgehen hatte er seiner Mutter noch eine WhatsApp-Nachricht geschickt. Seitdem er das tat, stand das Essen schon auf dem Tisch, wenn er kam. Bis nach Hause war es einen guten Kilometer. Es regnete, deshalb war er schneller unterwegs als sonst. Er musste nur den Lister Kirchweg entlang, dann über die große Kreuzung an der Podbi, schon war er da. Tausendmal der gleiche Weg, immer zu Fuß, nie war etwas passiert – bis heute.

Träumte er?

Alles schaukelte, dazu ein irres, hohes Pfeifen – Sturm? Es war eiskalt, frostige Regentropfen, die auf seine nackte Haut fielen.

Er wollte die Augen öffnen, nur, es gelang ihm nicht.

Das muss ein Traum sein.

Ein Albtraum, einer von der Sorte, aus dem es kein Entkommen gab. Warum sollte er sonst die Augen nicht öffnen können?

Erkennt man im Traum, dass man träumt?

Was zum Teufel ist bloß los?

Versuch dich zu erinnern.

Er war auf dem Weg nach Hause, eine Frau auf der Straße bat um Feuer, dann ein Blackout – aus – schwarzes Loch …

Zwei Hände umfassten seine Arme, knapp unterhalb der Achseln. Warm, schmal und dennoch kräftig.

Sie hoben ihn hoch.

Beine wie Gummi …

Er versuchte, etwas zu sagen, aber die Zunge wollte nicht. Es reichte bestenfalls zu einem Lallen. Trotzdem, die Bewegung mobilisierte ihn, er bekam die Augen auf.

Im nächsten Moment war er hellwach.

»Wahh …?« Die Zunge immer noch schwer wie Blei. Hilfesuchend schaute er zu der Gestalt, die ihm gerade die Hände zusammenband.

War das die Frau?

War es überhaupt eine Frau?

»Biddhe!«

»Halts Maul!« Der Schlag ins Gesicht machte ihn endgültig wach. Er schaute an sich herunter. Seine nackten Beine knieten in einem winzigen Gummiboot. Die Enden des Seils, mit dem seine Hände gefesselt wurden, verschnürte die Gestalt gerade mit den Paddelösen. Bis auf die Unterhose war er nackt. Es war Nacht. Ein Sturm peitschte und ließ das Boot, in dem er hockte, über die Planken eines größeren Schiffes rutschen. Ringsherum nichts als Wellen, die sich meterhoch auftürmten. Es war eiskalt, bis auf das warme Rinnsal, das seine Beine hinablief.

Ein Stoß ließ das Schiff erzittern. Einen Moment schaukelte es auf der Gischt wie ein Korken.

Was für ein Unwetter.

Wir werden kentern.

Aber warum zum Teufel …?

Kevins Fingerspitzen waren taub, ob nun wegen der Fessel oder der Kälte, dafür konnte er wieder seine Zunge bewegen.

Was auch immer ihn ausgeknockt hatte, anscheinend ließ die Wirkung davon nach.

»Sie müssen mich mit jemandem verwechseln. Ich kenne Sie doch gar nicht.« Noch undeutlich und leise. Die Gestalt schien ihn nicht gehört zu haben. Sie verhakte das Boot an einem Kran, hob es dann mit einer Winde an.

Er holte tief Luft und versuchte es noch einmal, jetzt deutlich lauter. Niemand könnte das überhören, selbst bei dem Windgeheule nicht.

Die Gestalt hörte auf zu kurbeln. »Wie heißt du?«

Kevin atmete auf. Jetzt würde sich alles aufklären, er konnte ja nicht gemeint sein. Er war zwar schon mit einigen schrägen Typen aneinandergeraten, aber kein Streit hätte diesen Irrsinn gerechtfertigt.

»Kevin Schwartz. In der Jackentasche ist mein Ausweis!«, antwortete er, beruhigt, dass ihm endlich zugehört wurde.

»Na, Glück gehabt!«, sagte die Gestalt.

Gott sei Dank! Kevin war erleichtert.

»Genau dich wollte ich haben!«

Wie ein Schlag in den Magen, mit dem Vorschlaghammer. Wenn er nur wüsste, wer das war. Das Gesicht konnte er in der Dunkelheit nicht erkennen, nur eine Silhouette in Ölmantel und Kapuze. Auch mit der Stimme konnte er nichts anfangen. Ziemlich hoch, aber das konnte am Schreien liegen, wegen des Sturms.

Das Schlauchboot war jetzt auf Höhe der Bordwand, schaukelte im Wind wie eine Glocke. Kevin wurde übel, er war kurz davor, seinen Proteindrink auszuspucken.

»Sagen Sie doch, was Sie von mir wollen. Vielleicht Geld? Ich hab nicht viel, aber meine Mutter könnte schon …«

Der Regen trommelte auf ihn ein, jeder Tropfen hart wie

Hagel. Wasser peitschte ihm ins Gesicht, es war salzig.

»Verdammt nochmal, reden Sie mit mir!«

Wieder eine Welle, die das Schiff ins Schlingern brachte. Das Schlauchboot schwang an den Seilen über die Reling. Unter sich konnte Kevin das Meer sehen. Pechschwarz, nur unterbrochen von Linien weißer Gischt. Brodelnd, als ob es kochte.

Mit einem metallischen Klacken schwang der Ausleger des Krans über die Bordwand. Für einen Moment setzte Kevins Puls aus.

»Nein, bitte nicht! Was habe ich denn …?«

»Lasst sie doch ersaufen, die verdammten Flüchtlinge. Kein Deutscher will sie hier haben.«

»Was?« Schwartz wurde schwindelig.

»Das hast du doch kürzlich geschrieben, in einem Internetpost, nicht wahr?«

»Ja, aber …«

»Nichts aber! Gute Reise, Arschloch!«

Die Gestalt zog an einem Hebel. Das Boot löste sich vom Haken und stürzte aus zwei Metern Höhe in die Tiefe.

Eine Fontäne schloss sich über Kevin. Das Wasser, obwohl eisig kalt, brannte auf seiner Haut wie Feuer. Sein Schrei wurde von der nächsten Welle erstickt.

Aus – vorbei.

Kein böser Scherz.

Wieder schoss eine Welle ins Boot, tauchte ihn unter. Seine Muskeln kontrahierten, der ganze Körper ein einziger Krampf. Sollte er ins Wasser fallen, würde er keinen einzigen Schwimmzug hinbekommen. Aber er war ja ohnehin gefesselt.

Die Lichter des Schiffes entfernten sich, schienen nur

noch diffus durch den Regenschleier. Überall Wellen, die sich bedrohlich um ihn auftürmten. Am schwarzen Himmel zuckten Blitze.

Wie das Bild in Opas Stube …

Ein Schiff auf hoher See, die Segel zerfetzt, hilflos dem Sturm ausgeliefert. Kevin hatte damals von dem alten Schinken Albträume bekommen. Jetzt war er das Boot und um ihn herum die schwarze Hölle.

Sein Albtraum hatte ihn eingeholt.

Er hatte das nicht verdient.

Kein Mensch hatte das verdient.

Lasst sie doch ersaufen, die verdammten Flüchtlinge. Kein Deutscher will sie hier haben …

Sein letzter Tweet.

Das waren doch nur … nur Worte!

Nie hätte er sie eigenhändig …

Einen Moment später kippte das Boot und er tauchte kopfunter ins Meer, fixiert durch die Verschnürung.

Das eisige Wasser ließ sein Herz stillstehen, noch bevor ihm die Luft ausging. So trieben er und das Boot auf den Wellen, die Unterseite obenauf und sein Kopf dem Meeresboden zugewandt.

Die See hatte sich beruhigt, am Horizont kündigte ein heller Streifen den anbrechenden Tag an.

Ein Schiffshaken tauchte neben dem Schlauchboot ins Wasser. Darauf bedacht, mit dem spitzen Dorn nicht das Gummi aufzuschlitzen, zog die Gestalt das Boot vorsichtig zum Schiff herüber. Es gab noch etwas zu erledigen, um die Bestrafung abzuschließen.

Fast hatte sie die Hoffnung aufgegeben, das Boot noch

wiederzufinden. Nur dem orangeroten Boden und der inzwischen spiegelglatten See war die gerade noch rechtzeitige Entdeckung zu verdanken.

Hätte sie ihn nur schon vorher getan, den finalen Schritt. Sie könnte schon lange im Bett liegen und sich von den Strapazen erholen.

Nur, dann wäre er noch am Leben gewesen. Ihr grauste schon bei einem Toten davor, bei einem lebendigen Menschen war es für sie völlig undenkbar.

Noch.

Sie musste kaltblütiger werden, denn es gab viel zu tun. Skrupel konnte sie sich keine leisten.

Die Sonne ging auf, jetzt musste es fix gehen.

Das Boot war schnell am Ausleger vertäut und mit der Winde nach oben gezogen. Der Tote, immer noch fest verschnürt, hing herunter wie die Nachgeburt aus einer kalbenden Kuh.

Sie holte den Bolzenschneider unter einer Plane hervor, atmete tief durch und begann dann mit der rechten Hand. Man brauchte keine Kraft dafür, die Klingen gingen wie durch Butter. Das Gleiche dann bei der Linken.

Beim zehnten Mal, endlich fertig, konnte sie es nicht mehr zurückhalten. Ein Schwall Erbrochenes folgte dem, was sie abgetrennt hatte, auf dem Weg zum Meeresboden.

Kein Problem auf hoher See, an Land wäre jedoch es fatal gewesen – wie eine Visitenkarte.

Auch das durfte zukünftig nicht mehr geschehen.

Trotzdem, für den Anfang war es gar nicht schlecht gelaufen.

MONTAG, 25. NOVEMBER

3

Kriegsflüchtlinge: Genau 99 % suchen keinen Schutz, sondern nur Kohle und Fickificki!

Obwohl erst gegen zwei Uhr im Bett, lag Pia schon wach, als der Wecker klingelte. Es war kurz vor sechs. Sie meinte, gar nicht erst eingeschlafen zu sein, zu viele Dinge waren ihr durch den Kopf gegangen.

Die neue Dienststelle, der Überfall, die Annäherungsversuche ihrer Chefin, all das, vor allem aber eine Frage: Warum dieser Rückfall?

Sie schaute auf die Uhr. In genau zweieinhalb Stunden musste sie im Dezernat antreten, das waren 150 Minuten oder … 9000 Sekunden.

Schon wieder?

Bis gestern hatte Pia gemeint, sie hätte alles unter Kontrolle. Die Tabletten waren ein Segen. Ihr Vater hatte sie ihr verschrieben. Zuerst widerwillig, aber dann doch einsichtig, als ihm klar wurde, dass sie ohne nicht mehr zurande käme. Natürlich hing weder er noch sie das mit den Pillen an die große Glocke. Als Kriminalkommissarin von Psychopharmaka abhängig zu sein, hätte ihr Karriereende bedeutet.

Warum machte sie das überhaupt? Warum setzte sie sich und ihre Kollegen dieser Gefahr aus?

Wegen Mutter, natürlich, keine Frage.

Mutters Schicksal war ausschlaggebend und Pias feste Überzeugung, dass sie den Beruf gefunden hatte, für den sie am besten geeignet war – ihre Berufung quasi.

War ja auch kein Problem gewesen mit den Pillen, bisher. Also warum dieser Rückfall?

Lag es an den Aufregungen der letzten Tage? Da war der Umzug von der Heimatstadt Braunschweig nach Hamburg – dann die Versetzung in ein anderes Dezernat. Sorgte sie sich wegen des Neuanfangs?

Nein, Stress hatte sie schon in den letzten Jahren immer wieder mal, ohne dass so etwas passiert wäre. Die Abschlussprüfungen an der Polizeihochschule, die sie sowohl geistig als auch körperlich an den Rand der Erschöpfung gebracht hatten – und darüber hinaus. Ihre letzte Beziehung, die ihr auch vieles abverlangte. Und nicht zuletzt ihr Vater, der sie jahrelang in seiner penetranten Art bearbeitet hatte, doch noch den standesgemäßen universitären Werdegang zu wählen.

Bei dem Gedanken an ihren Vater tauchte wieder Mutters Bild vor ihrem geistigen Auge auf, auf dem Teppich liegend, mit zertrümmertem Schädel, alles voller Blut.

Pia verdrängte die quälenden Erinnerungen, dafür war jetzt keine Zeit.

Das andere Problem war drängender. Wieso hatte es sie erneut erwischt? Wenn Stress nicht der Auslöser gewesen sein konnte, was dann?

Vielleicht lag es am Alkohol?

Sie hatte vier Bier getrunken …

… je 0,3 Liter, zusammen 1,2 Liter. Bei geschätzt fünf Promille macht das …

Herrgott, hört das überhaupt nicht mehr auf?

Pia sprang aus dem Bett, holte zwei Pillen aus ihrer Handtasche und schluckte beide auf einmal hinunter. Sie musste wieder klar werden, heute war ihr erster Tag, da stand sie besonders unter Beobachtung.

Es lag bestimmt am Alkohol. Negative Wechselwirkungen mit Medikamenten waren nichts Neues. War sie überhaupt schon mal angetrunken, seitdem sie die Pillen einnahm?

Sie musste über einen Karton steigen, um in die Küche zu kommen. Gestern Morgen hatte die Spedition ihren Hausrat in der neuen Wohnung abgeladen. Am Abend hatte sie eigentlich mit dem Einräumen beginnen wollen, aber dann war die Einladung dazwischengekommen.

Wie es Emma wohl jetzt geht?

Im Krankenwagen war sie wieder zu sich gekommen. Pia hatte noch gefragt, ob sie in die Klinik mitkommen solle. Emma hatte nein gesagt, aber natürlich ja gemeint – trotzdem war Pia nach Hause gefahren.

Kein guter Start in den Job. Erst hatte sie ihrer Chefin eine Abfuhr verpasst und sie dann auch noch im Stich gelassen.

Und das war noch lange nicht das Schlimmste.

Pia schüttelte den Kopf, während sie den Karton suchte, in dem die Kaffeemaschine stecken musste. Zur Prügelei wäre es nie gekommen, wenn sie gleich ihren Dienstausweis vorgezeigt hätte. Vermutlich wären die beiden Mistkerle einfach abgehauen.

So lag Emma jetzt mit Verdacht auf Gehirnerschütterung in der Klinik, ihr Handy war geschrottet und die beiden Dreckskerle waren auf und davon.

Vielleicht hatten die beiden sie gar nicht überfallen wollen, sondern waren nur auf ein bisschen Spaß aus gewesen. So was konnte nachts auf dem Kiez vorkommen, dort war die Anmache schon mal von der rustikalen Art.

Was auch immer die beiden von ihnen gewollt hatten, Pias aggressive Art hatte die Situation eskalieren lassen. Emma würde das genauso sehen.

Neben dem Sofa stand ein Karton mit einem aufgemalten K wie Küche. Pia riss ihn auf.

Fehlanzeige. Der Karton hatte schon ihren letzten Umzug mitgemacht und jahrelang unausgepackt im Keller gestanden – K wie Keller.

Das Telefon klingelte. Sie stand reglos daneben. Noch konnte sie nicht rangehen. Eins, zwei und drei, alles Primzahlen, und Primzahlen waren schlecht – unbequem, nicht teilbar. Da konnte bei einem Anruf nichts Gutes bei rauskommen. Erst beim vierten Klingeln nahm sie ab.

»Beck.«

»Auch Beck!« Ihr Vater. »Wieso hast du es wieder viermal läuten lassen? Wirken die Tabletten etwa nicht mehr?«

»Paps, du weißt genau, dass ich schon immer Probleme damit hatte. Mit Primzahlen, meine ich. Sie sind …«

»Böse, ich weiß. Und, wie läuft es sonst so mit den Pillen?«

Seltsam, dass er ausgerechnet heute danach fragte. Ihr kam ein Verdacht. »Was soll damit sein? Du hast mir doch nicht etwa Placebos gegeben?«

»Unsinn, Kind. Ich weiß, dass du sie noch brauchst.«

»Noch?«

Keine Antwort.

»Paps?«

»Pia, das sind Psychopharmaka. Über kurz oder lang machen sie dich abhängig.«

»Was hast du …?«

»Nichts habe ich – es sind keine Placebos, nur der Wirkstoff ist … ist etwas geringer dosiert.«

»Vater!«, so nannte sie ihn nur, wenn sie wütend auf ihn war. »Wie konntest du nur – vor allem, ohne mir was davon zu sagen? Deinetwegen liegt jetzt eine Kollegin im Krankenhaus.«

»Um Himmels willen! Was ist denn passiert?« Er klang geschockt. Gut so, ihm musste klar werden, was seine Eigenmächtigkeiten anrichten konnten.

»Wir waren abends noch aus, wurden dumm angequatscht. Es gab ein Handgemenge, ich hatte einen Aussetzer und sie bekam ab, was eigentlich für mich bestimmt war. Wäre ich voll dagewesen, dann …«

»Aber Pia, wenn du so weitermachst, wirst du irgendwann nicht mehr von dem Zeug loskommen.«

Schweigen. Pias Vater fand als Erster wieder Worte: »Und, wie geht es deiner Kollegin inzwischen?«

»Wohl eine leichte Gehirnerschütterung. Sie war erst weg, kam aber wieder zu Bewusstsein, kurz bevor sie eingeliefert wurde.«

»Sonst nichts Gravierendes?«

»Ich denke nicht.« Pias Blick irrte durch die Küche. In welchem Karton steckte wohl die Senseo? Sie konnte doch nicht ohne Kaffee das Haus verlassen.

»Und was hattest du für einen Aussetzer?«

Wenn er sie weiter ausfragte, konnte sie das Frühstück vergessen, ob mit Kaffee oder ohne. »Hör zu, Paps«, wieder ruhig, sie konnte ihm eh nicht lange böse sein. »Ich muss mich jetzt fertig machen. Wir können heute Abend weiterreden. Wolltest du etwas Bestimmtes?«

»Ich wollte dir für deinen ersten Tag im neuen Dezernat nur alles Gute wünschen.«

Das war ja mal was Neues. Er wünschte ihr Glück für ihren verhassten *Polizeijob*? Bisher hatte er kein gutes Haar daran gelassen.

»Das ist lieb von dir«, erwiderte sie erleichtert. Ob er sich wohl endlich damit abgefunden hatte? Doch dafür war jetzt keine Zeit, sie musste etwas anderes klären. »Wegen des Aussetzers …«

»Ja?«

»So was darf mir nicht noch mal passieren. Im Einsatz könnte das gefährlich werden.«

»Ich schick dir ein Rezept, Kind.« Das klang fast ein bisschen einsichtig – es geschahen noch Wunder. »Du musst mir aber versprechen, mit mir über Alternativen zu sprechen.«

»Von mir aus. Kann ich solange zwei …«

»Auf keinen Fall!«

Ups – zu spät

»Wieso? Was könnte denn passieren?«

»Hast du schon mal von den Scheiß-Egal-Pillen gehört?«

»Ja?«

»So etwas in der Art. Auch nicht gut im Einsatz, oder?«

Da hatte er recht. Dann musste sie sich heute eben etwas zurückhalten. So bald würde sie schon nicht wieder in eine brenzlige Situation geraten.

4

 # Der soll sich auf mein Auto hauen dem brich ich alle Knochen is mir wurscht wer da zusieht ... wenn er sich umbringen will soll er es machen aber nicht simulieren!! ☹

Manfred war nicht gerade die hellste Kerze auf der Torte. Er wusste noch nicht einmal, was genau dieser Spruch zu bedeuten hatte. Aber sein Chef sagte das manchmal zu ihm, wenn er wieder einmal etwas falsch gemacht hat, also musste es wohl stimmen.

Dafür war Manfred ein Berg von einem Mann, fast zwei Meter groß, muskelbepackt, mit einem Magen aus Stahl, was ihm sowohl bei rauem Seegang als auch beim Fischausnehmen zugutekam. Während manch ein Kollege grün anlief, wenn die gesammelten Gedärme eines Fangs allzu heftig stanken, machte ihm der ölig-faulige Geruch nichts aus. Eisenmagen war deshalb einer seiner Spitznamen, eigentlich auch der einzige, den man Fremden gegenüber erwähnen konnte, ohne rot zu werden.

Manfred war gerade erst neunzehn geworden. Auch wenn ihn der dichte Vollbart zehn Jahre älter aussehen ließ, war er für alle an Bord der Albatros III nur der Moses. Und das würde er auch die nächsten fünfzig Jahre bleiben, weil er zu nichts anderem taugte als den einfachsten Arbeiten. Doch zumindest dafür war er bestens geeignet.

Manfred hatte damit kein Problem, im Gegenteil, ihm gefiel sein Leben, so wie es war. Nie hatte er sich zu Höherem berufen gefühlt. Der Herrgott hatte seinen Körper eigens für den Fischfang geschaffen, wie schon den seines Vaters und seines Vatersvaters.

Sosehr er seinen harten Beruf auch liebte, hatte er trotzdem nichts gegen etwas Abwechslung an Bord einzuwenden. Und da er gleich nach der See besonders Mädchen liebte, freute er sich darauf, dass die heutige Ausfahrt eine junge Reporterin des Cuxhaven Kurier begleiten würde. Sie wollte einen Artikel über den Alltag an Bord eines Trawlers schreiben. Manfred hatte die nächsten Stunden bis zum Auswerfen der Netze nichts weiter zu tun, weshalb er sie über das Schiff führen sollte.

Hoffentlich war sie hübsch. Dann würde er seine Muskeln spielen lassen, das hatte schon öfter zum Ziel geführt – auch, oder vielleicht gerade, bei Studierten.

»Hallo Frau Hansen! Ich freue mich, Sie an Bord der Albatros III begrüßen zu dürfen.« Der Kapitän redete gestelzt wie immer, wenn ein Fremder an Bord kam. Manfred fuhr sich nochmal durchs Haar und linste dann um die Ecke. Ihr Anblick verschlug ihm den Atem. Die wattierte weiße Daunenjacke ließ noch Fragen offen, wie es wohl darunter aussehen mochte, die hautenge Jeans dafür umso weniger. Bei ihr war alles genau da, wo es hingehörte, nicht zu viel und nicht zu wenig. Am meisten jedoch gefiel ihm ihr rotes Haar. Er stand auf Füchsinnen und bisher hatte ihn noch keine enttäuscht. Die Sommersprossen in ihrem Gesicht waren der untrügliche Beweis, dass die Haarfarbe echt war.

Frau Hansen sollte die nächsten Stunden seine volle Aufmerksamkeit genießen – und gerne noch vieles mehr. Auf dem Schiff würde sich schon eine einsame Ecke finden lassen, zumindest tagsüber, wenn die anderen an Deck waren.

»Frau Hansen, darf ich Ihnen unseren Moses vorstellen? Er wird Ihnen die nächsten Stunden zur Verfügung stehen …«

Zur Verfügung stehen, das klang gut.

Manfred grinste in sich hinein.

»… bis wir die Fanggebiete erreicht haben. Für speziellere Fragen habe natürlich auch ich jederzeit ein offenes Ohr für Sie. Sie finden mich dann auf der Brücke.« Sprachs und verschwand ein Deck nach oben.

»Herr … Herr Moses?«

Manfreds Lächeln drohte, einen Moment zu erstarren. Offenbar hatte sie überhaupt keine Ahnung, dabei klang ihr Name doch so nordisch.

»Moses bedeutet an Bord Schiffsjunge, Frau Hansen. Mein richtiger Name ist Manfred.« Er streckte ihr seine Pranke entgegen, drückte dann fest zu. Sie sollte seine Kraft spüren.

»Manfred – freut mich, dich kennenzulernen. Ich bin Ella!« Über das Siezen waren sie also schon hinaus. Ihr strahlendes Lächeln machte ihm Mut. Das lief ja wie am Schnürchen.

»Nichts für ungut, Ella, aber für eine Ausfahrt im November bist du reichlich dünn angezogen. Sieht ja gut aus, aber unter deiner Jeans scheinst du nichts drunter zu haben.« Er grinste schief, musterte sie dabei ungeniert.

Sie zuckte mit den Schultern. »Ich hatte keine Zeit, mir etwas anderes zu besorgen. Ich komme aus Dortmund …«

Also nix mit nordisch.

»… und mache hier mein Volontariat.«

Volon-was?

»Gestern Abend kam eine Mail vom Chef, dass ich heute bei euch mitfahren soll. Wenn es mir zu kalt wird, muss ich halt zum Aufwärmen nach drinnen.«

Kannst du haben. Ich wärm dich auch von innen.
Manfreds Lächeln wurde noch ein bisschen schiefer.

»Das hier ist der Schlafraum mit insgesamt zwölf Kojen.« Manfred hatte seine Wetterjacke über einen Stuhl geworfen. Darunter kam ein T-Shirt zum Vorschein, das seinen Bizeps voll zur Geltung brachte. Leger legte er den rechten Arm auf die obere Matratze eines der Etagenbetten und ließ die Muskeln tanzen. In der Regel machte das die Mädchen verrückt.

Ungerührt musterte sie ihn von oben bis unten. »Gibt es hier auch was Interessantes zu sehen?«

Also, wenn sie das nicht selbst sah …

Jetzt erst recht – ihr Spruch spornte ihn nur noch mehr an. »Wir sind vor einer halben Stunde ausgelaufen. Gegen Mittag erreichen wir das Fanggebiet. Das heißt, in den nächsten Stunden wird sich hier keiner blicken lassen.« Sein Blick ein eindeutiges Angebot. Wieder ein Zucken der Muskeln – das musste sie doch scharf machen.

»Na, was wollen wir dann noch hier unten?«

Was wohl …

»Ich habe eine Reportage zu schreiben, also lass uns hochgehen!«

Sie bewegte sich nach vorn, musste an ihm vorbei. Einen Moment versperrte er ihr den Weg, ließ seinen Arm weiter auf der Matratze liegen. Sie funkelte ihn an und er zuckte zurück. Da wird wohl nichts draus, stellte er fest, zuerst resigniert, dann verärgert. Er warf sich seine Jacke über und trottete hinter ihr her. Das würde er dem arroganten Weibsstück noch heimzahlen. Beim Fischausnehmen sollte sie sich ihre überhebliche Seele auskotzen. Trotzdem ließ er es sich nicht nehmen, sie die Treppen nach oben vorangehen zu lassen und eingehend ihren Hintern zu begutachten. Wenn er schon nicht an sie rankäme, würde er wenigstens heute Nacht von ihr träumen.

Draußen schlug ihnen der eiskalte Nordwind entgegen, vermischt mit einer stinkigen Dieselfahne. Schon nach wenigen Sekunden bibberte sie vor Kälte. Manfred sah es mit Genugtuung.

»Da hinten, ist das etwa ein Schlauchboot? So weit draußen?« Sie starrte angestrengt ostwärts, ihre Hand wies Richtung offene See.

Die ersten Sonnenstrahlen tanzten auf dem spiegelglatten Wasser und Manfred musste die Augen zusammenkneifen, um überhaupt etwas zu sehen. Er griff sich ein Fernglas und sah dann ebenfalls den roten Punkt, auf halber Strecke zwischen ihnen und dem Horizont. »Du hast recht! Hey, Käpt'n«, er riss die Tür zur Brücke auf, »da vorne, auf drei Uhr. Da treibt ein Schlauchboot!«

Der Kapitän nahm sein eigenes Glas und schaute nach rechts, steuerte hart steuerbord und ließ das Schiffshorn blasen. Kurz darauf waren alle Mann an Deck und fünf Minuten später schlug das Schlauchboot gegen die Bordwand der Albatros. Während einige Matrosen an der Reling standen und die See mit ihren Ferngläsern nach Schiffbrüchigen absuchten, ließen drei Männer ein Beiboot zu Wasser, unter ihnen Manfred. Er war es auch, der das umgedreht auf dem Wasser treibende Gummiboot mit dem Schiffshaken heranzog. Über Bord gelehnt wollte er es hereinheben, doch es war schwerer als erwartet.

»Was ist denn, nicht gut gefrühstückt, Moses?« Der Kapitän, er grinste zu ihm rüber, ebenso die anderen

Männer und die Reporterin. Das konnte Manfred nicht auf sich sitzen lassen. Er spannte die Muskeln an und zog mit aller Kraft. Mit einem schmatzenden Geräusch drehte sich das Boot.

Verdammte Sch … was ist das?

Direkt vor Manfreds Nase tauchte ein schneeweißes Ungetüm aus dem Wasser auf, in der Wange noch ein Fisch, der sich darin verbissen hatte. Fingerlose Hände, aus denen gelbe Knochen hervorstachen, streckten sich ihm wie hilfesuchend entgegen.

Drei Jahre hatte es gedauert – nun war es so weit. Die Matrosen der Albatros – und auch die Reporterin – sahen zum ersten Mal, wie sich Eisenmagen in einem nicht enden wollenden Schwall erbrach. Seinen Spitznamen war er damit los.

Das kümmerte ihn nicht, hatte er doch gerade genug mit sich selbst zu tun.

5

 # Miese Arabersau! Du machst Deutschland nicht fertig. Verpiss dich lieber, solange du hier noch lebend rauskommst, du Schwein! Als Vergeltung schlachten wir deinen Sohn.

Um 7 Uhr 55 hastete Pia die Treppen hoch zum Haupteingang des Polizeikommissariats 14. Es lag in der Caffamacherreihe 4, mitten in Hamburg. Die letzten hundert Meter bis zu ihrem Arbeitsplatz verlangsamte sie ihren Schritt, sie wollte den neuen Kollegen nicht gleich außer Atem gegenübertreten. Drei Minuten nach Betreten des Kommissariats, also überpünktlich, öffnete sie schließlich die Tür zum Großraumbüro.

Sie war schon herzlicher empfangen worden.

Ungefähr ein Dutzend Beamte standen um einen Monitor, Pia zählte nicht nach, also wirkten die Tabletten noch. Aus einem Lautsprecher kam unverwechselbar Emmas Stimme. Alle schauten zu Pia auf, als sie das Büro betrat, aber nicht einer gab einen Ton von sich.

»... und dann fängt die plötzlich einen Streit mit den beiden an, wie eine durchgeknallte Fur...«

»Emma, gerade ist OK Beck ins Büro gekommen!«, fiel ein Glatzkopf der Hauptkommissarin ins Wort und ließ sie verstummen. Pia schaute über seine Schulter hinweg auf den Bildschirm. Da stand eine Skype-Verbindung mit Emma Wallmann. Ihr linkes Auge war blutunterlaufen und um die Stirn trug sie einen Verband, gewickelt wie ein Turban. Im

Hintergrund war ein Krankenhausbett zu erkennen. »Guten Morgen, Frau Beck. Ich hoffe, Sie hatten eine geruhsame Nacht?« Emma, alles andere als freundlich. »Ich für meinen Teil kann jedenfalls nicht klagen. Wenn meine Zimmernachbarin nicht gerade an der Nase operiert worden wäre, hätte ich vielleicht sogar ein paar Minuten schlafen können.«

Keiner der Anwesenden schaute Pia ins Gesicht, trotzdem spürte sie die vorwurfsvollen Blicke der zukünftigen Kollegen. Unglücklicher konnte ihr Start in der neuen Abteilung kaum laufen.

Die Tür ging auf und Julius Fink, der Dienststellenleiter, kam herein. Pia hatte ihn gestern bei ihrem Antrittsbesuch kennengelernt. Er war so, wie man sich einen Mann in seiner Position vorstellte. Alt, im Grunde bereits kurz vor der Rente, Halb- oder eigentlich schon Dreiviertelglatze, klein und untersetzt – entsprechend behäbig hatte er auf Pia gewirkt. Dieser Mann wollte die letzten Tage seiner Dienstzeit möglichst stressfrei hinter sich bringen. Da wurde so ein motivierter Heißsporn wie sie, frisch von der Polizeischule kommend, schnell als störend empfunden. Umso erfreuter war sie dann gewesen, in Emma eine vitale Vorgesetzte gefunden zu haben. Wie man sich täuschen konnte.

Ihr neuer Chef schien im Gegensatz zu Emma gut geschlafen zu haben, er wirkte deutlich frischer als gestern. »Morgen, Herrschaften! Sie haben sich schon mit der neuen Kollegin, Frau Oberkommissarin Beck, bekannt gemacht?«

Alle nickten.

Verlogenes Pack. Pia hasste sie dafür. Wie sollte sie bloß mit so einem scheinheiligen Haufen zusammenarbeiten?

Der Alte schaute sich suchend um. »Wo ist denn die Kollegin Wallmann?«

»Es gab da gestern einen Zwischenfall. Sie wurde überfallen.« Wieder der Glatzkopf. Offenbar der Einzige in dieser Abteilung, der sprechen konnte. Er wies auf den Monitor. Die anderen machten wie brave Lämmer die Sicht davor frei. »Sie ist uns per Skype zugeschaltet.«

Der Alte watschelte ganz dicht vor den Bildschirm, offenbar sah er auch schlecht. »Frau Wallmann, was um Himmels willen ist Ihnen denn zugestoßen?«, rief er überraschend emotional in Anbetracht seines bisherigen Auftretens.

»Ich war gestern mit unserer neuen Kollegin aus …«

Fink runzelte die Stirn. Er schien verärgert, meinte Pia aus seinem Gesicht abzulesen. Wusste er von Wallmanns Orientierung? Derartige Beziehungen unter seinen Mitarbeitern waren ihm wohl ein Dorn im Auge.

»OK Beck war offenbar ziemlich schlecht drauf und fing einen Streit mit zwei Passanten an. Letztlich habe ich es dann abgekr …«

»Kriminelle trifft's doch wohl eher«, unterbrach Pia. »Immerhin haben sie dich beraubt.«

»Das ist noch lange nicht …«

»Wie bitte?« Pia glaubte, sich verhört zu haben. Was wollte ihr die eingeschnappte Hexe da eigentlich anhängen?

»Meine Damen, bitte! Wir klären das unter sechs Augen, wenn Kollegin Wallmann wieder zum Dienst erscheint, was ungefähr in …?«

»Vermutlich einer Woche!«

»Danke, Frau Wallmann. Was also in ungefähr einer Woche der Fall sein wird. Unterdessen habe ich eine Sonderaufgabe für unsere neue Kollegin. Frau Beck, wenn Sie mich bitte in mein Büro begleiten würden?«

6

*Du wiederlicher hausaraber, hast schön dein arsch an Israel verkauft du verräter (M**** J******)*

Pia war bedient, als sie zwei Stunden später in der Tiefgarage des Polizeikommissariats den Dienstwagen aufschloss und ihre Reisetasche auf den Rücksitz feuerte. Fink hatte sie nach Hause geschickt, um Klamotten für eine Woche einzupacken – eine Woche, das sollte reichen, meinte er.

»Arschloch!«

Sie schaute sich um, ob ein Kollege in Hörweite war.

Wenn schon, im Grunde war es ihr egal. Sollten sie die anderen doch für verrückt halten. Offenbar hatte sie eh schon den Ruf weg, durchgeknallt zu sein – dafür hatte Emma bereits gesorgt. Und dabei dürfte sie noch nicht einmal ihre Zählattacke mitbekommen haben.

Den Rechtmediziner sollte Pia chauffieren, weil der seinen Führerschein abgeben musste. Sie hatte sich doch nicht die letzten Monate in den Lehrgängen abgerackert, um nun den Fahrdienst zu spielen.

Auf offener See vor Cuxhaven war ein Mordopfer aufgefunden worden, hatte Fink gesagt. Weder die Kollegen vor Ort noch die in näherer Umgebung hätten qualifiziertes Personal für eine Obduktion. Und da der Herr Doktor reichlich Equipment mitnehmen müsse, käme auch die Bahn nicht infrage.

»Und warum ausgerechnet ich?«, hatte ihn Pia gefragt.

Sie sei eine gut ausgebildete Polizistin, hatte er erwidert, geschult mit dem Schwerpunkt Gewaltverbrechen. Die Cuxhavener Kollegen könnten auch ihre Unterstützung gebrauchen. »Und außerdem …« Er brach ab, aber Pia wusste auch so, was er sagen wollte.

Und außerdem war sie in seiner Abteilung derzeit alles andere als willkommen – der Zwischenfall mit Emma sollte erst einmal aus der Welt geschafft werden. Da hatte er tatsächlich recht, auch wenn sie es anfangs nicht einsehen wollte. So ließ sich dann auch schon mal ein länderübergreifender Einsatz regeln, ansonsten eigentlich ein Unding.

»Frau Beck?« Eine Stimme hinter ihr. Tief, männlich.

»Rudolph!« Eine Hand, die sich ihr entgegenstreckte.

»Pia?« Verunsichert. Wieso nannte ihr der große Unbekannte seinen Vornamen.

Er lächelte. »Dr. Paul Rudolph! Wir beide haben eine Fahrgemeinschaft.«

Pia wurde rot. Hatte ihr Fink Rudolphs Namen schon mitgeteilt? Sie war sich nicht sicher. Aber auf alle Fälle war vereinbart worden, dass sie ihn zu Hause abholen sollte.

»Da ich gerade im Revier war, wollte ich Ihnen den Weg zu mir ersparen.«

Konnte er etwa Gedanken lesen? Aber da war doch *noch* etwas … klar, er hatte so gut wie nichts dabei. »Haben Sie gar kein Gepäck?«

»Die paar Sachen kaufe ich mir vor Ort. Ich nehme nur einen Kulturbeutel mit.« Er hielt ein dunkelbraunes Täschchen mit ockerfarbenem Muster hoch – war die etwa von Louis Vuitton? »Den habe ich immer im Büro. Man weiß ja nie, ob man mal auswärts übernachtet!« Sein Grinsen wurde breiter.

Pia hatte schon jetzt keine Lust mehr, mit ihm nach Cuxhaven zu fahren.

Die Fahrstuhltür zur Tiefgarage ging auf. Zwei Beamte, je zwei schwere Koffer schleppend, kamen direkt auf sie zu.

»Ich dachte, Sie reisen ohne Gepäck?«

»Das ist mein mobiles Sektionsset. Deshalb muss ich auch chauffiert werden.«

Pia nickte. Eine Bahnfahrt war angesichts dieser Gerätschaften tatsächlich ausgeschlossen.

Nachdem sie alles verstaut hatten, setzte er sich auf den Beifahrersitz und sie fuhren los. Sein Aftershave stach ihr in die Nase, ein bisschen weniger hätte es auch getan. Trotzdem, es roch edel und war vermutlich teurer als ihre gesamte Garderobe.

Sie schielte aus dem Augenwinkel zu ihm rüber. Gepflegt war noch untertrieben. Kaschmirmantel, Hose aus feinstem Zwirn, blank geputzte Budapester. Die Kleidung dieses Mannes kostete so viel, wie sie in einem Monat verdiente, falls das überhaupt reichte.

Bekam man so viel als Rechtsmediziner? Lebte er über seine Verhältnisse? Vielleicht stammte er aus betuchtem Hause oder hatte reich geerbt?

So wie Pia ihren Beifahrer einschätzte, würde sie das erfahren, noch bevor sie die Stadtgrenze erreicht hatten.

»THC!«

Völlig unvermittelt. Was hatte das nun zu bedeuten? Pia warf ihrem Beifahrer einen fragenden Blick zu.

»Tetrahydrocannabinol!«

»Danke. Ich weiß, was das ist. Ich frage mich allerdings, warum Sie das eben gesagt haben.«

»Sie wollen doch sicher wissen, warum ich meinen Führerschein abgeben musste.«

»Wegen THC?!«

Rudolph nickte.

»Sie sind bekifft Auto gefahren?«

»Schon häufiger«, er grinste schief. »Bloß neulich wurde ich das erste Mal dabei erwischt – von Ihren uniformierten Kollegen.«

Pia ersparte sich eine Erwiderung. Wenn auch nicht im Polizeidienst, so wurde er doch von der Behörde beauftragt, trotzdem stellte er seine eigene Person über das Gesetz. Ganz sicher wirkte er nicht wie der typische Cannabiskonsument, zu ihm passte da schon eher eine Partydroge wie Kokain. Trotzdem, sie hakte lieber nicht nach – je weniger sie wusste, desto besser. Schließlich gab es für Polizisten kein Beichtgeheimnis, außerdem musste sie die nächsten Tage irgendwie mit ihm zurechtkommen.

Er grinste immer noch zu ihr rüber, wartete wohl darauf, dass sie etwas sagte. Pia dachte gar nicht daran und starrte weiter stur nach vorn. Nach einer Weile schien auch Rudolph das Interesse an einer Unterhaltung verloren zu haben. Er wandte den Kopf nach rechts und schaute gedankenverloren aus dem Fenster.

Die Gelegenheit für Pia, ihm den einen oder anderen Seitenblick zuzuwerfen. Gut sah er aus – braun gebrannt, dunkles, volles Haar, weiße Zähne. Durchaus attraktiv, trotz seines Alters – er hätte locker ihr Vater sein können. Sie schaute auf seine rechte Hand. Nicht, dass sie Interesse an ihm hätte, aber … sein Ehering war nicht zu übersehen, schwer und breit wie ein Autoreifen. Der fette Klunker passte zu Rudolph. Alles an ihm war etwas dicker aufgetragen als üblich. Selbst seine Finger schienen manikürt. Pia konnte sich nicht vorstellen, dass sie jemals einen Joint gedreht hatten.

Während sie noch versuchte, aus ihm schlau zu werden, erwachte er aus seiner Lethargie und zog ein Päckchen Tabak aus seiner Jackentasche.

»Sie wollen doch wohl nicht …?« Pia, jetzt ernsthaft böse.

»Wieso, ich werde doch wohl noch rauchen dürfen!«

»Ach so«, sie hatte mit etwas Speziellerem gerechnet. »Trotzdem, hier gibt es keinen Aschenbecher, außerdem bin ich Nichtraucherin.« Was nicht stimmte, in geselliger Runde schnorrte sie sich schon mal durch, aber das musste er ja nicht wissen.

Rudolph öffnete wortlos das Fenster.

»Das kommt nicht infrage. Von mir aus machen wir an der nächsten Raststätte eine kurze Pause, wenn Sie es bis Cuxhaven nicht mehr aushalten!«

»Okay«, antwortete er und drehte weiter. Tabakreste krümelten auf das Sitzpolster des Dienstwagens, es kümmerte ihn nicht. Dann, nach einer kurzen Pause: »Sie hatten ja keinen optimalen Start heute in Ihrer neuen Dienststelle.«

Pia war überrascht. Das hatte sich ja schnell rumgesprochen. »Sagt man das?«

»Die Spatzen pfeifen es quasi von den Dächern!«

»Und was genau pfeifen sie?«

»Dass Sie unnötig Streit angefangen haben, nachts mit zwei Passanten auf dem Kiez – und Ihre Chefin hätte die Prügel abbekommen. Man sagt, sie liegt jetzt mit Kopfverletzungen im Krankenhaus.«

»Von wegen Passanten, das waren Straßenräuber. Ich

wollte sie festsetzen, es kam zu einem Handgemenge und ja, HK Wallmann wurde dabei verletzt. Nichts Schlimmes, soweit ich weiß, nur eine leichte Gehirnerschütterung …«

»Nur eine Gehirnerschütterung? Das ist keine Kleinigkeit«, erwiderte er vorwurfsvoll.

Der Herr Doktor konnte also auch tatsächlich ernst werden.

»Aber meinen Sie nicht auch, Dr. Rudolph, dass eine erfahrene Beamtin, noch dazu mit ihrem Dienstgrad, in der Lage sein sollte, sich selbst zu verteidigen? Immerhin waren das nur zwei Jugendliche, vermutlich Junkies, so elendig, wie sie aussahen.«

»Als Dezernatsleiterin ist die Kollegin schon seit Jahren im Innendienst. In ihrer Position braucht sie keine Nahkampfpraxis mehr.«

»Ich habe den Streit nicht angefangen«, versuchte sich Pia zu verteidigen.

»Wie gesagt, die Spatzen pfeifen etwas ganz anderes.«

Pia zuckte mit den Schultern. Es hatte keinen Zweck. Sie hatten mittlerweile Hamburg verlassen, waren auf einer Landstraße auf dem Weg zur B73. Zeit für einen Themenwechsel. »Gibt es bereits Infos zum Toten in Cuxhaven?«

Rudolph kramte sein iPhone aus der Jackentasche. »Fink wollte mir alles mailen, was er zu dem Fall hat.« Es dauerte eine Weile, dann: »Viel ist leider noch nicht zusammengekommen.« Er hob den Daumen. »Das Opfer ist männlich und wurde kurz nach acht Uhr morgens entdeckt. Fundort ungefähr fünf Seemeilen nordöstlich von Cuxhaven in der Nordsee, auf halber Strecke nach Friedrichskoog.« Es folgte der Zeigefinger. »Er war in kniender Haltung in einem Gummiboot festgebunden worden. Das Boot selbst trieb umgekippt auf See. Bei dem Toten handelt es sich um einen jungen Mann zwischen zwanzig und dreißig.«

»Kann ein Suizid ausgeschlossen werden?«

»Wie gesagt, er war am Boot festgebunden.«

»Vielleicht wollte er auf Nummer sicher gehen, falls er es sich plötzlich doch noch anders überlegte.«

»Die Finger waren …«, er wischte übers Display, als ob er es selbst nicht glauben konnte, »… abgetrennt?! Alle zehn.«

Pia schaute entsetzt zu ihm rüber. »Also kein Suizid …«

Rudolph nickte. »Kann unter diesen Umständen definitiv ausgeschlossen werden!«

Pia setzte den Passat hinter einen polnischen Lkw. So fuhren sie nur noch achtzig und sie konnte sich besser auf den Fall konzentrieren. »Und was ist mit seinen Zähnen?«

»Steht hier nicht«, meinte Rudolph nach einem Wisch über sein Display. »Wenn die fehlen, dürfte es Probleme bei der Identifikation geben. Und was die DNA betrifft …«

»… sind kaum Personen genetisch erfasst – nur ein paar Sexualstraftäter«, brachte Pia Rudolphs Überlegung zu Ende. »Fingerabdrücke gibt es dafür von jedem, der mal straffällig geworden ist. Ob die Fische von seinem Gesicht noch viel übrig gelassen haben?«

Rudolph schüttelte den Kopf, bevor er nach einer Pause fortfuhr. »Okay, angenommen, der Mörder wollte verhindern, dass wir das Opfer identifizieren – warum hat er es dann nicht einfach auf den Meeresgrund geschickt? Ein paar Gewichte hätten schon gereicht. Stattdessen vertäut er es mit einem Gummiboot?«

»Unter Umständen war der Mord als Warnung gedacht, vielleicht zwischen zwei rivalisierenden Banden? Ein Racheakt im Milieu? Oder irgend so ein Mafiading? Wenn dem

Toten die Finger entfernt wurden, damit wir ihn nicht identifizieren können, spräche das jedenfalls bei dem Opfer für einen aktenkundig gewordenen Straftäter.«

Keine Antwort.

»Dr. Rudolph?«

»Da vorne. Ich wäre dann so weit!«

Er zeigte auf eine Werbetafel für einen Autohof, nach der es noch fünfhundert Meter bis dorthin waren. Pia entging nicht, wie gierig er die Selbstgedrehte herausfummelte – um seine Aufmerksamkeit war es jedenfalls erst mal geschehen. Sie kannte diesen Blick von ihrem Ex. Rudolphs Nikotinsucht würde keine vernünftige Unterhaltung mehr zulassen.

Dann machten sie halt eine kurze Pause. Ein schwarzer Kaffee würde ihr guttun, nachdem sie heute Morgen keinen mehr bekommen hatte – wie auch, ohne Maschine. Dazu vielleicht noch ein pappiges Croissant?

Trotzdem, danach wollte sie so schnell wie möglich weiter. Der Fall schien interessant, das Jagdfieber hatte sie gepackt. Jetzt wusste sie wieder, warum sie diesen Job so liebte.

7

Stromschlag währe gut

Rudolph begutachtete sich im Spiegel der Rasthoftoilette, fuhr sich mit den Fingern durchs Haar und richtete seine Frisur. Die neue Kollegin gefiel ihm ausnehmend gut. Sie war zwar deutlich jünger als er, aber das waren die meisten, zumindest in letzter Zeit – so etwas hatte ihn noch nie abgehalten. Sicherlich würden sie die eine oder andere Nacht in Cuxhaven verbringen, natürlich im gleichen Hotel. Einen Versuch war sie allemal wert.

Sollte er den Ring noch abnehmen?

Nein, sie hatte ihn bestimmt schon bemerkt, er war ja auch nicht zu übersehen. Wenn er ihn jetzt abnähme, wäre das schon ein sehr deutliches Signal, zu deutlich sogar für seine Verhältnisse.

Als er den Waschraum verließ, wartete sie bereits am Auto. Lange, blonde Haare, glatt auf die Schulter fallend, blaue Augen, schlanke Figur – ein bisschen erinnerte sie Rudolph an Agnetha von ABBA, seinen Jugendschwarm. Er bedauerte, dass sie keinen Rock trug, so ließen sich ihre Beine nur abschätzen. Die Jeans reichte bis zu den flachen Slippern. Damit waren auch die Fesseln nicht zu sehen. Er stand auf Fesseln – und auf Knie.

Schade.

»Na, schon lange gewartet?« Er setzte sein charmantestes Lächeln auf. Sie schüttelte nur den Kopf und stieg ein. Sehr gesprächig war sie ja nicht gerade. Nur wenn es um

Dienstliches ging, taute sie auf. Ihren Panzer zu knacken, würde mehr bedürfen als sein übliches Imponiergehabe. Umso besser, dachte Rudolph. Je schwerer die Aufgabe, desto prickelnder der Erfolg.

Ungefähr eine Stunde wäre er noch mit ihr allein – Zeit genug, den Samen für eine unterhaltsame Nacht zu legen.

»Paul!« Er streckte ihr die Hand entgegen, noch bevor sie den Gang eingelegt hatte.

Erst runzelte sie die Stirn und schien zu zaudern, ob sie sein Angebot annehmen sollte. Schließlich schlug sie ein und rang sich sogar ein Lächeln dabei ab. »Pia!«

»Freut mich, Pia. Gute Kollegen sollten sich nicht siezen.«

Sie nickte, während sie wieder in den Verkehr einfädelte.

»Wie kommt eine junge, hübsche Frau wie du zur Kriminalpolizei?« Schmeichelei, eine Taktik, mit der er bei deutlich jüngeren Frauen schon häufiger Erfolg gehabt hatte. Vielleicht lag es an Rudolphs reifem Alter und seiner augenscheinlichen Erfahrung, dass dieser No-go-Spruch zumindest bei ihm gut ankam.

Er musste nicht lange auf eine Antwort warten. »Dann hätte ich nach deiner Auffassung eher Stewardess werden sollen?«

»Du weißt schon, wie ich's meine!«

»Ach ja?«

Rudolph war begeistert – die Frau sah nicht nur blendend aus, sie war auch noch taff und schlagfertig. Und hatte kein bisschen Respekt vor seinem Titel. Das konnte aufregend werden. Es war schon eine Weile her, dass er sich für eine Frau ins Zeug legen musste, aber sie war es allemal wert. Ihm würde schon noch etwas einfallen.

8

 # Ist er ums leben gekommen??wenn nicht schade, kostet ihn wieder aufzupäppeln,bin gespannt wann unsere Gutmenschen wach werden was hier läuft

Pia bekam weiche Knie, als die Decke zurückgeschlagen wurde. Im Laufe ihrer Ausbildung hatte sie schon einige Leichen gesehen, aber keine war in einem derart schauerlichen Zustand gewesen. Die Nase war praktisch nicht mehr vorhanden, ebenso sämtliche Finger. Der Mörder hatte sie an der Handwurzel abgetrennt. Die Haut des Toten war kalkweiß wie das Laken darunter. Zumindest war er nicht so aufgedunsen wie andere Wasserleichen, dafür hatte er nicht lange genug im Meer gelegen.

Ihr zog sich der Magen zusammen. Wenn der Tote den üblichen Gestank von sich gegeben hätte, wäre sie im gleichen Augenblick ihr Rasthof-Frühstück losgeworden. Um sich den scheußlichen Anblick zu ersparen, beobachtete sie Rudolphs angespannte Miene bei der Arbeit.

Zum ersten Mal, seitdem sie ihn getroffen hatte, wirkte er ernsthaft und konzentriert. Er war offensichtlich in seinem Element und Pia hätte schwören können, dass er seine Sache gut machte. Nach einer Weile schaute er zu ihr rüber. »Ich denke, Frau Beck, Sie können mir hier nicht weiterhelfen. Wollen Sie sich nicht von den Kollegen auf den aktuellen Stand bringen lassen?« Er lächelte ihr aufmunternd zu.

Rudolph musste bemerkt haben, was gerade in ihr vorging.

Sie nahm seine Hilfe dankbar an. Offenbar war er doch nicht so ein Arsch, wie sie gedacht hatte.

Nachdem Pia die Tür des provisorisch hergerichteten Obduktionsraumes hinter sich geschlossen hatte, hörte sie ein metallisches Klicken, dann das charakteristisch hohe Kreischen einer elektrischen Handsäge.

Spätestens jetzt wäre sie zusammengeklappt.

»Hilft bei mir immer – Kriminalhauptmeister Hartmann!« Er lächelte freundlich und hielt ihr ein Glas Wasser entgegen. Ein älterer Kollege in Zivil, die Stirn reichte ihm bis zum Hinterkopf. Pia nickte dankbar – und tatsächlich ging es ihr nach einem kräftigen Schluck bedeutend besser.

Gemeinsam gingen sie in den Besprechungsraum. Fünf Kripobeamte, ausschließlich Männer und alle deutlich älter als Pia, erwarteten sie bereits. Als sie hereinkam, erntete sie misstrauische Blicke. Nicht das erste Mal. Sie war eine Frau, jung und noch dazu attraktiv. Mochte gutes Aussehen die eine oder andere Tür öffnen, im Polizeidienst war es eher hinderlich. Von gestandenen Beamten wurde man nicht für voll genommen und den jüngeren stieg das Testosteron zu Kopf.

»Meine Herren«, eröffnete Hartmann, »ich möchte Ihnen Kollegin Oberkommissar Beck vorstellen. Wie Sie wissen, wurde sie uns gemeinsam mit dem Rechtsmediziner Dr. Rudolph zur Unterstützung aus Hamburg geschickt.«

Einer der fünf schaute besonders skeptisch. »Sie wirken noch reichlich jung, *Frau* Beck. Darf ich fragen, ob Sie schon häufiger mit Mordfällen zu tun hatten?«

»Ich habe an der Polizeihochschule eine Reihe Intensivkurse zum Thema Gewaltverbrechen absolviert.«

»Und in der Praxis?«

Pia schüttelte den Kopf, bevor sie entgegnete: »Und Sie?«

Der Kollege senkte den Blick, also anscheinend nicht.

»Sehen Sie, und genau deshalb bin ich hier. Wenn ich auch nicht persönlich in einem Mordfall ermittelt habe, so studierte ich doch monatelang die Arbeit der Kollegen bis hin zur Ergreifung der Täter. Ich kann also auf die Erfahrung einer Vielzahl von Kripobeamten aus dem gesamten Bundesgebiet zurückgreifen. Und was die Forensik betrifft, so ist das Opfer bei Dr. Rudolph in besten Händen.« Pia setzte sich an einen Tisch, schlug ihren Block auf und schaute interessiert in die Runde. »Wollen wir schon einmal zusammentragen, was Sie bislang haben, solange er noch die Leiche untersucht?«

Ein Dreitagebartträger starrte Pia unentwegt an. Statt einen Ton von sich zu geben, verzog er das Gesicht zu einem schiefen Bogart-Grinsen. Fehlte nur noch ein ›*Schau mir in die Augen, Kleines*‹. Er gehörte eindeutig zur Testosteron-Fraktion.

»Gab es schon einen Abgleich mit den Vermisstenmeldungen?«, wagte Pia einen zweiten Versuch.

»Laut Ihrem Kollegen lebte der Tote doch gestern noch!« Der einzige Brillenträger, gelangweilt mit einem Lineal spielend.

»Er könnte schon länger vermisst werden, vielleicht wurde er von dem Mörder bereits Tage zuvor entführt. Trotzdem sollten wir uns so fürs Erste auf diejenigen beschränken, die erst seit gestern verschwunden sind, Herr …?«

»*Kriminalhauptkommissar* Pelzer!« Er nickte gewichtig. Pia konnte an seiner Miene ablesen, dass es ihm missfiel, von einer jungen Frau, noch dazu mit niedrigerem Dienstrang, Ansagen zu bekommen. »Ich schick eine Sammelanfrage nach frischen Vermisstenanzeigen raus.«, sagte er und verließ den Raum.

»Und was ist mit den Zähnen?«, fuhr Pia fort. »*Sie* wurden ihm doch nicht entfernt, oder?«

Hartmann meldete sich wie in der Schule. »Der Zahnstatus wurde aufgenommen und an alle Zahnarztpraxen im Bundesgebiet verschickt!«

»Sehr gut, danke! Hat sonst noch jemand eine Idee, wie wir herausbekommen, mit wem wir es da zu tun haben?«

»Vielleicht könnten wir ein Foto von ihm in den Medien veröffentlichen?«, sagte einer.

Der Dreitagebart warf ein: »Aber nicht in seinem Zustand – vielleicht eine Zeichnung mit rekonstruierter Nase?«

»Das wäre einen Versuch wert«, antwortete Pia. »Haben Sie einen Phantomzeichner im Dezernat?«

»Nein, aber einen ansässigen Grafiker, den wir ab und zu beauftragen. Ich rufe ihn an.« Hartmann zog sein Handy aus der Jackentasche, blieb aber im Gegensatz zu Pelzer im Besprechungsraum.

»Danke!« Pia lächelte ihn freundlich an. Dann zu den anderen: »Gibt es schon Theorien zu den abgeschnittenen Fingern?«

»Da heutzutage hinlänglich bekannt ist, dass ein vollständiges Gebiss auch zu einer Identifizierung führt, ist nicht davon auszugehen, dass das Opfer anonym bleiben sollte«, meldete sich Hartmann zu Wort.

»Zumal es sicherlich ein Leichtes gewesen wäre, ihn auf den Meeresgrund zu schicken«, warf Pia ein.

»Genau! Wir gehen vielmehr davon aus, dass der Tote gefunden werden sollte«, erwiderte Hartmann.

Und der Dreitagebart ergänzte: »Und dass die abgeschnittenen Finger etwas symbolisieren.«

Pia war erleichtert. Nach anfänglichen Startschwierigkeiten

hatte sich endlich ein konstruktives Gespräch entwickelt. Offensichtlich waren die Vorbehalte gegen die blutjunge Kollegin aus Hamburg fürs Erste überwunden. So konnte es weitergehen. So verrückt es auch klang, die Arbeit an dem grausamen Mordfall begann ihr Spaß zu machen.

»Wofür werden in der Regel alle zehn Finger gebraucht?«, fragte sie weiter.

»Schlagen?«

»Macht man normalerweise nur mit einer Hand!«

»Streicheln?«

»Meistens auch mit einer!«

»Klavierspielen?«

Pia nickte.

»Oder Schreibmaschine schreiben?«

»Klar, wer's kann!«

»Oder rudern, Teig kneten, töpfern, musizieren ... die Liste lässt sich endlos fortsetzen und bringt uns kaum weiter.« Das kam von Rudolph. Unbemerkt von Pia hatte er das Besprechungszimmer betreten – und mit nur einer bissigen Bemerkung den Sinn der im Raum stehenden Überlegung infrage gestellt.

»Wir sind ja erst am Anfang, Dr. Rudolph«, antwortete Pia, bemüht, sich ihren Ärger nicht anmerken zu lassen. »Hat Ihre Untersuchung denn noch etwas Erhellendes beizutragen?«

»Vorweg muss ich darauf hinweisen, dass in der Kürze der Zeit nur eine oberflächliche Untersuchung möglich war. Sobald ich die Gerätschaften aufgebaut habe, wird eine eingehendere Begutachtung erfolgen.« Lächelnd holte Rudolph seinen Block hervor, dann fuhr er fort. »Die Lungen des Opfers sind nicht mit Meerwasser gefüllt. Es ist daher davon auszugehen, dass ihm die eisige Kälte der Nordsee vor noch

Schlimmerem bewahrt hat durch einen Herzstillstand, bevor er ertrinken konnte.«

»Aber er ist tot. Wie hätte es da noch schlimmer kommen können?«, warf der Jüngste ein.

»Glauben Sie mir, ich habe schon einige Wasserleichen obduziert. Der Todeskampf kann mehrere Minuten dauern, und das sieht man den Leichen auch an. Keiner sollte auf diese Weise abtreten.« Der andere nickte und Rudolph fuhr fort. »Der Todeszeitpunkt liegt ungefähr zwölf Stunden zurück. Die Finger des Opfers wurden post mortem entfernt, mit einem scharfen metallischen Trennwerkzeug, vermutlich einem Bolzenschneider oder einer großen Kneifzange. Alle übrigen offensichtlichen Verletzungen rühren von Fischbissen …«

»Fischbisse? So viele, in so kurzer Zeit?«

»Fische stehen auf Menschenfleisch, das ist nichts Neues. Wenn man jetzt noch seine offenen Wunden berücksichtigt, ist eigentlich sogar noch erstaunlich viel von ihm übrig geblieben.« Rudolph grinste den Dreitagebart herausfordernd an. Er schien es als persönliche Beleidigung zu empfinden, infrage gestellt zu werden.

»Können Sie uns noch etwas über das Opfer erzählen, das uns bei der Identifikation weiterhelfen kann?«, beeilte sich Pia, die angespannte Situation zu entschärfen.

»Er ist männlich, dem Aussehen nach zwischen gut zwanzig und knapp dreißig Jahre alt, athletisch gebaut. Scheint regelmäßig Sport getrieben zu haben, angesichts der ausgeprägten Muskelstruktur vermutlich auch Bodybuilding. Brauchen Sie seine Körpermaße? Größe, Gewicht et cetera?«

»Nein danke. Vielleicht später für die Medien, sollte eine Suchmeldung erforderlich werden. Sonst noch was?«

»Bis auf die Shorts war er nackt, trug weder Uhr noch Schmuck. Das einzig Auffällige an ihm ist ein Tattoo.«

Alle horchten auf.

»Und? Ist es noch gut erhalten?«, fragte Pia.

»Bestens, keine Bisswunden. Ich habe Fotos davon gemacht und der elektronischen Akte beigefügt. Es befindet sich auf dem rechten Oberarm. Es handelt sich dabei um den Schriftzug Blood and Honour, der bekanntermaßen …«

»Der rechten Szene zuzuordnen ist«, vollendete Hartmann.

»Genau!«

»Dann war unser Mann Rechtsradikaler?«

»Ich denke schon. Sofern man davon ausgeht, dass er wusste, was er sich da tätowieren ließ. Sein rasierter Schädel spricht auch dafür.«

»Ein Nazi also«, sagte Pia nachdenklich. »Dann sollte es doch nicht allzu schwer sein, ihn ausfindig zu machen.«

Der Dreitagebart schüttelte den Kopf. »Vielleicht noch vor ein paar Jahren – inzwischen hat die Szene ordentlich Zulauf bekommen.«

»Bleiben ja noch seine Zähne. Er hatte doch bereits Behandlungen hinter sich, oder?«, wandte sich Pia an Rudolph.

»Oh ja, reichlich. Ein halbes Dutzend Plomben, drei Kronen, eine Brücke. Sofern der behandelnde Arzt seine Praxis geöffnet hat, werden wir ihn so finden.«

»Wieso sollte die Praxis geschlossen haben, jetzt im November? Ist doch keine Urlaubszeit.«

»Es gibt Praxen, die jetzt schon bis zum Jahresende geschlossen haben, weil das Budget erschöpft ist und sie nicht mehr mit der Kasse abrechnen können.« Rudolph musste es ja wissen, bestimmt fanden sich reichlich Mediziner in seinem Bekanntenkreis.

»Aber gibt es denn keine andere Möglichkeit?«

»Etwa so etwas wie eine zentrale Zahndatei? Bei *den* Datenschutzverordnungen?«

Pia erntete missfällige Blicke. Eigentlich wusste sie es besser – das war eine dumme Frage.

Rudolph schaute auf die Uhr. »Meine Herren, wir haben jetzt fast fünfzehn Uhr. Die Kollegin und ich sind seit heute Morgen unterwegs und wir haben so gut wie nichts gegessen. Wenn Sie uns also bitte entschuldigen würden?«

Und wenn die ›Kollegin‹ das gar nicht möchte?

Pia starrte Rudolph genervt an. Andererseits, sie hatte tatsächlich Hunger. Außerdem war alles Nötige in die Wege geleitet, um die Identität des Opfers zu klären: eine Anfrage bei den Zahnärzten, die Rekonstruktion eines Porträts, ein Abgleich mit den Vermisstenmeldungen – mehr gab es fürs Erste nicht zu tun.

So folgte sie Rudolph ohne Murren zum Dienstwagen und trug sogar noch seinen Instrumentenkoffer, den er ihr auf halber Strecke gereicht hatte.

9

Sozialstaatschmarotzer

... neun, zehn, elf, zwölf.

Zwölf Schritte nach vorn, zwölf Schritte zur Seite.

Zwölf mal zwölf im Quadrat.

Warum tat er sich das an? Warum ging er immer wieder sein Gefängnis ab? Er sollte lieber seine Kraft sparen – durchhalten, bis ihn jemand aufspürte.

Christian Hunoldt hielt den Bund seiner Hose zusammen, sie wäre ihm sonst heruntergerutscht. Er wollte ja schon seit Längerem abnehmen, aber so ...?

Keiner wird mich vermissen.

Und bestimmt auch nicht hier finden.

Wozu also noch Kraft sparen?

Es ist aus ... Zeit, aufzugeben.

»Hören Sie, ich mache Ihr Scheißspiel nicht mehr mit!«

Keine Antwort – wie immer. Er wurde hier unten allein gelassen – zum Sterben. Ohne dem Korb, der neben ihm stand, als er auf den kalten Fliesen aufgewacht war, hätte er vermutet, im Suff in ein tiefes Loch gefallen zu sein.

Wie viele Tage waren wohl schon vergangen, seit er seine Stammkneipe in der hannoverschen List verlassen hatte? Acht? Oder doch schon neun oder zehn? Er konnte aus seiner Grube heraus zwar keine Fenster sehen, aber sehr wohl das Tageslicht, das die Hallendecke erhellte. Bloß wie häufig im Wechsel mit der Nacht, das wusste er nicht mehr. Der Mangel an so ziemlich allem, was der Mensch brauchte, zerrte an seiner Konzentration, aber es spielte eh keine Rolle mehr. Er würde hier unten sterben, auf eine ganz langsame, armselige Art und Weise.

»Sagen Sie wenigstens, warum!«

Nichts.

In einer Ecke neben dem Korb Erbrochenes, daneben Kot und Urin von der Zeit, als er noch was zum Ausscheiden im Bauch hatte. Inzwischen war es hart geworden und stank zumindest nicht mehr so wie noch in den ersten Tagen.

Im Korb selbst schimmliges Brot und ein großer Kanister mit abgestandenem Wasser. Vom Essen hatte er nichts angerührt, zu offensichtlich, dass es ungenießbar war, beim Wasser jedoch siegte der Durst irgendwann über die Vernunft. Er hatte sich danach die Seele aus dem Leib gekotzt. Trotzdem trank er in den folgenden Tagen weiter, irgendwann behielt er es im Magen. Ohne das Wasser hätte es ihn schon lange erwischt.

Er schaute hinauf, zum millionsten Mal, seit er hier unten festsaß. Im Dämmerlicht der anbrechenden Nacht sah er den Turm und die Sprungbretter über sich, so weit entfernt wie der gottverdammte Mond. Gegenüber vom Turm war an der Wand der Grube eine Leiter montiert. Sie begann erst mehrere Meter über ihm und war damit ebenso unerreichbar wie die Bretter oder der obere Rand seines Gefängnisses.

Es ging auf den Winter zu. Warum zum Teufel war dieses verdammte Hallenbad nicht in Betrieb – jetzt, wo die Freibäder alle geschlossen hatten?

»Herrgott!«

»Gott hat hiermit nichts zu tun.«

Eine Stimme, irgendwie verzerrt, künstlich klingend, aber

immerhin – eine Stimme. Und sie kommunizierte mit ihm. Gab es doch noch Hoffnung?

Er musste ein Gespräch in Gang bringen – vielleicht ließ sein Entführer mit sich reden. Hunoldt versuchte es mit dem Nächstliegenden. »Warum halten Sie mich hier gefangen? Was habe ich Ihnen getan?«

Keine Antwort. Was zum Teufel sollte er sonst noch sagen, damit er mit ihm sprach? Aber natürlich. »Hören Sie, ich habe Geld!« Nicht wirklich viel, aber das würde er ihm nicht auf die Nase binden.

Sein Peiniger fuhr fort, ohne auf das Angebot einzugehen. »Diesen Kriegsflüchtlingen und anderen Schmarotzern geht es doch eigentlich gut in ihrem Land. Klar leben sie nicht im Luxus, aber das kann nicht unsere Aufgabe sein. Die zu uns kommen, sehen alle gut genährt aus, also kann das Gerede von Hungersnöten in den Krisengebieten doch nur gelogen sein.«

Das hatte er auf seiner Seite gepostet und dann auch noch bei Facebook und Twitter eingestellt. Vor den Wahlen sollte er klare Kante zeigen, dazu hatten ihm Parteifreunde geraten. Aber das war doch noch lange kein Grund …

»Hey, lassen Sie uns drüber reden, ja?«

Statt einer Antwort wurde ihm wieder der Post vorgelesen.

»Wenn ich Ihre Gefühle verletzt haben sollte, dann tut es mir leid, aber …«

»Alle drei Sekunden verhungert ein Mensch!«

»Aber …«

»Über neun Millionen im Jahr!«

»Hören Sie …«

»Jeder dritte Hungertote ist ein Kind unter fünf Jahren!«

»Okay, das war vielleicht ein Fehler, was ich da geschrieben habe …«

»Vielleicht?«, geschrien.

»Es war ein Fehler, ganz sicher. Sagen Sie mir, wie ich es wiedergutmachen kann, und ich tu's!«

»Geschrieben ist geschrieben, das lässt sich nicht rückgängig machen, schon gar nicht im Internet.«

»Dann werde ich spenden, viel spenden. An die Welthungerhilfe, Misereor – keine Ahnung, was immer Sie wollen!«

Hunoldt musste husten. Die staubige Luft, die Aufregung? Der Gaumen schien ihm im Mund festzukleben.

»Das reicht aber nicht, du musst auch Buße tun.«

»Um Gottes willen, ja, es tut mir wirklich alles entsetzlich leid. Schauen Sie mich doch an – als Sie mich hier runterbrachten, da habe ich das hier alles noch bestens ausgefüllt«, er zog und zerrte an seinem Hosenbund, zeigte, wie viel er inzwischen abgenommen hatte. »Wenn einer gelernt hat, was es heißt zu hungern, dann ich!«

»Das reicht noch nicht!«

»Was erwarten Sie denn von mir?«

Etwas flog über den Grubenrand und schlug krachend neben ihm auf den Boden. Eine Kachel sprang in tausend Teile. Beinahe hätte ihn das Ding erschlagen. Der da oben machte keine Witze, es kümmerte ihn nicht, ob er hier unten draufging oder nicht.

»Tue Buße!«

Er starrte auf den Bolzenschneider zu seinen Füßen. Sein Herz hämmerte wie wild. Er wollte sich nicht ausmalen, was er damit tun sollte.

»Hast du schon mal von den Yakuza gehört?«

Hunoldt nickte nur, sagte aber kein Wort. Warum noch reden, es führte doch zu nichts. Was auch immer er mit diesem Ding tun sollte, er würde es nicht fertigbringen.

»Die Yakuza ist die japanische Mafia. Wenn eines der Mitglieder bei seinem Boss in Ungnade gefallen ist, muss es sich einen Finger abschneiden, um die Ehre wiederzuerlangen.«

»Verdammtes Arschloch! Ich werde mir bestimmt keinen Finger abschneiden!«

»Davon kann auch keine Rede sein.«

»Ach ja?«

Und was sollte das dann?

»Es geht hier nicht um deine Ehre. Wir verhandeln um dein Leben, das sollte dir schon fünf Finger wert sein.«

Das Lachen ging im pulsierenden Trommeln seiner Ohren unter. Hunoldt fasste sich an die Brust.

Nicht jetzt, nicht hier.

Das wäre nicht sein erster Infarkt, aber garantiert sein letzter.

»Das kannst du dir abschminken!« Ein verzweifelter Versuch, das Unvermeidliche abzuwenden.

»Okay, deine Entscheidung. Wir sehen uns in einer Woche. Bin gespannt, was dann noch von dir übrig ist.«

Oh Gott, eine Woche?

Die würde er niemals überstehen. Er musste ihn irgendwie aufhalten, doch was blieb anderes übrig, als …

»Halt, warte, ich mach's!«

»Na bitte, eine weise Entscheidung.« Oben am Grubenrand wurde eine maskierte Gestalt sichtbar. Ganz in Schwarz, eher klein und zierlich, wenn auch mit ziemlich breiten Schultern.

Plötzlich eine Erinnerung, wie aus dem Nichts.

Eine Frau …

Haben Sie Feuer?

Ein Stich, wie von einer Wespe.

Im November?

Taumeln – der Fond eines Wagens

Aus …

War sie das? Die Frau von der Straße? Aber wie soll sie mich allein hierhergeschleppt und dann in die Grube runtergelassen haben? Oder hatte sie Hilfe?

»Na, wird's bald?«

»Ja, sofort, ich mache ja, was Sie wollen!« Unterwürfig wie ein Hund. Hunoldt erkannte sich nicht wieder. Egal, wer das da oben war, eine weitere Woche allein hier unten wäre sein Todesurteil.

Hunoldts Hände suchten blind den Boden nach dem Bolzenschneider ab, während sein Blick die Gestalt oben fixierte.

Kannte er sie persönlich? Eine Frau, zierlich, dafür ungewöhnlich breite Schultern – klingelte da nicht irgendwas? Wenn er sie wiedererkennen würde, vielleicht könnte er sie ja …

»Ich zähle bis zehn!«

»Ich schneide mir also reumütig die Finger ab, und wie geht's dann weiter? Lassen Sie mich hier unten verbluten?«

»Sobald du deinen Job erledigt hast, rufe ich einen Krankenwagen. Die holen dich raus, und mit ein bisschen Glück bekommen sie sogar noch ein paar Finger wieder angenäht.«

Die Stimme – sie sagte ihm nichts. Das Megafon veränderte sie, machte ein Wiedererkennen unmöglich. Aber wenn die durchgeknallte Furie da oben die Stimme verstellte, wollte sie unerkannt bleiben. Dann würde sie ihn doch wieder freilassen, oder?

Lieber Gott, bitte, lass es so sein!

Vielleicht ging es doch nur ums Geld? Hunoldt wurde mutiger. »Sparen wir uns doch den ganzen Quatsch und sagen Sie mir, was Sie wirklich wollen!«

»ICH WILL, DASS DU DIR DIE FINGER ABSCHNEIDEST, ARSCHLOCH!

NEUN!«

»Aber …?«

»NICHTS ABER – MACH, ODER ICH BIN WEG!«

»Ich – ich habe Geld …« Zitternd, schluchzend, kurz vorm Weinen.

»Hast du vorhin schon gesagt – interessiert mich immer noch nicht.«

Die meint es wirklich ernst.

»Acht!«

Ich kann doch unmöglich …

»Sieben!«

Vielleicht einen, aber dann klappe ich doch weg …

»Sechs!«

Jetzt nimm das Ding doch mal in die Hand, vielleicht …

»Fünf!«

»Okay, okay, ich mach's ja!«

»Vier!«

Hunoldt legte den Bolzenschneider hochkant auf den Boden, steckte den kleinen Finger der linken Hand zwischen die Schneiden.

»Drei?«

Das Herz schlug ihm bis zum Hals, trommelte wie wild, raste.

»Zwei?«

Dann tu's halt, damit das endlich ein Ende hat. Vielleicht gibt sie ja nach einem Finger Ruhe.

»Na, wird's bald?«

Nur den Hebel drücken – dafür braucht es noch nicht mal Kraft. Dann jammere ihr die Ohren voll, vielleicht bekommt sie ja doch noch Mitleid. Bestimmt will sie nur dein Geld, sonst hätte sie sich nicht maskiert – wenn das da oben überhaupt eine Sie ist, keine Ahnung.

Scheißegal!

»Eins!«

Hunoldt Brustkorb – wie in einer Schraubzwinge.

Das verdammte Herz.

Egal, drück schon!

Wenn Blut fließt, senkt das den Druck.

Quatsch.

Keine Ahnung.

Drück einfach!

10

Nächstes Mal bitte den Lkw an Ort und Stelle verbrennen, dann wären schon mal 50 Probleme gelöst

Pia hielt das Röhrchen mit den *besonderen* Tabletten zwischen den Fingern. Zwei hatte sie heute bereits genommen, mehr als genug, wie ihr Vater meinte.

Trotzdem … die Anzeichen mehrten sich, dass in ihrem Kopf wieder Zahlen die Kontrolle übernahmen.

Arithmomanie – das war der medizinische Begriff. Zuerst hatte man sie für ein Wunderkind gehalten, weil sie schon in der Grundschule Mathematikaufgaben gerechnet hatte, die sie in ihrem Alter und mit ihrem Wissensstand eigentlich noch gar nicht hätte lösen können. Sie wurde getestet und als hochbegabt eingestuft, übersprang in der Folge die sechste Klasse, was ihr zwar vom Lernstoff keine Probleme bereitete, sehr wohl aber unter sozialen Gesichtspunkten. Die zweitjüngste Mitschülerin war immer noch ein gutes Jahr älter als Pia. Die meisten in der Klasse sahen in ihr die Oberstreberin aus gutem Hause, andere fürchteten sie gar. Allen war sie unheimlich wegen ihres überaus präzise ausgebildeten analytischen Denkvermögens. Trotz des Altersunterschieds war sie ihnen weit voraus. Freundschaften konnte sie hier nicht schließen, wollte sie auch irgendwann nicht mehr. Die Folge – sie kapselte sich ab, was wiederum als arrogant empfunden wurde. Dieses Stigma haftete an ihr, mehr oder minder ausgeprägt, bis zum Abitur, sie wurde zu einer Einzelgängerin. Obwohl ausgesprochen hübsch, hatte sie bis dato keinen Freund gehabt geschweige denn Sex, niemand traute sich an sie heran. Schnell kam das Gerücht auf, sie sei lesbisch, ob nun wegen ihrer Unnahbarkeit oder weil man sie nie mit einem Jungen gesehen hatte.

Ihr war es egal, auf der Uni würde sich alles ändern. Hier wäre sie ein Nerd unter vielen – sie wollte eine Naturwissenschaft mit Schwerpunkt Mathematik studieren. Letztlich entschied sie sich für Physik, und aus der Begabung wurde ein Fluch. Die ständige Beschäftigung mit Zahlen ließ sie auch im Alltag nicht mehr los, Zählen und Berechnen wurden zur Manie, bis schließlich ein normales Leben nicht mehr möglich war.

Pia wusste sich keinen Rat – was ging da in ihr vor? Dann sah sie im Fernsehen die x-te Wiederholung von *A Beautiful Mind* und wusste plötzlich, was mit ihr los war. Erst jetzt bat sie ihren Vater um Hilfe. Die Diagnose war niederschmetternd – wie der berühmte Mathematiker John Forbes Nash aus besagtem Film litt auch sie unter dem Zählzwang, bei ihm entwickelte sich die Störung schließlich zu einer bewusstseinsfressenden Schizophrenie.

Zählzwang – der deutsche Begriff von Arithmomanie – war ebenso simplifizierend wie falsch. Wenn es nur das Zählen gewesen wäre, hätte sie die Sache vermutlich ohne Medikamente in den Griff bekommen. Schlimm wurde es erst, wenn sie zu rechnen begann: Um wie viel Millimeter steigt der Wasserpegel im Schwimmbecken, wenn der Fettsack reinkommt? Ist die Postleitzahl oder Hausnummer der neuen Dienststelle eine Primzahl (oder schlimmer noch die Primzahl dreizehn)? Denn abergläubisch wurde sie in der Folge leider auch noch.

Achtzehn Pillen waren übrig. Wenn sie eine weitere

nehmen würde, wären es siebzehn, wieder eine Primzahl. Primzahlen waren schlecht – unteilbar, unbequem, renitent – sie hätte also noch eine nehmen müssen. Mit den beiden vom Morgen wären es dann insgesamt vier, viel zu viel.

Zwei ist auch eine Primzahl!

Aber immerhin gerade – das geht noch …

Es ging eindeutig wieder los. Sie verfluchte ihren Vater – wie konnte er ihr das nur antun?

Pia schaute auf den Radiowecker in ihrem Hotelzimmer. Kurz vor halb neun abends. Sie würde eh hierbleiben, also konnte sie es sich erlauben, auf weitere Tabletten zu verzichten, sie würde ja nicht mehr mit anderen Menschen zusammenkommen. Noch ein letzter Blick in die Akten, ein bisschen fernsehen, und dann ab ins Bett.

Hauptsache, sie könnte einschlafen … trotz der Zahlen.

Es klopfte an der Tür.

Zimmerservice? Sie hatte niemanden gerufen, wollte sich stattdessen gerade an der Minibar verlustieren.

Aber wer sollte es sonst sein?

Schon wieder das Klopfen, genau vier Mal – im Rhythmus von Beethovens Fünfter.

Das musste Rudolph sein.

Sie öffnete die Tür, nur einen Spalt, und tatsächlich – draußen im Flur stand ihr Kollege aus Hamburg, in der Hand einen kümmerlichen Strauß Blumen.

»Dr. Rudolph?«, durchaus erstaunt.

»Paul – wir waren doch beim Du!«, mit einem charmanten Lächeln auf den Lippen.

»Okay, Paul, was kann ich für dich tun? Das war eine kurze Nacht gestern, wie du weißt. Ich wollte noch schnell die Akten überfliegen und dann ins Bett.«

»Ohne was Vernünftiges gegessen zu haben?«

»Hab kaum Appetit – dafür sollten ein paar Snacks aus der Minibar reichen.«

»Kindchen«, gespielt fürsorglich, »willst du dich etwa vergiften? In deinem Alter?«

»Was hat das mit meinem Alter zu tun?«

»Du wächst doch noch!«

Pia hatte schon mal mehr gelacht, was sie ihm auch deutlich zeigte. Doch er schien ihr Mienenspiel nicht zu bemerken und lächelte unermüdlich weiter. Er ließ nicht locker.

»Nur ein kollegiales Meeting unten im Restaurant, Pia – ich lade dich auch ein. Ich esse so ungern allein.«

»Ich weiß nicht, Paul.«

Sein Blick, kein Zweifel. Von wegen kollegiales Meeting, er wollte sie angraben – ganz sicher! »Also – ich halte das für keine gute Idee.«

»Wieso denn?«, unschuldig wie ein Neugeborenes – und mindestens genauso naiv. »Was soll daran schlecht sein? Du willst dich doch wohl nicht von diesem ungesunden Schrott ernähren? Außerdem«, er zwinkerte verschwörerisch, »hatte ich bezüglich der Obduktion noch eine Kleinigkeit vergessen zu erwähnen.«

»Eine wichtige Kleinigkeit?«

11

 # … da stecken wieder die Grünen, dieses Gesindel dahinter. … aber bald schon wird es sowieso eine neue Regierung geben. Rot, Schwarz und Grün wird kein normaler Bürger mehr wählen. Österreich zuerst – FPÖ … unsere Zukunft …

Sie hatte angebissen. Rudolph jubilierte innerlich, er wusste immer noch, welchen Knopf er zu drücken hatte. Bedeutungsvoll schürzte er die Lippen und deutete ein Nicken an.

»Na gut, wenn's wirklich wichtig ist … und du hast recht, diesen Mist sollte man tatsächlich nicht essen. Ich muss mich aber nicht noch extra schick machen, oder?«

Ihm lag ein Kompliment auf der Zunge, in der Art wie: *Das hast du doch gar nicht nötig* oder *Willst du die anderen armen Frauen vollends frustrieren?* Letztlich schluckte er es runter – ihm war klar, dass er damit bei ihr nicht landen konnte, im Gegenteil.

Stattdessen schüttelte er nur den Kopf.

Das Hotelrestaurant war nur spärlich gefüllt. Rudolph wunderte sich, dass es überhaupt Gäste hatte, außerhalb der Saison und mitten in der Woche. Kaum am Tisch, erschien auch schon der Ober. Er war jenseits der sechzig und schien schon bessere Zeiten erlebt zu haben. Mit seinem gestelzten Benehmen beim Überreichen der Karten und der Art, wie er die Empfehlung des Tages vortrug, passte er eher in ein Nobelrestaurant als in ein Cuxhavener Drei-Sterne-Hotel.

Rudolph konnte nicht anders, als Mitleid für den alten Mann zu empfinden. Er hatte ein Gespür für Menschen mit zerplatzten Lebensträumen und hier stand ein ganz trauriges Exemplar an seinem Tisch. Deshalb ließ er ihn auch entgegen seiner sonst ungeduldigen (manche würden auch sagen unhöflichen) Art ausreden. Und entschied sich sogar für das Tagesgericht, obwohl ihm das Entrecote auf der Karte besser gefallen hätte. Manchmal wunderte er sich selbst über diesen sentimentalen Kern hinter der oberflächlich selbstgefälligen Fassade.

Nachdem die Bestellung aufgegeben war, kam Pia gleich zur Sache: »Also, Paul, willst du mir nun verraten, welche Kleinigkeit du vergessen hast zu erwähnen?«

Er schaute einen Moment länger in ihre strahlend blauen Augen, als es sich gehörte, und schüttelte dann unmerklich den Kopf. Es sollte wie ein leiser Vorwurf wirken. Die Gedanken dieser wunderschönen jungen Frau kreisten ausschließlich um ihre Arbeit – was für eine Verschwendung.

»Herr Doktor! Du hast mich doch nicht nur unter einem Vorwand hierhergelockt, oder?«

»Das Opfer wies eine Einstichstelle am Hals auf. Ihr wurde der Wirkstoff GBL injiziert.«

»GBL?«

»Gamma-Butyrolacton, auch bekannt als …«

»K.-o.-Tropfen?«

»Genau!«

»Ist natürlich nur auf dem Schwarzmarkt erhältlich?«

»Leider nein, das Mittel ist im Internet frei verkäuflich.«

»Das kann doch nicht wahr sein!« Pia schüttelte ungläubig den Kopf. »Dieses Teufelszeug – legal im Internet?«

»Es fällt nicht unter das Betäubungsmittelgesetz – wird

von der Industrie auch als Lösungsmittel eingesetzt.« Er zuckte mit den Schultern. »Tja, kaum vorstellbar, aber genauso ist es – leider!«

»Also keine Chance, über den Verkäufer an den Täter zu kommen?« Eigentlich keine Frage, sondern eine Feststellung.

»Une mise en bouche!« Der Kellner mit versteinerter Miene – jetzt überzog er eindeutig. An seinem deutschen Akzent war deutlich herauszuhören, dass er kein Franzose war. Sie befanden sich in Cuxhaven in einem urdeutschen Restaurant. Warum kündigte er dann den Gruß aus der Küche auf Französisch an? Das Trinkgeld würde doch nicht so üppig ausfallen, entschied Rudolph, auch wenn er nicht ganz darauf verzichten würde – immerhin wollte er Pia damit beeindrucken.

Während die Kostprobe auf dem Tisch platziert und danach der Merlot eingeschenkt wurde, ließ Rudolph seinen Blick durch die Gastwirtschaft schweifen. Wie beim Kellner verblasste auch hier der Glanz besserer Tage. Die Einrichtung aus massivem Nussbaum mochte vor einigen Jahrzenten noch geschmackvoll gewesen sein, heute wirkte sie hoffnungslos antiquiert – zumal sie eindeutige Gebrauchsspuren aufwies. Das Lokal samt Personal war am Ende des Weges angelangt. Alles hier erinnerte ihn an einen alten Gruselfilm, an Geister, die weiterhin durchs Haus spukten, weil sie noch nicht begriffen hatten, dass sie bereits tot waren. Rudolph entschloss sich, nicht noch einmal in diesem Restaurant zu essen. Es deprimierte ihn schlichtweg, so wie *Bauer sucht Frau,* und das sollte schon was heißen.

Bis zum Essen unterhielten sie sich über Belanglosigkeiten, auch Nichtdienstliches, dann kam das leidlich schmackhafte Hauptgericht. Beim Dessert besann sich Rudolph, dass er allmählich etwas zulegen musste, schließlich hatte er seine Kollegin nicht zum Spaß eingeladen. Er überlegte noch, was er sagen solle, als sie ihm quasi eine Steilvorlage lieferte.

»Du hast deinen Ehering abgenommen?«

»Das mache ich zum Essen immer. Er ist schwer wie ein Gullydeckel. Wieso fragst du?«

»Nun, du führst mich abends zum Essen aus, legst deinen Ehering ab. Da könnte man fast meinen, dass das …«

»… ein Signal wäre? Richtig!«

»Wie, richtig?« Das erste Mal, seitdem er sie kennengelernt hatte, wirkte sie verunsichert.

»Ach Pia«, er gab sich Mühe, nicht väterlich, sondern jovial rüberzukommen, »das Schicksal hat uns hier am entlegensten Winkel der Republik zusammengeführt. Lange werden wir nicht bleiben, dann führt es uns wieder zurück nach Hamburg und jeder geht seiner eigenen Wege. Warum nicht so lange gemeinsam ein bisschen Spaß haben?«

Sie legte den Kopf schief und schien nicht glauben zu wollen, was sie da eben gehört hatte. »Welche Art von Spaß meinst du genau?«

Rudolph konnte sehen, wie ihre Schlagader pulsierte, seine hübsche Kollegin war auf hundertachtzig. Kein gutes Zeichen. Trotzdem, statt beruhigend auf sie einzureden, grinste er sie nur an, gespannt darauf, wie sich das Spielchen noch entwickeln würde.

»Du könntest mein Vater sein«, lauter als nötig.

»Das ist unmöglich. Ich bin mir sicher, deine Mutter nie kennengelernt zu haben. Ich war auch noch nie in Braunschweig.«

Ein Schatten fiel auf Pias Gesicht. Sie begann zu zittern.

»Sollte ein Witz sein.«

Sie nickte nur.

»Ist was, Pia?«

Sie atmete tief durch, dann: »Du hast mich auf der Fahrt gefragt, wie ich zur Kripo gekommen bin.«

»Ja?!« So ernst hatte sie Rudolph bisher nicht gesehen.

»Meine Mutter wurde Opfer eines Raubüberfalls. Einbrecher drangen in das Haus meiner Eltern ein und räumten alles aus. Vermutlich ist ihnen meine Mutter in die Quere gekommen. Ich habe sie entdeckt, auf dem Teppichboden, mit einer Schädelfraktur. Sie war bereits tot.« Pia schluckte, Tränen liefen ihre Wange herunter.

»Pia, du musst nicht, wenn …«

Sie schüttelte energisch den Kopf, ihre Stimme wurde lauter. »Die verdammten Schweine wurden nie gefasst. Bis heute ist nicht bekannt, ob es unabsichtlich bei einem Handgemenge passiert ist oder ob sie bewusst totgeprügelt wurde.«

Sie wischte sich die Tränen aus dem Gesicht, schaute Rudolph dann herausfordernd an. »Das ist der Grund, warum ich zur Polizei wollte!«

»Tut mir leid, Pia, ich wusste nicht, dass …«

»Natürlich nicht, woher auch? Du wolltest nur einen Witz machen.« Sie lachte bitter.

Rudolph nickte betreten.

»Du bist halt ein Witzbold, Paul, ein charmanter noch dazu.«

»Humor ist der direkte Weg ins Herz!« Entschuldigend.

»Oder ins Bett?« Sie warf ihm einen scharfen Blick zu.

»Wirklich, es tut mir sehr leid. Bitte verzeih mir meinen ungehobelten Versuch.«

Schweigen.

»Hast du Kinder?«

Rudolph schaute sie an, als höre er nicht recht. Was sollte das jetzt wieder?

»Und – hast du?« Sie ließ nicht locker.

»Drei!« Bemüht, nicht genervt zu klingen. »Also mit der jetzigen Frau – mit der davor nochmal zwei.«

»Fünf Kinder?«, sie wirkte erstaunt.

»Also eigentlich sechs. Mit Ewa, meiner ersten Frau, habe ich noch eine Tochter.«

»Und, wie alt ist sie?«

»Dreiunddreißig? Nein, vierunddreißig!«

»Also älter als ich – ich sag's ja, du könntest mein Vater sein.« Immerhin, sie konnte schon wieder lächeln.

»Ich halte mich fit, geistig wie körperlich«, jetzt ernsthaft pikiert, »treibe viel Sport. Ich denke, ich kann es in jeder Hinsicht mit einem Fünfunddreißigjährigen aufnehmen.« Er gab sich Mühe, das *in jeder Hinsicht* besonders zu betonen. Rudolph konnte nicht aus seiner Haut – selbst jetzt nicht.

Was für ein Jammer – sie war wirklich bildhübsch und taff noch dazu. Er stand auf solche Frauen. Dass sie ihn wie einen alten Mann behandelte, gefiel ihm dafür umso weniger. Dabei war er mal gerade Mitte fünfzig … oder genau genommen knapp sechzig. Trotzdem, gefühlt bestenfalls vierzig.

Wie auch immer – der Abend war gelaufen. Ohne viel Gerede legte er ein paar Scheine auf den Tisch, dann gingen sie nach oben, jeder in sein eigenes Zimmer.

DIENSTAG, 26. NOVEMBER

12

Hängt die Grünen solange es noch Bäume gibt ☺ ☺

Was für eine Sauerei!

Die Gestalt sammelte die Finger mit einer Grillzange ein und warf sie in eine Plastiktüte. Als sie alle zehn beisammenhatte, verknotete sie die Tüte sorgsam und legte sie dann in einen weiteren Beutel. Auf keinen Fall durfte ihre Kleidung mit dem Blut kontaminiert werden. Deswegen steckte sie auch seine Hände in Plastiktüten und umwickelte sie abschließend fest mit Isolierband.

Beim Abtrennen der Finger hatte sie immer noch Ekel empfunden, aber es war nicht mehr so schlimm wie beim ersten Mal. Übergeben musste sie sich nicht mehr. Sie hatte gehofft, dass ihr der Fettsack die Arbeit zumindest teilweise abnehmen würde, aber so weit war es dann doch nicht gekommen. Bereits beim ersten Finger hatte sein Herz schlappgemacht und er hatte sich mal gerade die Haut angeritzt.

Schlappschwanz!

Sie nahm das Seil, das über einen Flaschenzug mit dem Sprungturm verbunden war, und schnürte den Toten damit ein wie einen Rollbraten. Dann kletterte sie an der Strickleiter nach oben.

Ihn aus der Grube herauszuziehen war ein Kinderspiel. Obwohl er immer noch gute zwei Zentner wog, war wegen des Flaschenzugs kaum Kraft notwendig. Schließlich hing er unter dem Sprungturm wie ein Schwein im Schlachthaus.

Mit einem Haken zog sie ihn von der offenen Grube weg und legte den leblosen Körper auf eine robuste, am Rand ausgelegte Plastikfolie.

Sie entfernte das Seil, rollte ihn in die Folie und verklebte die offenen Enden mit dem Iso-Band.

Vom Grubenrand aus richtete sie einen Schlauch nach unten und spülte sein Blut in den Abfluss. Dann hielt sie auch den Bolzenschneider unter den Wasserstrahl.

Auf den ersten Blick war unten kein Blut mehr zu entdecken. Ihre Säuberungsaktion wäre zwar nicht ausreichend im Falle einer genetischen Untersuchung, aber wer würde hier schon suchen?

Zufrieden mit sich zog sie ihr Opfer auf einem Rollbrett durch die Schwimmhalle zum Notausgang. Direkt vor der Tür parkte ihr Auto. Die Leiche in den Kofferraum des Passats zu hieven, bedeutete noch einmal Schwerstarbeit. Letztlich schaffte sie es aber dank ihrer guten physischen Konstitution.

Sie legte einen Plastikbeutel auf den Fahrersitz, dann fuhr sie los. Weit hatte sie es nicht und sie kam auch gut voran. Mitten in der Nacht waren die meisten Ampeln ausgeschaltet, auch in der Innenstadt.

Sie fuhr an der Eilenriede entlang, der grünen Lunge Hannovers. Vor ihr lag der Forstweg, den sie kürzlich ausgemacht hatte. Sie bog ein, sorgsam darauf bedacht, auf dem Asphalt zu bleiben, und rollte hundert Meter in den Wald hinein.

Niemand würde sie stören, zumindest nicht um diese Zeit. Erst morgen früh wäre hier wieder reger Betrieb durch die zahlreichen Jogger, und so sollte es auch sein. Immerhin musste der Tote gefunden werden, das war Teil des Plans.

Mit den Füßen stieß sie ihn aus den Wagen, dann schnitt sie die Hülle auf und rollte den schweren Körper heraus. So ließ sie ihn auf dem Waldboden liegen. Die Folie nahm sie mit und steckte sie in den Plastikbeutel auf ihrem Sitz, zusammen mit dem Pulli und der Jogginghose, die sie über ihrer normalen Kleidung getragen hatte. Bevor sie den Beutel oben zuknotete, warf sie noch drei Pflastersteine aus dem Passat mit hinein.

So fuhr sie nach Hause, mit einem kleinen Umweg über die Kanalbrücke in Anderten. Die Fahrrinne war hier mehrere Meter tief, das sollte für den Beutel reichen.

Den Wagen parkte sie vor der Brücke und ging den Rest des Weges zu Fuß, schließlich sollte niemand ihr Kennzeichen notieren.

Wieder im Wagen schaute sie auf die Uhr – es war mittlerweile vier Uhr durch. Sicher, von niemandem beobachtet worden zu sein, weder auf der Fahrt in den Wald noch auf der Brücke, drehte sie zufrieden den Schlüssel im Zündschloss. In fünfzehn Minuten wäre sie in ihrer Wohnung. Wurde auch endlich Zeit, es war eine lange Nacht heute Nacht. Trotzdem kein Grund, sich zu beschweren. Bisher lief alles wie am Schnürchen.

13

 # Ich hab die Lösung für den Platzmangel an Flüchtlingsunterkünften. Vor langer Zeit hatten wir für ein paar Millionen von Menschen in Dachau und co Platz. Wieso stecken wir nicht die Flüchtlinge da jetzt rein??? Lol … Spass …

Pia wälzte sich auf der Matratze – 6 Uhr 34, noch eine knappe halbe Stunde bis zum Aufstehen. Sie hasste diese schmalen Betten. Ihres zu Hause hatte ein Queen-Size-Format, gut anderthalb Meter breit, hier im Hotel meinte sie, auf einem Schwebebalken zu liegen. Ein Wunder, dass sie nicht schon aus dem Bett gefallen war.

Der Digitalwecker zeigte 6 Uhr 35 an.

25 Minuten bis sieben, das waren 1500 Sekunden.

Sie musste an gestern Abend denken. Rudolph hatte mit der ersten Frau ein Kind, mit der zweiten zwei Kinder und mit der dritten drei – sollte er noch einmal heiraten, müsste er mit der vierten demnach vier …

Sie kam nicht weg von den Zahlen. Pia holte zwei Tabletten aus ihrem Kulturbeutel, legte eine aber wieder zurück. Sie musste heute klar bleiben, ihr spezielles Problem würde sie auch so in den Griff bekommen – irgendwie.

Sechs Kinder, das Älteste bereits 34, dann musste Rudolph schon weit über fünfzig sein. Er wirkte tatsächlich jünger, was vermutlich an seinem vollen Haar, der sportlichen Figur und dem dunklen Teint lag. Charmant war er ja, auf eine freche, unverschämte Art. Trotzdem kam er für sie nicht infrage, und das nicht nur wegen des Altersunterschieds. Er erinnerte sie viel zu sehr an ihren Ex Vinzenz, seines Zeichens Rechtsanwalt und als männlicher Vertreter seiner Zunft mit einem fast schon krankhaft übersteigerten Selbstbewusstsein ausgestattet.

Das hatten Juristen mit Ärzten gemein: ein Selbstwertgefühl, größer als der Eifelturm – durch ihren Vater war sie mit genügend bekannt, um das mit Bestimmtheit festgestellt zu haben.

6 Uhr 47. Noch 720 Sekunden und der Rest von dieser Minute.

Verdammt, wann hört das endlich auf? Vielleicht sollte ich doch noch eine …

Es klopfte an der Tür.

»Wer ist da?«

»Paul!«

Das kann doch nicht … jetzt ging er wirklich zu weit.

Pia ging zur Tür, öffnete sie aber nicht, rief stattdessen durch sie hindurch: »Paul, das kann nicht dein Ernst sein, mitten in der Nacht an meine Tür zu …«

»Es ist wieder eine Leiche gefunden worden – mit abgeschnittenen Fingern.«

»Was? Wo? Wieder auf See?« Sie riss die Tür auf. Dass sie nur ein Hemd anhatte, das ihr gerade bis knapp über den Po reichte, war ihr in diesem Moment egal.

»Nein, in einem Waldstück in Hannover!« Rudolph legte den Kopf schief und musterte sie unverhohlen. Selten kam sich Pia so nackt vor.

»Einen Moment bitte!« Sie schloss die Tür, zog sich eine Hose über, öffnete wieder und ließ ihn herein.

»Das sieht ja ganz nach einem Serienmörder aus«, meinte Pia. Sie tat, als hätte sie seinen Blick nicht bemerkt.

»Alle zehn Finger sind ab – ja, das darf wohl vermutet werden. Außerdem kommt unser erstes Opfer auch aus Hannover. Ein Zahnarzt hat sich noch gestern Abend gemeldet, seine Mitteilung ist aber erst heute Morgen weitergeleitet worden. Fink meint jedenfalls, wir sollen mit allem, was wir vom ersten Opfer haben, sofort nach Hannover. Eine Serie ...« Er schüttelte den Kopf. »Wenn erst mal die Presse davon Wind bekommt ...«

»Ich bin gerade erst aufgestanden und habe noch nicht mal geduscht, geschweige denn gefrühstückt.«

»Eine Katzenwäsche sollte noch drin sein, und vom Buffet kann man sich sicher was für die Fahrt mitnehmen.«

»Na prima!«, Pia, jetzt ernsthaft gereizt. Ihr Blick ging zur Dusche, dann zurück zu Rudolph, der keine Anstalten machte zu gehen. »Hast du nicht auch noch etwas zu erledigen, packen oder so?«

Widerwillig ging er zur Tür. »Okay, in einer halben Stunde am Auto?«

»Sagen wir in einer Dreiviertelstunde!«

Er nickte, verließ dann Pias Zimmer. Keine halbe Minute später stand sie unter der Dusche. Eine halbe Stunde – lächerlich. Dafür, dass er bereits das dritte Mal verheiratet war, kannte er sich aber nicht besonders gut mit Frauen aus.

»Und wieso ausgerechnet wir?« Diese Frage wollte Pia nicht mehr aus dem Kopf, jetzt brauchte sie Klarheit. Inzwischen hatten sie Cuxhaven verlassen und es lagen über zweihundert Kilometer Autobahnfahrt vor ihnen. Sie musste sich nicht mehr aufs Navi konzentrieren.

»Fink möchte, dass wir die Kollegen in Hannover

unterstützen, immerhin sind wir seit Cuxhaven an dem Fall dran. Und mit uns die Kripo Hamburg.«

Pia schüttelte den Kopf. »Ausgerechnet Hannover!«

»Wieso, was ist denn gegen Hannover einzuwenden?«

»Braunschweig und Hannover, das ist so wie Köln und Düsseldorf – geht gar nicht!«

Rudolph grinste. »Aber das ist doch wohl Humbug, oder?«

»Eher eine traditionell gelebte und gehegte Rivalität, die jedem Braunschweiger und Hannoveraner bereits in die Wiege gelegt wird.«

»Ich sag's ja, Humbug!«

Pia erwiderte nichts. Manche würden das nie verstehen, ihre Heimatstadt wurde von den anderen auch nicht als das größte Dorf der Welt oder Peine Ost bezeichnet.

»Weiß man schon was über eine mögliche Verbindung der beiden Opfer?«, wechselte Pia das Thema.

»Es werden grade mal die Spuren an der Fundstelle gesichert. Ich glaube nicht, dass die schon so weit sind.«

»Haben wir denn schon die Personalien?«

»Sind mir gemailt worden. Beide Opfer kommen aus Hannover …«

»Google sie, stalk die beiden über die sozialen Medien, Facebook und so, vielleicht auch Xing. Wir sind bestimmt zwei Stunden unterwegs – schadet ja nicht, wenn wir etwas über sie rausfinden. Beeindrucken wir die Hannoveraner mit Initiative!«

»Ist wirklich so ein Konkurrenzding mit denen, was?«

»Quatsch, das ist Humbug!«

Beide lachten.

Dann Rudolph nach einer Weile: »Ich bin nicht so ein Facebook-Fan. Was soll ich denn jetzt machen?«

»Hast du ein Profil?«

»Ja, aber eigentlich nur wegen meiner Kinder. Ich war da schon ewig nicht mehr drauf.«

»Dann wird es aber Zeit. Log dich erst mal ein!«

Er wischte und tippte eine Weile auf seinem Handy herum, schließlich: »Okay, check!«

»Probiere es mit dem kompletten Namen des Opfers in Cuxhaven. Du hast ihn ja untersucht und kannst ihn anhand der Bilder identifizieren.«

Wieder dieses unbeholfene Tippen. Jeder Fünftklässler hätte das in der Hälfte der Zeit geschafft.

»Ich denke, das ist er – ja, ich erkenne ihn wieder!« Rudolph schien selbst von sich überrascht, dass er etwas gefunden hatte.

»Und, was gibt's auf seinem Profil? Stehen da irgendwelche Gruppen, Parteien oder Vereine, mit denen er sympathisiert? Posts, die er geliked hat, Kommentare von ihm? Vielleicht auch jemand, mit dem er sich angelegt hat?«

»Auf alle Fälle jede Menge Nazischeiß, auch Bodybuilding-Kram. Beides war schon nach der Obduktion klar.«

»Woran siehst du das?«

»Seine Nachrichten, eigentlich durchgängig fremdenfeindlich, Sprüche wie *›absaufen, absaufen!‹*. Dann hat er noch Bilder von sich und seinen Muckis auf der Seite, und er hat Inhalte geliked, die teilweise schon gelöscht wurden – das waren bestimmt keine Kochrezepte!«

Pia rang sich ein Lächeln ab. »Und, sonst noch was? Vielleicht Fotos vom anderen Opfer auf seiner Seite?«

»Keine Ahnung, wie der aussieht.«

»Hast du sein Alter?«

»Natürlich, die kompletten Personalien – Moment.«

Wieder dieses ungelenke Wischen und Tippen, dann: »Christian Hunoldt, wohnhaft in Hannover, ledig, dreiundvierzig Jahre alt!«

»Dreiundvierzig? Hm, könnte eng werden mit Facebook – trotzdem, versuch es mal!«

Rudolph zog die Augenbrauen zusammen. Er war es nicht gewohnt, Befehle entgegenzunehmen, schon gar nicht von einer deutlich jüngeren Frau.

»Bitte!« Pia gab sich Mühe, möglichst ergeben zu ihm aufzuschauen.

»Na, von mir aus, hab ja sonst nichts zu tun – oder soll ich fahren, dann kannst du …«

»Im Dienstwagen, ohne Führerschein? Kommt nicht infrage! Außerdem hast du das doch eben auch ganz prima hinbekommen.«

Rudolph brummte etwas vor sich hin, bemühte dann erneut sein iPhone. »Ich habe hier einen Christian Hunoldt. Besuchte eine Schule in Hannover. Sein Alter finde ich nicht.«

»Ist auch nicht üblich bei Facebook. Aber da sind doch bestimmt Fotos – könnten die von einem Dreiundvierzigjährigen stammen?«

»Ja, durchaus, aber … hey, das ist ja interessant!«

»Was denn?« Pia warf einen kurzen Seitenblick auf Rudolphs Handy.

»Unser Freund hier scheint politisch ziemlich aktiv zu sein. Rate mal, in welche Richtung er tendiert!«

»Rechts?«

»Ich würde sogar sagen, rechts außen. Ebenfalls jede Menge fremdenfeindliches Zeugs wie bei …«

Pia war wie elektrisiert. »Das könnte unsere Verbindung sein!«

Rudolph nickte. »Was meinst du, ob die das in Hannover schon rausgefunden haben?«

»Wäre enttäuschend, wenn nicht. Allerdings – Hannover …«, sie wiegte den Kopf hin und her.

Rudolph grinste gequält. Allmählich ging ihm dieser Braunschweig-Hannover-Quatsch auf die Nerven. »Und, wie passen deiner Meinung nach dann die abgeschnittenen Finger ins Bild?«

Pia antwortete erst einmal nicht, schien zu überlegen, dann: »Bisher hatte ich an irgendwas Sexuelles gedacht, keine Ahnung, warum. An einen Fall von Missbrauch, bei dem das damalige Opfer dem Täter die Finger abschnitt, weil er es damit berührt hatte. Wenn es aber wirklich etwas Politisches sein sollte, fehlt mir ad hoc ein Zusammenhang.«

Rudolph winkte ab. »Wir müssen auch nicht im Auto den Fall lösen. Vielleicht ist unser Nazi auch ein ganz anderer Christian Hunoldt als das zweite Opfer.«

»Gleicher Name, gleicher Wohnort, gleiche politische Orientierung wie der erste Tote – das wäre schon ein ziemlich großer Zufall!«

»Zufälle gibt es immer wieder. Ich zum Beispiel wollte mich mit einer Praxis niederlassen. Dann obduzierte ich während meines Studiums einen angeblich an Herzinfarkt verstorbenen Rentner und stieß auf Giftrückstände. Das gab den Anstoß, gegen seine Witwe zu ermitteln. Ist schon eine Weile her, stand auch tagelang in der Presse – das muss aber vor deiner Zeit gewesen sein. Die Frau wurde jedenfalls des Mordes überführt und ich hatte Blut geleckt. Hätte sich nicht *zufällig* dieser Tote zeitlebens zu Studienzwecken zur Verfügung gestellt und hätte nicht ausgerechnet ich ihn *zufällig* auf den Seziertisch bekommen, würden wir jetzt nicht gemeinsam im Auto sitzen.«

»Na, dann habe ich ja Glück gehabt!« Kaum im Sinn, schon war es raus – dabei war ihr Rudolph noch nicht einmal unsympathisch. Eigentlich war er ja ein ganz unterhaltsamer und interessanter Mann.

»Und, wie kamst du zur Polizei? Auch zufällig auf Umwege oder von vorneherein geplant?«

Offenbar schien es ihn nicht weiter gestört zu haben. Oder dachte er sogar, dass sie das eben ernst gemeint hatte? Sie wurde nicht schlau aus ihm. Trotzdem – Pia war froh, dass er ihr die spitze Bemerkung von eben nicht übel genommen hatte. »Auch auf Umwegen – eigentlich hatte meine Familie für mich eine akademische Laufbahn vorgesehen.«

»Deine Familie? Und du nicht?«

»Na ja, eigentlich hätte ich selbst nicht gedacht, dass ich mal Bulle werde.« Hatte sie eben wirklich Bulle gesagt? Pia traute ihren Ohren nicht. Das musste an Rudolphs saloppe Art liegen – und seiner Eigenschaft, nichts wirklich ernst zu nehmen, Ehegelübde und Drogengesetze eingeschlossen.

»Und, wie kam es dann dazu?«

»Gleich nach dem Abi habe ich ein Physikstudium angefangen, stand kurz vorm Bachelor, doch dann bekam ich ernsthafte Probleme mit den Zahlen.«

Rudolph nickte verständnisvoll. »Ist schon knochenhart, was man da draufhaben muss. Ein guter Bekannter hat auch Physik studiert. Blitzgescheit, aber wegen Mathe musste er sein Studium abbrechen.«

»Ich war immer ausgezeichnet in Mathe – auch während des Studiums.«

»Ja, aber dann verstehe ich nicht, was für Probleme mit Zahlen …?«

»Andere Probleme halt!« Kurz und knapp, ohne über die Konsequenzen nachzudenken. Ihre Finger schlossen sich fest ums Lenkrad, die Knöchel traten weiß hervor. Was zum Teufel sollte das? Sie redete sich gerade um Kopf und Kragen. Ihr *Problem* sollte eigentlich geheim bleiben, und jetzt erzählte sie ausgerechnet einem Mediziner davon.

Pia warf ihm einen kurzen Seitenblick zu. Er sagte nichts. Sein Gesicht dagegen – eine einzige Frage.

»Damals hatte ich meine Mutter tot aufgefunden. Ich stand vor dem Nichts, da offenbarte sich mir plötzlich eine völlig neue Perspektive – zum Leidwesen meines Vaters.« Pia war erleichtert, das sollte Rudolphs Zweifel fürs Erste zerstreuen.

»In zweitausend Metern bitte abfahren!« Die Ansage des Navis unterbrach die unangenehme Stille, gerade zum rechten Zeitpunkt. Pia nutzte sie zu einem Themenwechsel. »Hast du inzwischen die Adresse des Kommissariats?« Im Navi war noch Hannover Zentrum als Ziel eingegeben.

»Ist eben per Mail gekommen.« Rudolph beugte sich vor und tippte sie ein. Abschließend wurde die Adresse laut als Bestätigung vom Navi angesagt:

»Welfenplatz 2 in 30161 Hannover!«

Bei der Erwähnung der Postleitzahl zuckte Pia merklich zusammen. 30161 war eine Primzahl und die Quersumme mit der Hausnummer ergab 13, sie konnte also gar nicht anders.

Und wieder dieser fragende Blick von Rudolph.

Eines war klar: Zukünftig musste sie höllisch bei ihm aufpassen.

14

Ich glaube die ********* ist so etwas wie eine Wichsvorlage für Erzkonservative

»Was Sie nicht sagen!«

Kriminalhauptkommissar Guse zeigte sich wenig beeindruckt von dem, was Pia und Rudolph im Auto über die beiden Opfer herausgefunden hatten. Er erinnerte Pia auf frappierende Weise an Fink, ihren Dienststellenleiter in Hamburg, nicht nur wegen der spärlichen Haartracht. Auch in Sachen Körperfülle glich er ihrem Chef, überflügelte ihn sogar. Kaum vorstellbar, dass er irgendwann einmal tatsächlich die physische Eignungsprüfung für den Polizeidienst bestanden haben sollte.

»Und, kennen sich die Mordopfer?« Pia, direkt und ohne Umschweife, wie es ihre Art war.

»Da sind wir gerade dran, Frau Beck. Hannovers rechte Szene ist überschaubar, wobei die beiden schon unterschiedliche Wege eingeschlagen haben. Hunoldt, der ältere, ist Mitglied in einer rechtspopulistischen Partei, während Kevin Schwartz, der Tote aus der Nordsee, eher im rechtsradikalen Untergrund aktiv war.«

»Wie haben Sie das zweite Opfer so schnell identifizieren können?«, machte sich Rudolph bemerkbar.

»Uns lag eine Vermisstenanzeige vor, da war der Abgleich schnell gemacht. Der Leichnam ist ja noch im besten Zustand, bis auf die fehlenden Finger und den Umstand, dass er offensichtlich ziemlich abgemagert ist.«

»Kann ich ihn untersuchen?«

»Deswegen sind Sie hier, Dr. Rudolph, Sie und Ihre reizende Kollegin.«

Dass er das mit der *reizenden Kollegin* ironisch gemeint hatte, war nur zu offensichtlich. Anscheinend konnte der Revierleiter nichts mit Pias forscher Art anfangen, Hannoveraner halt. Ihr war es gleich, die Antipathie beruhte auf Gegenseitigkeit.

Ohne ein weiteres Wort zu verlieren, ging Guse voraus, Pia und Rudolph folgten ihm. Mit dem Fahrstuhl fuhren sie in den Keller, wo sich der Obduktionssaal befand – wobei es angesichts der geringen Dimensionen irreführend war, von einem Saal zu sprechen. Der Raum wirkte wie ein Provisorium, jede Gerichtsmedizin oder Leichenhalle war besser ausgestattet. Immerhin, Rudolphs mobiles Sektionsset war bereits hergeschafft worden.

Der Tote lag nackt auf einer Bahre. Seine Haut schlug Wellen auf seinem Bauch wie bei chinesischen Faltenhunden. Rudolph runzelte die Stirn.

»Hunoldt hat in den letzten zehn Tagen zwölf Kilo abgenommen!«, erwähnte Guse ungefragt.

»Und woher wissen Sie das so genau?«

»Er war kürzlich bei einem Kollegen von Ihnen, Dr. Rudolph, zum Routinecheck. Dort wurde er auch gewogen.«

Rudolph nickte, streifte sich Kittel und Latexhandschuhe über, nahm dann eine Hautfalte zwischen Daumen und Zeigefinger. »Das war wohl eine Radikaldiät!«

Keiner lachte.

Er schaute sich Hunoldts Hände an. »Die Art der Amputation der Finger scheint auf den ersten Blick identisch mit denen der Leiche in Cuxhaven, vermutlich herbeigeführt mit einem Bolzenschneider oder einer großen Kneifzange. Ich nehme eine Gewebeprobe. Wenn meine Vermutung zutrifft, sollten Spuren von Metallpartikeln vorliegen. Moment, ich berichtige mich, beim kleinen Finger der linken Hand finden sich im Gegensatz zu den anderen Wunden im Umfeld weitere Schnitte …« Rudolph schaute zu Guse auf. »Ist bekannt, ob der Tote Links- oder Rechtshänder war?«

Der Kriminalhauptkommissar schüttelte den Kopf und Rudolph verglich die beiden Unterarme des Toten. »Anhand der deutlich kräftiger entwickelten Muskulatur des rechten Armes lässt sich schließen, dass es sich bei dem Opfer um einen Rechtshänder handelt. Das erhärtet meine Vermutung, dass sich das Opfer die Verletzung selbst zugefügt hat.«

»Wie kommen Sie darauf?«

»Die Schnitte wurden vermutlich mit dem gleichen Werkzeug herbeigeführt, nur deutlich zaghafter als bei den anderen Fingern.«

»Und …?«, fragte Guse ungeduldig.

»Aber das liegt doch auf der Hand … oh, Entschuldigung!« Rudolphs halbherziges Grinsen zeigte Pia, dass sein kleines Wortspiel kein Versehen war. Er fuhr fort: »Wenn man Sie zwingen würde, sich einen Finger abzuschneiden, für welchen würden Sie sich entscheiden, vorausgesetzt, Sie wären Rechtshänder?«

Guse nickte. »Dann haben wir es nicht nur mit einem Serienmörder, sondern auch mit einem Sadisten zu tun?«

»In den meisten Fällen besteht da ein Zusammenhang!«, fühlte sich Pia bemüßigt, auch etwas beizutragen. Guse schaute missmutig zu ihr herüber, wie zu einem Kind, das die Unterhaltung zweier Erwachsener gestört hat.

Rudolph untersuchte inzwischen den Hals des Toten.

Nach einer Weile wurde er fündig. »Wie bei der Leiche in Cuxhaven findet sich auch hier eine Einstichstelle im Nacken. Die Größe lässt auf eine handelsübliche Injektionsnadel schließen.«

»Und, wissen Sie bereits, was dem ersten Opfer verabreicht wurde?«, fragte Guse interessiert. Offensichtlich witterte er eine Spur, die zu verfolgen sich lohnen könnte.

»GBL!«

Guse schien keine Ahnung zu haben, was das war.

»Auch bekannt als K.-o.-Tropfen!«, fügte Pia an.

Diesmal wirkte Guse dankbar für ihren Einwurf. »Also, ich fasse zusammen«, dozierte er. »Wir haben zwei Mordopfer, beide aus Hannover, beide der rechten Szene zuzuordnen. Ihnen wurden sämtliche Finger abgetrennt, vermutlich mittels Bolzenschneider oder Kneifzange, und sie weisen beide eine Injektionswunde am Hals auf, richtig?«

Rudolph nickte.

»Gibt es dann noch Zweifel, dass wir es mit einem Serientäter zu tun haben?«

Pia und Rudolph schüttelten einträchtig den Kopf.

»Was ist mit diesen K.-o.-Tropfen? Lässt sich die Bezugsquelle ermitteln?«

»Ist im Internet leider frei verkäuflich!«

Guse war fassungslos. »Das kann doch nicht …«

»Das Mittel fällt nicht unters BtMG – die Industrie setzt es auch als Lösungsmittel ein.«

Rudolph schaute erstaunt zu Pia herüber. Hatte er sie nicht gerade erst darüber aufgeklärt? Und jetzt gab sie das von sich, als ob es die selbstverständlichste Sache der Welt wäre. Um ihre Karriere musste man sich jedenfalls keine Sorgen machen – die Kleine wusste ganz genau, wie sie sich ins bestmögliche Licht stellte. Rudolph war einerseits beeindruckt, aber auch ein bisschen enttäuscht. Insofern baute er ihr diesmal keine goldene Brücke, vor der eigentlichen Obduktion den Raum verlassen zu können. »Ich öffne jetzt den Thorax des Mordopfers zur Organentnahme.« Im nächsten Augenblick versenkte er die elektrische Knochensäge in Hunoldts Brustraum.

Guse wandte seinen Blick ab. »Können wir noch behilflich sein, Dr. Rudolph?«

»Nein danke, ich habe alles, was ich brauche. In zwei Stunden liegt der Bericht auf Ihrem Tisch und für die Laborbefunde rechnen Sie nochmal mit der gleichen Zeit!«

Als Guse gemeinsam mit Pia den Raum verließ, war er deutlich blasser. Sie vermutete, während ihrer Sonderausbildung mehr Leichen zu sehen bekommen zu haben als er in seiner gesamten Laufbahn.

Sie hatte recht damit.

15

Wann gibt es eine Menschenkette gegen radikale Araber und gegen diese Schweinpolitiker?

»Was soll das heißen? Nach der Obduktion werden wir nicht mehr gebraucht?«

»Aber war das nicht so mit Ihren Vorgesetzten abgesprochen?« Guse wirkte irritiert. Genauso wie Pia. Hatte ihr Rudolph nicht eben noch im Auto gesagt, sie beide wären von ihrer Dienststelle zur Unterstützung der Kollegen abberufen? Und dann plötzlich diese Kehrtwende? Quasi die Abschiebung zurück nach Hamburg?

Nicht, dass sie Wert daraufgelegt hätte, in Hannover zu bleiben, Gott behüte. Aber der Fall versprach, aufregend zu werden. Und nicht zu vergessen karrierefördernd – sollte sie eine entscheidende Rolle bei der Aufklärung spielen, würde kaum ein Weg an ihr vorbeiführen.

Eine Mordserie!

Wann hatte es die letzte gegeben – hier in Deutschland? Das war bestimmt schon einige Jahre her. Guse konnte sie jetzt unmöglich einfach so zurückschicken. Und Pia wusste auch schon, wie sich bei ihm unentbehrlich machen konnte. »Haben Sie für solche Fälle einen psychologisch geschulten Kollegen im Team?«

»Frau Beck, wir sind hier in Hannover und nicht in New York. Mit Tötungsdelikten, zumindest vorsätzlich, hatten wir in dieser Dienststelle so gut wie nie zu tun. Momentan bin ich gerade dabei, eine Mordkommission zusammenzustellen.

Ein Kriminalpsychologe oder Profiler, wie man neuerdings sagt, ist nicht darunter.«

»Sehen Sie, und genau deshalb bin ich hier!«

Guse schaute skeptisch, sagte aber kein Wort.

»Ich habe gerade eine Sonderausbildung mit Auszeichnung abgeschlossen. Thematisch ging es um Gewaltverbrechen, speziell auch um Tötungsdelikte. Selbstverständlich spielte auch der psychologische Aspekt eine gewichtige Rolle.«

Er sagte immer noch nichts. Himmel, was sollte sie denn noch machen? Ihn etwa anbetteln? Pia war kurz davor. Dann, endlich doch: »Sie wollen weiter an dem Fall arbeiten?«

Blitzmerker. »Ja, sehr gerne – und ich denke, ich könnte Ihnen auch eine große Hilfe sein!«

»Gut! Dann werde ich Ihren Vorgesetzten anrufen und um eine Freistellung bitten. Und auch gleich für Ihren Kollegen Dr. Rudolph – sofern er einverstanden ist?«

Pia lächelte dankbar. Rudolph würde sie schon überzeugen.

»Wie bitte? Guse wollte uns nach Hause schicken und du hast darum gebeten, hierbleiben zu dürfen?«

Pia nickte.

»In Hannover? Freiwillig? Als Braunschweigerin?«

»Also, so schlimm ist es ja nun doch ni…«

»Na, das habe ich aber noch ganz anders in Erinnerung!«

»Aber Paul …«

Wie weit sie wohl gehen würde, um ihren Willen zu bekommen? Nein, diese Situation auszunutzen, wäre unter seiner Würde. Was nicht heißen sollte, dass er trotzdem versuchen würde, sie ins Bett zu bekommen, bloß halt, ohne auf sie Druck auszuüben.

»Paul, ich fragte gerade, ob das für dich in Ordnung ist?«

Hatte sie das? Dann war er wohl eben etwas abgelenkt.

Und, war es für ihn in Ordnung? Was erwartete ihn schon zu Hause? Eine Frau, die keinen Wert auf seine Gesellschaft legte, genauso wenig wie er auf ihre. Mit seiner letzten Affäre hatte er Schluss gemacht, oder war sie diejenige gewesen, die sie beendet hatte? Einerlei – seine neue, junge Kollegin war jedenfalls eine angenehme Abwechslung. Eines musste allerdings noch geklärt werden: »Unter einer Bedingung!«

»Ja?!« Unsicher – Pia rechnete mit dem Schlimmsten.

»Nur, wenn wir schick bei einem Sternekoch essen gehen, bevor es zurück nach Hamburg geht.«

»Sollte es hier überhaupt einen geben, dann gerne«, erwiderte Pia, sie war beruhigt.

»Und …« Rudolph schaute ihr tief in die Augen.

»Ja?« Ängstlich. Also doch. Hatte er nicht eben noch von *einer* Bedingung gesprochen?

»Und wenn wir nicht nur Dienstliches besprechen!«

Sie nickte. Hoffentlich kam nicht noch ein *Und.*

Es kam keins mehr.

Der Rest war eine Formalie. Guse fragte in Hamburg an, ob die beiden Kollegen noch eine Weile in Hannover verbleiben dürften. Zumindest bei OK Beck schien der Dienststellenleiter Fink alles andere als unglücklich darüber. Er solle, so Fink, nur einen Antrag stellen, der Rest würde dann geregelt werden.

Guse war von Finks unkompliziertem Entgegenkommen nicht überrascht. So selbstbewusst, wie sich Beck gab, mochte sich eine Zusammenarbeit mit ihr durchaus anstrengend gestalten. Dennoch, ihr frisch erworbenes Wissen konnte in diesem außergewöhnlichen Fall von Nutzen sein. Und Guse war pragmatisch genug, um bei einer Mordserie sämtliche zur Verfügung stehenden Kapazitäten in Anspruch zu nehmen. Kurz vor der Rente wollte er seinem Nachfolger einen aufgeräumten Schreibtisch hinterlassen.

Nachdem er mit seinem Pendant in Hamburg gesprochen hatte, beauftragte er seine Bürokraft, Frau Haupt, sich um die Unterbringung der beiden Kollegen zu kümmern. In der Nähe des Dezernats waren nur noch im Hotel Harmony zwei Einzelzimmer frei. Es lag in der Striehlstraße, dreizehn war die Hausnummer.

16

 # Und du bezahlst dann für den kerl?? weg mit dem scheisser entweder verpisst er sich freiwillig oder einäschern- aus ende schluss damit ich bin es leid für so eine scheiss steuern zahlen zu müssen!!!!

Pia steuerte den Passat in die erstbeste Parklücke. Sie musste auf der Beifahrerseite aussteigen, links war nicht mehr genügend Platz übrig. Normalerweise hätte sie noch einmal zurückgesetzt, um den Wagen mittig abzustellen, doch dafür blieb keine Zeit mehr. Sie hatte den Berufsverkehr in Hannover unterschätzt. Die erste Einsatzbesprechung begann in drei Minuten, drei Stockwerke über ihnen, und sie wollte auf keinen Fall zu spät kommen.

Während sie die Treppen hochhastete, hatte Rudolph Mühe, mit ihr Schritt zu halten.

»Geh schon mal vor, ich komme nach …«, dann faselte er noch etwas von akademischer Viertelstunde. Das ließ sich Pia nicht zweimal sagen – Punkt 15 Uhr öffnete sie die Tür zum großen Dienstzimmer, von ihrem Kollegen, eben noch hinter ihr, war nichts zu sehen.

Alle Augen richteten sich auf sie.

»Meine Herren«, Guse zur versammelten Mannschaft, ausschließlich aus Männern bestehend, »ich darf vorstellen: Kollegin Beck aus Hamburg. Gemeinsam mit dem Rechtsmediziner Dr. Rudolph wird sie uns bei den Ermittlungen unterstützen. Wo ist er überhaupt?«

»Eben war er noch bei mir … ah, da kommt er ja schon!«

Rudolph erschien in der Tür, sichtbar nach Luft ringend.

»Es gibt übrigens auch einen Fahrstuhl.«

»Ich weiß, Herr Guse, aber …«, Rudolph rollte genervt mit den Augen, schaute dabei Richtung Pia, »… keine Zeit!« Sie stand direkt vor ihm und bekam davon nichts mit – oder tat zumindest so.

Der Besprechungsraum hatte die für Altbauten typisch hohe Decke, weiße Raufaser an den Wänden und oben abgerundete Fensterstürze. In der Mitte befand sich ein großer Tisch, darauf standen ein Beamer mit angeschlossenem Laptop, Kaffeekannen und Tassen. Pia vermisste Wasser.

»Und, sind Sie mit Ihrem Hotel zufrieden?«

Rudolph nickte, Pia verzog indes keine Miene. Hotels kamen in der Regel ohne die Zimmernummer dreizehn und auch ohne dreizehntes Stockwerk aus. Flugzeuge hatten heutzutage keine dreizehnte Sitzreihe mehr – all das aus gutem Grund. Das ausgerechnet sie in ein Hotel mit der Hausnummer dreizehn verfrachtet wurde, grenzte in ihren Augen an Zynismus. Rudolph hatte den Kopf schief gelegt, als sie vor der Abfahrt ins Hotel mit zitternden Fingern die Adresse ins Navi eingegeben hatte.

Sein Blick – wahrscheinlich ahnte er etwas.

»Frau Beck! Dr. Rudolph!« Guse wies auf zwei Stühle und alle setzten sich, dann eröffnete der Dezernatsleiter die Besprechung mit einer kurzen Vorstellungsrunde. Neben ihm waren noch die Kriminalkommissare Möller, Heinrich und Burger sowie die Kriminaloberkommissare Wollnick und Landberg im Ermittlerteam. Pia versuchte sich die Namen einzuprägen und wusste jetzt schon, dass sie scheitern würde. Alle waren zwischen vierzig und fünfzig, unscheinbar, in Zivil, Kriminalpolizisten halt. An ihnen war nichts Charakteristisches, woran sie die Namen hätte festmachen können. Dann war es eben so, sie würden es ihr nachsehen müssen. Es gab Wichtigeres als die Einhaltung von Förmlichkeiten unter Kollegen.

Guse schaltete den Laptop an. Statt SONY warf der Beamer nun das Bild eines Toten an die Wand, aufgenommen vom Polizeifotografen. Die Kulisse: ein Waldstück im Zentrum Hannovers. »Es handelt sich hierbei um Christian Hunoldt, beachten Sie bitte die Hände des Toten.« Guse tippte aufs Touchpad. »Und hier die Leiche von gestern Morgen, aufgefunden in einem Schlauchboot treibend, fünf Seemeilen vor der Küste Cuxhavens. Es gibt Anhaltspunkte, dass wir es mit einer Mordserie zu tun haben. Zum einen«, er hob seinen Daumen, »wurden den Toten sämtliche Finger abgetrennt, wie man auf den Fotos deutlich erkennen kann. Post mortem, nicht wahr, Dr. Rudolph?«

»Das ist korrekt! Anhand der einsetzenden Gerinnung an den offenen Wunden ließ sich eindeutig …«

»Danke, Dr. Rudolph«, winkte Guse ab, »zu den Details kommen wir später noch. Anhaltspunkt Numero zwo: Beide Opfer sind dem rechten politischen Spektrum zuzuordnen. Der eine radikal, der andere eher gemäßigt.« Bedeutungsvoll streckte er den dritten Finger aus. »Und nun kommen wir zu Punkt drei – ein Tatbestand, der uns in die Pflicht nimmt: Beide Opfer lebten in Hannover.«

Möller meldete sich zu Wort – oder doch Burger? Pia war sich nicht sicher. »Liegen Bekennerschreiben vor, Forderungen oder Androhungen weiterer Taten?«

»Nein, nichts dergleichen.«

Jetzt der einzige Bärtige, Pia meinte sich zu erinnern, dass ihn Guse als OK Wollnick vorgestellt hat. Wollnick

– Wolle – Bart, das sollte zu schaffen sein. »Haben wir Erkenntnisse, dass sich die beiden kannten? Wegen der politischen Gesinnung vielleicht?«

»Na ja, rechts ist nicht gleich rechts. Hunoldt, der ältere der beiden, war Mitglied einer im Landtag vertretenen Partei, Schwartz dagegen in der radikal-rassistischen Szene unterwegs, eindeutig ein Fall für den Verfassungsschutz.«

»Verfassungsschutz? Vielleicht haben die schon Material über Schwartz?«

»Ein Anfrage von uns liegt dem Amt vor – allerdings müssen wir uns erfahrungsgemäß bei den Nachrichtendiensten in Geduld üben, Frau Beck.«

»Und gab es schon Befragungen im Umfeld der Opfer bezüglich einer Verbindung der beiden?« Wieder Pia.

Guse schüttelte den Kopf. »Nein, deswegen diese Besprechung. Befragungen sollen koordiniert geführt werden – und vor allem zeitgleich. Wir wollen ja niemanden vorwarnen.«

»Warnen? Vermuten Sie den Täter denn im Umfeld der beiden?«

»Wir ermitteln natürlich auch gleichzeitig beim politischen Gegner. Linksextremisten, Antifa und so weiter.«

»Auch unter den Migranten?«

»Die sind nicht organisiert. Da könnten wir im Grunde alle und jeden fragen. Nein, diese Gruppe schließen wir als Täter erst mal aus.«

»Gibt es schon Überlegungen zu den unterschiedlichen Todesarten?« Der Jüngste aus dem Team. Pia hatte keine Ahnung, wie er hieß, aber er sah eigentlich ganz nett aus – für einen Hannoveraner.

»Da tappen wir leider noch völlig im Dunkeln. Unbestritten

ist jedenfalls, dass ein Plan dahinterstecken muss. Nur so ist der Aufwand zu erklären, dass Schwartz in der Tatnacht von Hannover nach Cuxhaven verschleppt wurde.«

»Es gibt doch bestimmt entlang der Strecke Überwachungskameras. Laufen da schon Auswertungen?«

Rudolph schaute zu Pia hinüber. Sie sprühte ja förmlich vor Energie.

»Wir arbeiten dran – allerdings handelt es sich bei den meisten Kameras um Kennzeichenscanner, die in der Regel für die Personenauswertung ungeeignet sind, erst recht bei Nacht. Außerdem ist davon auszugehen, dass Schwartz sediert im Kofferraum gelegen hat.«

»Wieso sediert im Kofferraum?«

»Er hat seiner Mutter eine WhatsApp-Nachricht geschickt, als er das Fitnessstudio verließ. Zehn Minuten später hätte er zu Hause sein müssen – ihr kleiner Junge, der vorbestrafte Nazi, sei ja so ein lieber, zuverlässiger Sohn gewesen. Er muss also auf dem Heimweg entführt worden sein. Da wird er dann kaum freiwillig in ein Auto gestiegen sein.«

»Trotzdem, die Aufnahmen könnten noch wichtig sein, wenn wir Anhaltspunkte auf den Täter oder das Fahrzeug haben. Sie werden doch nicht gelöscht, oder?«

»Frau Beck, Sie wissen schon, dass wir es hier mit personenbezogenen Daten zu tun haben?«

»Aber wir ermitteln schließlich in einer Mordserie!«

Guse nickte. »Okay, ich werde sehen, was sich machen lässt. Vielleicht kann ich ja den Staatsanwalt überzeugen.«

»Wir wissen also bislang nicht, warum die Opfer auf so unterschiedliche Weise getötet wurden«, wieder der Junge, »aber gibt es denn schon Überlegungen wegen der Finger?«

»Vielleicht Fingerfood«, der Bärtige, »damit haben wir hier ja Tradition!« Er grinste schief.

Alle wussten, dass er auf Fritz Haarmann anspielte, den Kannibalen aus Hannover, der besonders junge Männer mochte – und zwar in jeder Hinsicht. Niemand lachte.

»Ich mein's ernst«, schien sich der Bartträger rechtfertigen zu wollen, »vielleicht verleibt er sich ja Teile seines Opfers ein, aus welchem kranken Grund auch immer.«

Guse nahm den Einwand auf: »Frau Beck, Sie haben doch gerade erst Ihre Sonderausbildung zum Thema Gewaltverbrechen abgeschlossen. Wollen Sie uns etwas dazu sagen?«

»Sicher, Kannibalismus bei Serientätern kommt schon mal vor, aber eher selten. In den mir bekannten Fällen gibt es dann jedoch auch immer sexuelle Motive, was in diesem Fall nicht indiziert scheint. Nicht wahr, Herr Doktor?«

Rudolph schreckte auf, fühlte sich bis dahin eigentlich ganz wohl in der Rolle des Beobachters. »Vordergründig ist es nicht zu sexuellen Handlungen an den Opfern gekommen. Es liegen keine Missbrauchsspuren vor. Allerdings kann auch der Mord selbst eine Form der Befriedigung für den Täter darstellen.«

»Können wir denn überhaupt davon ausgehen, dass der Mörder ein Psycho ist?«

»Die Seriencharakteristik und die abgeschnittenen Finger sprechen für eine gestörte Psyche. Wäre allerdings auch nicht das erste Mal, dass ein Verbrechen aus Habgier durch solche Spielereien getarnt würde.«

»Halten Sie das wirklich für möglich, Doktor? Beim ersten Opfer, diesem Schwartz, war ganz sicher nichts zu holen.«

»Wäre auch nicht das erste Mal, dass ein völlig Unbeteiligter sterben müsste, um vom *eigentlichen* Ziel abzulenken.

Außerdem war Schwartz nicht der Erste. Hunoldt wurde bereits eine Woche vor Schwartz' Ermordung entführt. Vielleicht lohnte es sich ja bei ihm?«

Guse schüttelte den Kopf. »Danke, Dr. Rudolph. Vielleicht ist es wirklich noch zu früh, um über das Motiv zu spekulieren – und nein, Hunoldts Vermögens- und Erbverhältnisse sind uns noch nicht bekannt. Aber genau deswegen sind wir ja hier, um unser weiteres Vorgehen zu koordinieren. Können Sie noch weitere Angaben zur Obduktion machen?«

»Vorweg – es handelt sich um erste Befunde. Detaillierte Berichte folgen, wenn die Proben vom Labor analysiert wurden.« Rudolph schien erleichtert, endlich über Fachliches reden zu können. Er öffnete einen Aktenordner und las vor. »Bei der Wasserleiche handelt es sich um Kevin Schwartz, sechsundzwanzig Jahre alt. Sein Tod trat in der Nacht zum Montag ein. Die genaue Uhrzeit lässt sich aufgrund der Umgebungstemperatur, also wegen des eiskalten Nordseewassers, nicht exakt bestimmen. In der Lunge fand sich kein Wasser, der Exitus trat also nicht durch Ertrinken ein. Vielmehr hat hier die Wassertemperatur von circa vier Grad Celsius das Herz unmittelbar nach dem Eintauchen zum Stillstand gebracht. Die Finger wurden dem Opfer nach dem Tod mittels eines Klemmwerkzeugs mit Schneide entfernt. Vermutlich handelte es sich dabei um einen Bolzenschneider. Gewebeproben im lokalen Bereich der Wunden wurden ins Labor geschickt. Ich hoffe hier anhand von Metallspuren zum Tatwerkzeug bald nähere Angaben machen zu können. Beiden Opfern wurde jeweils im Nackenbereich Gamma-Butyrolacton injiziert …«

Rudolph schaute in ratlose Gesichter. Er wartete einen Moment und tatsächlich meldete sich Pia zu Wort: »GBL, auch bekannt als K.-o.-Tropfen. Das Mittel ist im Internet frei verkäuflich!«

Rudolph nickte, bevor er fortfuhr. »Christian Hunoldt, der zweite Tote, ist dreiundvierzig Jahre alt. Seine Leidensgeschichte begann deutlich früher. Anhand des Mageninhalts ist davon auszugehen, dass er mindestens drei Tage vor seinem Tod keine Nahrung mehr aufgenommen hatte, vermutlich noch deutlich länger in Anbetracht des enormen Gewichtsverlustes. Auch er starb an Herzversagen. Die Finger wurden ihm mutmaßlich mit dem identischen Werkzeug abgetrennt, wobei eine Verletzung an der linken Hand auf einen gescheiterten Selbstversuch hindeutet.«

»Wieso hätte er das machen sollen?«

»Vielleicht wurde er dazu gezwungen.«

»Und wie kam es zum Herzversagen? Wurde er vergiftet? Immerhin war er erst dreiundvierzig.«

»Und stark übergewichtig, ausgehungert, dann der Stress – nein, außer den K.-o.-Tropfen fand ich bislang keine Substanz in seinem Körper, die dort nicht hingehörte.«

»Haben Sie eine Vermutung bezüglich der Verstümmelungen?« Guse hatte sich komplett auf Rudolph eingeschossen und Pia dabei völlig vernachlässigt. Der Doktor zog zugunsten seiner jungen Kollegin die Reißleine. »Ich bin Rechtsmediziner und kein Psychologe, deshalb übergebe ich jetzt an OK Beck.«

Pia nickte und stand auf. »Serientäter hinterlassen nicht immer, aber oft genug eine Visitenkarte, etwas, wodurch sie sich unverwechselbar machen. Natürlich steckt dahinter auch eine Bedeutung. Die Finger könnten zum Beispiel auf einen Missbrauch der Täter im Kindesalter deuten – Hände, die sie gegen ihren Willen berührten. Nicht immer muss diese Bedeutung allerdings für einen rational denkenden Menschen plausibel sein. Es gibt also eine Vielzahl weiterer Deutungen. Im derzeitigen Stadium unserer Ermittlungen halte ich eine Interpretation ehrlich gesagt für noch nicht aussichtsreich – wir würden uns verzetteln.«

»Gut«, übernahm Guse wieder das Wort, »konzentrieren wir uns auf das Nächstliegende – die Ermittlungen im Umfeld der Opfer. Verwandte, Bekannte, politische Freunde und natürlich besonders ihre Feinde. Jeder von Ihnen bekommt einen Streifenbeamten an die Seite gestellt, somit hätten wir sechs Zweiergruppen. Ich leite von hier aus den Einsatz. Möller, stellen Sie die Teams zusammen, ich kümmere mich um eine Liste mit den Zielpersonen.«

Pia war zufrieden – endlich ging es los.

17

Volksverräter!

»Auf Wiedersehen, Frau Cohrs, bis zum nächsten Mal!«

Monika Klein, seit gut zwanzig Jahren, aber gefühlten zwei Jahrhunderten, im Haarsalon Miesner tätig, half ihrer letzten Kundin für heute in den Mantel. Über dem Kragen sah Monika von Frau Cohrs nur noch die bei älteren Damen übliche dauergewellte, blauweiße Masse Zuckerwatte hervorragen.

Monika hasste ihren Beruf.

Sie hasste die immer gleichen 08/15-Frisuren.

Sie hasste ihre Kundinnen.

Und sie hasste ihr Leben.

Sie musste etwas daran ändern, das sagte sie sich jeden Tag. Nur wie, bei dieser miesen Bezahlung?

Die hasste sie übrigens auch, genauso wie ihren Chef, der sie in der Regel ab fünf Uhr alleine ließ.

Sie malochte und er kassierte – was für eine himmelschreiende Ungerechtigkeit.

Sie räumte die Kasse aus – viel war wieder nicht zusammengekommen –, sortierte das Wechselgeld für morgen aus und zählte den Rest, den sie heute noch in den nahe gelegenen Bankautomaten einzahlen würde.

Dann schlüpfte sie in ihren Parka, löschte das Licht und schloss ab. Wieder ein ereignisloser Tag in einer endlosen Reihe ereignisloser Tage. Als sie die Schlüssel in ihre Jackentasche steckte, fiel ihr Blick auf die Fingernägel mit den aufgemalten Smilies. Sie waren das Einzige, was in letzter Zeit an ihr gelächelt hatte.

Der Regen schlug ihr ins Gesicht, eiskalt und kurz vor dem Gefrieren.

Sie hasste auch den November.

Der Unterstand der Bushaltestelle war restlos überfüllt, sodass sie auch noch ungeschützt im Regen warten musste.

Wenn sie sich wenigstens ein eigenes Auto leisten könnte.

Was für ein Scheißleben …

Bis auf die Haut durchnässt öffnete Monika die Tür zu ihrer Zweizimmerwohnung. Kater Mio, seit seiner Kastration mindestens genauso vom Leben gelangweilt wie Monika, hob kurz den Kopf und legte sich dann wieder schlafen. Irgendjemand hatte mal gesagt: Wenn Du einen Freund brauchst, kauf Dir einen Hund, wenn Du ignoriert werden willst, besorg Dir eine Katze.

Monika hätte sich besser einen Hund zulegen sollen.

Mistvieh!

Vielleicht sollte sie ihn auf Diät setzen? Ob er hungrig immer noch so träge liegen bliebe, wenn sie von der Arbeit käme?

Diät – allein der Gedanke daran sorgte bei ihr für weitere Missstimmung. Seit Monaten quälte sich ab, ohne nennenswerten Erfolg. Lag es an ihrem Alter? Sie war gerade vierzig geworden. Trieb sie zu wenig Sport? Aber wann sollte sie das tun, bei den Arbeitszeiten? Oder lag es doch an den immer wiederkehrenden Fressattacken?

»Fettsack!« Im Vorbeigehen zur Katze gemault, dann ein Fertiggericht in die Mikrowelle geschoben. Heute gab es Kasseler mit Sauerkraut und Kartoffelbrei. Nichts für die schlanke Linie, aber schon wieder Kohlsuppe kam nicht infrage, dafür war sie viel zu frustriert.

Sie stellte die Glotze an, reine Geräuschkulisse. Zwei gut gelaunte Moderatoren vertrieben leidlich die Einsamkeit, Monika hörte nur mit halbem Ohr zu. Mit dem Essen auf dem Tisch fuhr sie ihren Laptop hoch und ging ins Internet.

Sie checkte ihre E-Mails – nichts außer Werbung, dann rief sie ihr Lieblingsportal auf. News aus der Glamourwelt der Promis, eine Welt, die ihr bestens bekannt war, obwohl sie nie dazugehören würde. Hier hieß das Credo nicht *sehen und gesehen werden*, sondern *lesen und gelesen werden.* Die Website auf einer Web-2.0.Plattform war konzipiert als interaktives Forum mit Klatsch und Tratsch über Stars und Sternchen.

Als User war man anonym unterwegs, Monika nannte sich Hexe69. Hexe hatte etwas Verruchtes, die 69 tat ihr Übriges. Ihr Avatar: eine vollbusige Comicfigur mit stark geschminkten Lippen, langen Wimpern, knappem Dress und somit das absolute Gegenteil von Monika. Aber das erfuhr ja niemand.

Ihre Kommentare zu den News und Tweets waren mal sexy-kapriziös, meistens bissig und manchmal bösartig.

Posts dieser Art bezeichnete man neuerdings auch als Hatespeech und waren Monikas Ventil für die Ungerechtigkeiten, unter denen sie zu leiden hatte. Durch sie wurde ihr Leben ein Stück weit erträglicher.

Sie scrollte durch die letzten Meldungen. Trennungen, Babygerüchte, neue Filme und Alben – immer das Gleiche, langweilig. Dann stieß sie auf eine Meldung, die ihr Interesse weckte. Eine Schauspielerin – jung, hübsch, liiert mit dem Frontmann einer Rockband und Besitzerin einer Villa in San Remo – Monika hasste sie dafür. Diese Schauspielerin war an ALS erkrankt und ging damit an die Öffentlichkeit. Dort überschüttete man sie weltweit mit Mitleid und aufmunternden Kommentaren.

Monika litt unter den ersten Vorzeichen einer Arthritis. Wurde sie deswegen bedauert? Der ständige Umgang mit Haarfärbemittel sorgte an ihren Händen für Hautentzündungen. Nahm irgendjemand daran Anteil?

Wenigstens ihr Chef?

Der würde sich lieber die Zunge rausreißen, bevor er zugäbe, dass das ätzende Chemie-Zeug sie krank machte.

Ihre Freunde?

Welche Freunde?

Monika schloss die Augen, atmete einmal tief durch.

Dieses verwöhnte Sternchen hatte es bedeutend besser als sie, trotz allem. Selbst wenn sie schon morgen an ihrer Krankheit zugrunde ginge, hätte sie doch bedeutend mehr vom Leben gehabt, als Monika jemals bekommen würde.

Sie loggte sich ein – der Cursor blinkte und wartete darauf, die Meinung von Hexe69 der Community kundzutun.

MITTWOCH, 27. NOVEMBER

18

»Dieser Kommentar wurde gesperrt und wird deshalb nicht angezeigt.«

Monika Klein starrte auf ihren Laptop. Sie frühstückte gerade am Küchentisch und wollte eigentlich nur schnell das Feedback der Community auf ihren letzten Post checken. Und dann das!

Man hatte sie zensiert?

Wo zum Teufel lebte sie eigentlich, etwa in einer miesen Diktatur? Was war aus der Meinungsfreiheit geworden? Davon stand doch sogar was im Grundgesetz, Artikel fünf oder sieben – scheißegal, wo genau, aber es stand da irgendwo drin.

Na, denen würde sie es zeigen.

Monika schaute auf die Uhr. Wenn sie sich beeilte, könnte sie trotzdem noch rechtzeitig den Bus erreichen. Sofort fiel ihr eine passende Antwort ein.

Zwei Minuten später war sie fertig und lehnte sich zufrieden zurück. Hexe69 hatte sich mal wieder selbst übertroffen. Schnell noch einige Posts über diesen unerhörten Vorgang auf andere Plattformen gestellt, dann klappte sie den Rechner zu und machte sich auf den Weg. Das schmutzige Geschirr ließ sie stehen, dazu wäre heute Abend noch Zeit.

Immerhin, etwas Gutes hatte die Sache: Zum ersten Mal war einer ihrer Kommentare als Verstoß gemeldet worden. Offenbar hatte sie einen neuen Grad der Schärfe erreicht, sozusagen *The next Level.*

Insofern war das quasi ein Ritterschlag.

Monika konnte sich ein Grinsen nicht verkneifen, als sie durch die Wohnungstür hinausstürzte.

Es war stockfinster, auch von draußen kam so gut wie kein Licht ins Treppenhaus.

Irgendetwas raschelte hinter ihr. Ein Nachbar? Aber warum hatte er kein Licht gemacht? Sie horchte kurz ins Dunkle. Nichts. Wahrscheinlich hatte sie sich das nur eingebildet.

Ihre Hand tastete auf der Suche nach dem Lichtschalter über die raue Wand. Sie verfluchte den Vermieter. Vor Monaten schon hatte sie ihn unmissverständlich aufgefordert, die kleine Birne im Schalter endlich reparieren zu lassen. Auch ihm würde sie heute noch eine Nachricht zukommen lassen, eine, die es in sich hatte. Ein absolutes Unding, dass sie sich ihre Hände aufscheuerte, nur weil er nichts gegen diesen offensichtlichen Mangel unternehmen wollte.

Apropos Mangel: Eigentlich rechtfertigte er durchaus eine Mietminderung. Monikas Grinsen wurde breiter, sie freute sich schon auf die E-Mail heute Abend.

Endlich hatte sie den Schalter gefunden. Das Licht ging an und warf zwei Schatten an die Wand, ihren eigenen und …

Wie angestochen fuhr sie herum. Sie sah eine Hand auf ihren Mund zuschießen und erschauerte beim Anblick der Spritze, die bedrohlich funkelte.

Was um Himmels willen hatte das denn zu bedeuten?

Einen Moment setzte ihr Herz aus, nur um dann umso heftiger zu rasen. Die Nadel fuhr in ihren Hals. Sofort durchströmte sie eine eisig kalte Flüssigkeit, einen Augenblick darauf begann es zu prickeln, dann zu brennen. Schwarze Punkte tanzten vor ihren Augen.

Die Knie knickten ein.

Monika wollte schreien, doch ihr ganzer Körper schien wie gelähmt. Die Hand, die ihr den Mund zuhielt, war gar nicht mehr nötig.

Der Schlüsselbund glitt ihr aus der Hand.

Wenn er laut klirrend auf den Boden knallte, würde bestimmt ihr Nachbar von nebenan nachschauen, was hier los wäre.

Bestimmt.

Alles schwankte, schaukelte wie verrückt.

Die Schlüssel fielen – fielen – fielen – wie in Zeitlupe.

Verschwanden in einer schwarzen Faust, noch bevor sie aufschlugen

OH GOTT, BITTE NICHT!

Dröhnen in den Ohren – Gänsehaut.

Die Tür schwang auf.

»Komm schon, es wird dir gefallen!« Ganz leise, ins Ohr geflüstert.

ABER WARUM NUR?

Ihre Wohnung.

Füße, die über den Teppich geschleift wurden.

Ihre Füße.

Mio sprang kurz auf und legte sich dann wieder hin.

VERDAMMTES MISTSTÜCK!

Nächstes Mal ein Hund!

NÄCHSTES MAL?

19

Fangschuss und gut ist

»Oberkommissarin Beck aus Hamburg, Hauptwachtmeister Mehmet Yussuf!« Gestenreich machte Guse die beiden miteinander bekannt.

Pia musterte ihren neuen Partner und reichte ihm die Hand. Er wirkte drahtig und unerschrocken – ein typischer Mann für den Außeneinsatz eben und nicht so ein Papiertiger wie Guse. Ein Typ, auf den man sich verlassen konnte, wenn es drauf ankam.

Sie war beruhigt, denn ihre erste Anlaufstation war die rechtsnationalistische Splittergruppe, in der Schwartz Mitglied gewesen war. Der Verein oder wie immer sich die Gruppierung nennen mochte, war zwar nicht verboten, stand aber unter Beobachtung des Verfassungsschutzes und war daher alles andere als gut auf die Polizei zu sprechen.

Und auf Menschen mit Migrationshintergrund – Yussuf sah man seine Abstammung nur zu deutlich an. Ob es eine gute Idee von Guse gewesen war, ausgerechnet ihn für Vernehmungen ins rechtsgerichtete Milieu zu schicken?

»Na, dann wollen wir mal ein paar Nazis interviewen!« Yussuf steckte seine Waffe ins Halfter, nachdem er das Magazin kontrolliert hatte. »Oder haben Sie etwa Vorurteile?«

»Wie, gegen Nazis?« *Oder gegen Migranten im Polizeidienst?* Pia war verwirrt.

»Nein, gegen Hannoveraner. Ich habe gehört, Sie stammen aus Braunschweig.«

»N-nein, wird schon gehen …« Sie lächelte unsicher. Wollte er sie auf den Arm nehmen oder war das eben ernst gemeint? Und überhaupt, wie hatte sich das denn so schnell rumgesprochen?

»Ich habe Ihre Akte durchgeblättert, wollte wissen, auf wen ich mich draußen im Einsatz verlassen muss.«

Aha!

Offensichtlich stand ihr die Frage ins Gesicht geschrieben. Immerhin, er bereitete sich gut vor – auch wenn ihr die Schnüffelei missfiel. Aber er war halt Polizist.

Und ehrlich schien er auch zu sein.

»Haben Sie Ihre Dienstwaffe dabei?«

»Natürlich!« Sie war sich sicher, trotzdem überzeugte sich Pia davon mit einem Griff unter die Jacke. Das kalte Metall fühlte sich gut an.

»Nicht, dass wir sie brauchen werden …« Den Rest ließ ihr neuer Partner offen, stellte stattdessen den Dienstwagen am Straßenrand ab.

Sie waren gute zwanzig Minuten gefahren und befanden sich nun am Stadtrand von Hannover. Die Häuser waren deutlich flacher geworden – und schäbiger. An den Fassaden mehr Graffiti als Wandfarbe.

Nicht so bei dem Gebäude, das Yussuf jetzt zielstrebig ansteuerte. Erst als sie näher kamen, entdeckte Pia, dass die Wände mehrfach dilettantisch mit dem alten Farbton überstrichen worden waren – wahrscheinlich, um *Grußbotschaften* politischer Gegner unkenntlich zu machen. Kameras rings um die Werkstatthalle erweckten den Eindruck einer ständigen Überwachung, vermutlich, um weitere Schmierereien zu vermeiden.

Wer auch immer hier seinen Standort hatte, schien mit zahlreichen Anfeindungen zu tun zu haben. Wahrscheinlich waren die Farbschichten mittlerweile dicker als der Putz.

Links neben der großen Feuerschutztür prangten zwei Schilder: ein großes, das diese Halle als Kfz-Werkstatt Ludwig Radebrecht auswies, ein kleineres darunter mit dem Schriftzug Deutsch-Hannöversches-Heimat- und Kulturbündnis e. V. Dieses Schild, obwohl lange nicht so verwittert wie das andere, schien bereits einiges mitgemacht zu haben. Teilweise waren die Ecken abgebrochen und es fanden sich notdürftig entfernte Reste von Sprühfarbe darauf.

»Und wer führt das Verhör?«

»Befragung!«, verbesserte Pia. »Wir befragen Schwartz' Freunde, nicht seine Feinde!«

»Sie meinen Kameraden!«

Pia schaute auf. Hoffentlich hatte er sich unter Kontrolle. Ihr war wohler, wenn er sich im Hintergrund hielt. »Ich werde fragen. Allein schon, weil ich in Zivil bin!«

»Okay, dann spielt der Straßencop den Aufpasser!«

»Ich denke, das wird nicht nötig sein. Wie gesagt, das ist erst mal nur eine Befragung.«

Sein schiefes Grinsen wirkte aufgesetzt.

»Alles okay mit Ihnen?« Pia schaute ihm in die Augen. Sie verlangte eine ehrliche Antwort. »Sie mögen die Typen nicht, richtig?«

»Wie kommen Sie darauf? Ich steh' auf Nazis!«

Pia nickte. Auf eine dumme Frage gehörte eine dumme Antwort.

Sie nahm sich ein Herz und klopfte an die Tür. Würde schon irgendwie schiefgehen.

»Polizei. Wir hätten ein paar Fragen an Sie!«

Es dauerte einen Moment, dann: »Kommen Sie rein, es ist offen!«

Pia zog die Tür auf und trat ein, Yussuf blieb hinter ihr.

»Sie kommen bestimmt wegen der Schmierereien. Haben Sie die Kerle endlich erwischt?« Das Empfangskomitee bestand aus fünf Männern. Vier Glatzen, alle unter dreißig, und von ihnen umringt, als ob sie ihn schützen wollten, ihr Sprecher, vermutlich auch der Anführer. Der Mitvierziger mit akkurater Scheitelfrisur und gepflegtem Äußeren stach deutlich aus der Gruppe hervor. Wie perfekt hier doch die Realität das Klischee bedient, dachte Pia. Nicht nur, dass das Fußvolk durch Kahlschlagfrisur glänzte, jeder von ihnen war zudem intensiv tätowiert – und hässlich wie die Nacht. Da passte als Kontrast dann irgendwie sogar der geschniegelte Klugschiss dazwischen, als ihr Verbindungsmann zur realen Welt.

Zwei Glatzen trugen Blaumänner, die anderen Straßenkleidung. Im Hintergrund standen drei Fahrzeuge auf Hebebühnen und warteten darauf, dass man sich wieder um sie kümmerte. Aus den Lautsprechern brüllte der Sänger einer Screaming-Band. Pia brauchte eine Weile, bis sie heraushörte, dass das tatsächlich Deutsch sein sollte.

»Kriminaloberkommissarin Beck. Ich komme nicht wegen einer Ordnungswidrigkeit. Es geht vielmehr um Kevin Schwartz. Er ist Mitglied in Ihrer … Vereinigung, nicht wahr?«

»Kamerad Kevin?« Der Scheitel, Pia bemerkte den Seitenblick ihres Partners. »Sicher, er gehört zu uns. Hat er etwa was angestellt?«

»Er hat nichts angestellt, ihm ist etwas zugestoßen!«

»Dann waren's die scheiß linken Schweine. Wo liegt er?«,

fragte die Glatze mit der 88 am Hals. Er sah so aus, als ob er gleich loslaufen wollte, mit dem Baseballschläger in der Hand.

»Im Leichenschauhaus!« Yussuf. Er wollte sich ein Grinsen nicht verkneifen. Pia warf ihm eindringliche Blicke zu, damit aufzuhören, doch es schien ihn nicht zu kümmern.

»Aber das kann doch nicht …« Eine andere Glatze.

»Doch, es ist leider wahr.« Pia, betont ruhig, versuchte mit gebotener Anteilnahme zu retten, was noch zu retten war.

»Weiß man schon, wer's war?«

Pia legte den Kopf schief. »Woher wissen Sie, dass es kein Unfall war?«

Der Scheitel blieb ganz ruhig. »Dann wären Sie nicht hier, oder? Kommen Sie, setzen wir uns!« Er wies auf eine lose Gruppe klappriger Stühle etwas weiter hinten in der Werkstatt.

Pia setzte sich auf den einzigen ohne Ölfleck auf dem Polster, Scheitel ihr gegenüber. Die anderen zogen es vor, stehen zu bleiben.

»Also, habe ich recht. Es war kein Unfall, nicht wahr?«

»Kein Unfall, ganz sicher nicht!«

»Und, haben Sie schon einen Verdacht, wer es war?«

Pia zog die Stirn kraus. »Sie wirken nicht sonderlich überrascht, Herr …?«

»Ludwig Radebrecht.«

»Der Inhaber der Werkstatt?«

Er nickte. »Und Vorsitzender des Vereins Deutsch-Hannöversches-Heimat- und Kulturbündnis e.V.!«

»Also, warum so gefasst, Herr Radebrecht?«

»Ist das jetzt etwa ein Verhör?«

Pia seufzte. Das gestaltete sich reichlich mühselig. Sie meinte, einen Politiker vor sich zu haben. »Nur eine ernst gemeinte Frage mit der Bitte um eine Antwort.«

»Ach, wissen Sie, Kommissarin Beck, als Nationalist ist man permanent Anfeindungen ausgesetzt. Glauben Sie mir, da gibt es einige üble Gestalten.«

»Bestimmt war's so ein Antifa-Wichser!« Das kam vom korpulentesten der vier Glatzenträger. Sein mit einem Spinnennetz-Tattoo verzierter Schädel war knallrot angelaufen, so ähnelte er noch mehr Spiderman.

»Auch wenn ich mich anders ausgedrückt hätte, kann ich dem Kameraden nur beipflichten: Leider belässt es der politische Gegner nicht bei dem Beschmieren von Wänden. Es kam schon zu massiven Handgreiflichkeiten, speziell aus dem Lager der sogenannten Antifaschistischen Aktionisten. Dort sollten Sie unbedingt mal …«

»Keine Sorge, Herr Radebrecht, da sind wir dran!« Pia schaute in die Runde. »War denn einer von Ihnen näher mit Herrn Schwartz bekannt? Weiß jemand über seine Freunde Bescheid? Oder hatte er eine Freundin?«

»Kevin hatte keine Freundin!« Die 88.

»Dann war er vielleicht schwul?« Die aufgesetzte Unschuldsmiene nahm Pia ihrem Kollegen nicht ab.

»Du mieser Kanakenarsch, Kevin war keine beschissene Tunte!«

Yussuf zuckte nur mit den Schultern, wich dabei keinen Zentimeter zurück, als die 88 auf ihn zustürzte. Pia sprang von ihrem Stuhl auf und stellte sich zwischen die beiden.

»André!« Auch der Scheitel war aufgesprungen. »Lass dich nicht provozieren – hörst du?«

André schnaufte, blieb aber stehen.

»Einen Moment, bitte!« Pia zog ihren Kollegen zur Seite. »Noch so eine Aktion und ich lass Sie hier abziehen, verstanden?«, raunte sie ihm zu.

Er nickte und wirkte wie die Ruhe selbst, doch so nah, wie sie ihm war, konnte sie seine Hände zittern sehen. Das war keine Angst – das war pure Wut. Vor ihr stand ein Vulkan, kurz davor, mit einem gewaltigen Knall auszubrechen.

»Passen Sie besser auf Ihren Wachhund auf, sonst gibt's hier noch ein Unglück!« Radebrecht schob André zurück zu seinen drei Kameraden. »Es gehört sich nicht, schlecht über Tote zu reden – schon gar nicht, wenn sie grade erst gestorben sind.«

»Wieso schlecht? Homosexualität ist doch nichts ...«

»Verkaufen Sie mich nicht für dumm, Fräulein! Sie wissen genau, dass das hier nicht gut ankommt!«

Pia senkte den Blick und atmete einmal tief durch, bevor sie schließlich fortfuhr. »Gut, Herr Radebrecht, auf ein Neues. Gibt es jemanden im Verein, idealerweise unter den Anwesenden, der mit Herrn Schwartz näher bekannt war?«

Radebrecht wandte sich um und warf einen Blick auf seine Jungs. »André, du kanntest ihn doch ganz gut, oder?«

André nickte und schaute dabei so freundlich wie ein Boxer beim Handshake vor der ersten Runde.

»Kommst du dann bitte mal?« Radebrecht, eine Spur ungeduldig.

»Mit *dem* da red' ich aber nicht!« Bockig wie ein kleines Kind.

Yussuf trug es mit Fassung.

Und Pia zückte Block und Stift.

20

*# Diese Pack gehört gesteinigt und an die Wand gestellt. Allen voran diese erbärmliche Drecksau von OB ***, dieser Voll-Assi.*

Monika war speiübel.

Ihr Schädel dröhnte.

Sie wollte die Hände heben, um sich die Stirn zu massieren, doch sie hatte kein Gefühl in ihren Armen, spürte noch nicht mal die Finger.

Erst jetzt kam die Erinnerung zurück.

Schlagartig.

Absolut beängstigend.

Das dunkle Treppenhaus – der Schatten – die Spritze – der Kontrollverlust über den Körper – Ohnmacht.

Aus.

Bis jetzt.

Die Augenlider waren schwer wie Blei, trotzdem, sie musste die Augen aufkriegen, schauen, was los war.

Sie brauchte ihre ganze Kraft dafür – *zum Augenöffnen?* Was zum Teufel war bloß los mit ihr?

Sie lag in ihrem Schlafzimmer, rücklings auf dem Bett, unfähig, sich zu bewegen.

War sie fixiert, mit Schnüren ans Bett gefesselt? Ihr Blick wanderte abwärts, ihren Körper entlang, so weit nach unten, dass sie wie einen diffusen Schatten ihre Nase sehen konnte.

Keine Fesseln! Sie lag so da, wie sie das Haus verlassen hatte, in den gleichen Klamotten. Arme und Beine waren frei, keine Schnüre oder Klebebänder. Trotzdem konnte sie sich keinen Millimeter bewegen.

Monika wandte den Blick wieder geradeaus, direkt an die Zimmerdecke.

Jetzt erst konnte sie die Buchstaben erkennen. Als sie eben aufgewacht war, hatte sie alles noch wie durch einen Schleier gesehen.

Eine Botschaft für sie?

Wieso sagte der Dreckskerl nicht einfach, was er ihr zu sagen hatte?

Was hat das alles überhaupt zu bedeuten?

HERRGOTT!

Die Worte mussten per Hand an die Decke geschrieben worden sein, das hatte bestimmt viel Zeit gekostet. Mit Monikas Sehkraft stand es mittlerweile auch nicht mehr zum Besten und sie hatte Mühe, die Buchstaben zu entziffern.

#erlöschendessternchen

soll ich jetzt wirklich mitleid haben mit dem großen hollywoodstar? ganz ehrlich kannte sie bisher noch nicht – ist jetzt wohl auch nicht mehr nötig:) die hat schon bedeutend mehr vom leben gehabt als hundert durchschnittsfrauen zusammen: villa in Italien/ rattenscharfer stecher/ jeden scheißluxus – kerzen die heller leuchten verblassen schneller. sehe das als ausgleichende gerechtigkeit …

HEXE69

Monikas Puls raste.

Dort oben an der Decke stand *ihr* Post!

War *er* der Grund für all das? Mein Gott, das war doch nur Spaß und vielleicht ein bisschen Frustbewältigung.

Wen juckte schon, was sie schrieb? Und diese Hollywoodschlampe würde es garantiert nie zu Gesicht bekommen. Die sprach ja nicht mal Deutsch.

Das musste sie ihm sagen – jetzt sofort. Er würde es bestimmt verstehen und sie wieder freilassen.

Monika versuchte zu sprechen, aber selbst das bekam sie nicht hin. Die Lippen bewegten sich, das konnte sie spüren, aber es kamen keine Worte raus. Vor ihren Augen das Bild eines an Land gespülten Fisches, mit dem Maul nach Luft japsend.

Auch Monika ging die Luft aus. Es fiel ihr schwer, beim Atmen noch die Brust zu heben.

»Amyotrophe Lateralsklerose, kurz ALS, ist eine degenerative *Erkrankung des motorischen Nervensystems.*«

Eine Stimme, ungewöhnlich hoch für einen Mann – zu hoch für einen Mann?

Aber wieso sollte eine Frau …?

Wieso sollte überhaupt irgendjemand …?

»Die Krankheit ist nicht heilbar und die entstandenen physischen Schäden sind irreversibel.«

Das Miststück steht direkt hinter mir.

Am Kopfende des Bettes …

… und ich hab's die ganze Zeit nicht mitbekommen.

Monika starrte nach links, so weit, bis ihre Augen schmerzten, der Kopf blieb dabei wie angenagelt liegen. War sie das, der Schatten hinter ihr, oder bildete sie sich ihn nur ein?

Komm doch nach vorne, damit ich dich sehen kann.

So, wie sie jetzt lag, erstarrt, statuenhaft und mit verdrehten Augen, musste sie völlig durchgeknallt wirken … oder verzweifelt? Vielleicht half es ja, vielleicht würde ihre Verzweiflung die Verrückte hinter ihr doch noch erweichen. Sie konnte nicht reden, also mussten die Augen für sie sprechen.

»Der Verlauf endet immer tödlich. In der Regel verbleiben den betroffenen Personen nach einer Diagnose noch drei bis fünf Lebensjahre. Die rasch fortschreitende Lähmung sorgt dafür, dass sie bald schon auf intensive Pflege angewiesen sind. Prominentes Opfer dieser grausamen Erkrankung war der weltbekannte Physiker Stephen Hawking.«

Monikas Atem wurde zusehends flacher. Die Haut begann zu kribbeln, ein Pfeifen in den Ohren, sie sah Doppelbilder. Die Luft reichte bald nicht mehr aus.

Ich ersticke – spar dir deine beschissenen Vorträge.

»Liebend gerne würde ich an Ihnen den kompletten Verlauf der Krankheit simulieren, vor allem auch unter Berücksichtigung der Dauer des fortwährenden Verfalls, doch leider fehlt mir dafür die Zeit. So können Sie sich glücklich schätzen, Frau Klein, nur die kurze Endphase durchleiden zu müssen. Die Lähmung befällt schließlich auch die Atemmuskulatur, sodass ohne künstliche Unterstützung unweigerlich der Erstickungstod folgt.«

Ja, ich hab's kapiert. Jetzt hilf mir gefälligst, lass mich doch nicht einfach so verrecken!

HERRGOTT!

Sie beobachtet mich nur, tut nichts.

Vielleicht helfen Tränen?

Jetzt weine gefälligst. Du fängst doch sonst auch bei jeder Schnulze an zu flennen …

Tränen wirken immer, selbst bei einem gefühllosen Schwein wie ihrem Chef.

Erst recht bei einer Frau – wenn dieses Monstrum denn eine Frau ist.

Monika spürte, wie ihr eine Träne die Wange hinablief.

Geschafft!

Sie hätte gelächelt, wenn es ihr möglich gewesen wäre.

Jetzt wird alles wieder gut.

Alles …

… wird …

… wie – der …

…

21

Ich bin dafür, dass wir die Gaskammern wieder öffnen und die ganze Brut reinstecken.

»Würden Sie mir bitte verraten, was das eben sollte?« Kaum im Auto, legte Pia los, kurz davor, die Beherrschung zu verlieren. Sie war sich sicher, haarscharf einer Eskalation entkommen zu sein.

»Ich … ich kann diese Typen nicht ausstehen!« Kleinlaut.

»Ich auch nicht, trotzdem leg ich's bestimmt nicht auf eine Prügelei an.«

Er zuckte nur mit den Schultern.

Pia bemerkte Yussufs Anspannung und schlug versöhnlichere Töne an. »Ich kann mir ja vorstellen, dass Sie selbst in der Vergangenheit von solchen Leuten angefeindet wurden, vermutlich schon als Kind. Trotzdem sind Sie als Polizeibeamter der Neutralität verpflichtet und …«

»Um mich geht es nicht. Ich bin hier geboren und spreche besser Deutsch als die meisten dieser selbst ernannten *Patrioten.* Julia, meine Frau, ist Deutsche, blond, blauäugig, der arische Traum eines jeden Nazis. Über Sprüche stehe ich schon lange drüber, das geht mir am … na, Sie wissen schon wo, vorbei.«

Er stockte.

Pia wartete geduldig ab. Es war sinnlos, ihn zu bedrängen, er würde schon von selbst damit rauskommen. Und das musste er auch, sonst würde sie darauf drängen, einen anderen Partner zu bekommen. Ihr Job war schon gefährlich genug, da brauchte es keine weiteren Risiken.

»Ich habe eine Tochter, sie ist gerade elf geworden.«

Pia nickte. Sie hatte schon vermutet, dass es darauf hinauslaufen würde. Bei den eigenen Kindern wurde selbst der hartgesottenste, kaltschnäuzigste Kollege weich wie Butter.

»Sie glaubt an einen Gott, weiß nur noch nicht, an welchen. Wir wollen sie selbst entscheiden lassen, wenn sie alt genug dafür ist, also ist sie noch konfessionslos. Die Kleine hat einen deutschen Namen, trägt natürlich kein Kopftuch – selbst, wenn sie Muslima werden möchte, wäre das noch zu früh für sie. Kurz und gut, wir haben alles Menschenmögliche getan, um sie hier so frei und vorurteilslos wie möglich aufwachsen zu lassen. Es gibt da nur einen Haken: Sie kommt nach mir, man sieht ihr die türkischen Wurzeln an.«

»Ist das denn so schlimm?«

»Nein, natürlich nicht. Als Vater bin ich sogar ein bisschen stolz darauf, bloß …«

Er schaute nach unten, rang vielleicht sogar mit den Tränen. Pia wandte den Blick ab, sie wusste, wie peinlich es den meisten Männern war – und Polizisten im Besonderen.

»Vor einer Woche kam sie weinend nach Hause. Seit sie in der fünften Klasse ist, wird sie ständig von einer Gruppe Nazis tyrannisiert. *Hey, Fatima,* sie heißt Ann-Marie, *wo hast du dein Kopftuch gelassen?* Oder *Ayse, wozu lernen für die Küche?* Wegen diesen miesen Arschlöchern möchte sie morgens gar nicht mehr los, dabei ist sie früher immer so gerne zur Schule gegangen …«

»Haben Sie rausbekommen, wer es war?«

»Klar habe ich das, bin auch zum Schulleiter deswegen. Er würde sie sich zur Brust nehmen, hat er gesagt, und auch mit den Eltern sprechen. Genutzt hat's nichts. Als ich nochmal zu ihm bin, meinte er nur noch, ihm seien die Hände gebunden und für einen Verweis würde es nicht reichen. Hab nur noch drauf gewartet, dass er sagt, so seien Kinder eben. Ich glaube, dann hätte ich ihm eine gelangt.«

»Und wenn sie die Schule wechselt?«

»Die sind doch überall gleich.«

»Privatschule?«

Er schaute Pia ungläubig an, als habe sie etwas total Verrücktes gesagt. »Kann ich mir nicht leisten. Ich bin einfacher Polizist, müssen Sie wissen!«

»Na, ich meine, so was Halbprivates, mit Zuschuss und so. Wie die Waldorfschule zum Beispiel.«

Er wog den Kopf hin und her. »Meinen Sie, die sind da anders?«

»Also, was man so hört – die Eltern auf jeden Fall.«

»Ist zumindest eine Überlegung wert. Danke!« Er lächelte sie freundlich an. Einen Augenblick wirkte er zufrieden, dann schien er wieder ins Grübeln zu kommen. »Vielleicht muss sie da auch einfach nur durch, so wie ich damals.«

»Natürlich, auch das wäre eine Option. Die Schule bildet, auch und sogar im Besonderen den Charakter.«

Yussuf schloss für einen Moment die Augen, atmete tief durch, dann streckte er Pia seine Hand entgegen. »Wäre toll, wenn wir uns duzen würden – ich bin Mehmet!«

»Klar, warum nicht – sehr gern sogar.« Sie lächelte. »Pia!«

»Pia, war schön, mit dir darüber gesprochen zu haben – und dein Interesse an meinen Problemen ehrt dich«, er schaute auf die Uhr. »Trotzdem sollten wir jetzt weiter!«

»J-ja, natürlich!« Der Stimmungswechsel kam für Pia überraschend. Aber so waren sie halt, die geschätzten

Kollegen – einen Schritt vor und zwei zurück, wenn es um Privates ging.

»Und wohin jetzt?« Mehmet hatte den Zündschlüssel umgedreht, wartete auf eine Adresse.

»Marxistisch-Leninistisches Aktionsallianz, in der …«

»Rehbockstraße 19 in der Nordstadt, danke, bestens bekannt.« Er setzte den Blinker und reihte sich sofort in den fließenden Verkehr ein. Ziemlich rücksichtslos, wie Pia fand. Der Fahrer des gelben Renault hinter ihnen hupte, Mehmet kümmerte es nicht. »Ist Stammkundschaft, die Adresse kenne ich auswendig.«

»Und was ist das für ein Verein?«

»Chaoten, in jeder Hinsicht, komplett unorganisiert. Sagen dir die Chaostage in Hannover etwas?«

»Klar, die gab's mal irgendwann im August, soweit ich weiß. Jede Menge Randale mit Punks und so …«

»Genau, auf dem Sprengelgelände, ebenfalls in der Nordstadt. Die MLAA ist ein Überbleibsel aus dieser Zeit. Für die ist die Antifa ein reaktionärer Rentnerverein.«

»Und sie für die Antifa?«

»Ein unbedeutender, armseliger Haufen geistiger Dünnbrettbohrer – die nennen sie nur die LMAAs.«

Pia grinste. »Das hört sich für mich so an, als wenn sie sich eher gegenseitig an den Kragen gehen als dem politischen Gegner. Erinnert mich ein bisschen an eine Szene aus *Das Leben des Brian*.«

»Ja, irgendwie schon bescheuert. Trotzdem, man sollte die Vögel nicht unterschätzen. Die schrecken auch nicht vor Gewalt zurück – wie gesagt, Stammkundschaft.«

»Was für Gewalt? Schwere Körperverletzung? So was in der Art?«

Mehmet schüttelte den Kopf. »Na ja, eher Sachbeschädigung, Farbbeutel, umgeworfene Autos und so, und ab und an mal eine Prügelei mit den Rechten.«

Irgendwie hörte sich das für Pia nicht so an, als ob sie schon auf der richtigen Spur wären. Sie kniff die Augen zusammen. Auf der Herrenhäuser Straße Richtung Westen hielten sie direkt auf die tief stehende Abendsonne zu.

22

Ich wär drüber gefahren ☺☺☺

Diesmal musste sich die Gestalt keine Mühe geben, Spuren der Leiche zu beseitigen. Sie würde sie hier in ihrer Wohnung lassen, die Blutspritzer auf dem Bett konnten bleiben, wo sie waren.

Ganz anders sah es mit dem Werkzeug aus, das musste penibel gesäubert werden. Sie ließ das Handwaschbecken volllaufen und tauchte die Spitze des Bolzenschneiders ins Wasser. Sofort nahm es die Farbe eines hellen Rosé an. Erschrocken zog sie ihr Werkzeug wieder heraus. So verdünnt verteilte sie das Blut nur überall gleichmäßig auf dem Metall.

Vielleicht wäre es einfacher, den Bolzenschneider nachts von einer Brücke in den Fluss zu werfen? Dann müsste sie sich allerdings einen neuen besorgen. Nein, so ein Riesenteil war nicht unbedingt das typische Werkzeug für eine Frau. Sie öffnete den Hahn in der Badewanne und hielt den Bolzenschneider unter das fließende Wasser, gefühlt einige Minuten lang. Dann holte sie eine frische Klopapierrolle aus einem Schränkchen unter dem Waschbecken hervor und trocknete ihn sorgfältig damit ab. Bloß nicht mit den Handtüchern, darauf befanden sich garantiert Hautschuppen vom Opfer – auch nicht besser als Blut.

Danach sammelte sie mit spitzen Fingern ihre zehn *Mitbringsel* ein, legte sie sorgfältig in einen Plastikbeutel mit

Zippverschluss. Auch den Bolzenschneider wickelte sie in Folie ein, bevor sie alles in dem mitgebrachten Einkaufsbeutel verstaute. Vor dem Spiegel kontrollierte sie, ob die eben aufgesetzte Perücke vollständig ihr Haar verdeckte, und entledigte sich ihrer Latex-Handschuhe, die ebenfalls im Plastikbeutel landeten.

In der Rechten hatte sie ein Blatt frisches Küchenpapier. Damit würde sie die Klinke der Wohnungstür runterdrücken, damit keine Spuren …

Von unten hallten Schließgeräusche durchs Treppenhaus, sofort zog sie die Hand von der Klinke. Ihr Herz raste.

Jetzt rächte es sich, dass sie das Mittel falsch berechnet hatte – das Miststück war ihr viel zu früh weggestorben. Sie hatte vergessen zu fragen, ob noch jemand einen Schlüssel zur Wohnung besaß. Blitzblank war es hier, vielleicht hatte sie eine Putzfrau angestellt – schwarz kostete der Luxus ja nicht viel.

Im Treppenhaus behäbige Schritte die Stufen hinab, dann das Zuschlagen der Haustür unten.

Jetzt oder nie.

Eigentlich wollte sie bis zur Nacht warten, aber die Vorstellung, dass plötzlich unerwartet Besuch in der Wohnung stehen könnte, brachte sie davon ab. Kein Unschuldiger sollte sterben, das würde ihren ganzen Plan ruinieren.

Sie horchte noch einmal ins Treppenhaus, dann verließ sie die Wohnung. Die Tür ließ sie einen Spalt offen. Die Tote sollte schnell gefunden werden. Auch das gehörte zum Plan.

Drei Stockwerke musste sie bis nach unten – und dabei möglichst unsichtbar bleiben. Nach einer Minute stand sie vor der Haustür, jetzt nur noch raus und weg.

Mit dem Ärmel ihrer Jacke drückte sie die Klinke, im gleichen Moment schlug von außen die Tür auf. Wie erstarrt blieb sie stehen, zum Davonlaufen war es jetzt zu spät.

»Morgen!« Eine männliche Stimme, lustlos, kratzig.

Keine Erwiderung, stattdessen drängte sie sich vorbei nach draußen, mit gesenktem Kopf.

»Hey?« Dem Kerl an der Tür schien das nicht zu gefallen.

Verdammt!

Geht's noch auffälliger?

Zweihundert Meter weiter war der Abstieg zur U-Bahn. Sie ging zügig, aber nicht übertrieben schnell. Ob er ihr wohl hinterherschaute? Vielleicht sollte sie hinken? Eine falsche Fährte legen?

Nein, dann hätte sie gleich damit anfangen müssen.

Aber was hatte er schon von ihr zu sehen bekommen? Nicht das Gesicht, sie hatte sich von ihm abgewandt, die Perücke verdeckte ihr eigentliches Haar, die abgedunkelte Brille ihre Augen – niemals würde das für eine Gegenüberstellung reichen. Beruhigt ging sie Stufen hinunter. Sie würde die erste U-Bahn nehmen, wohin auch immer.

Hauptsache weg.

23

 # *Also nu mal ehrlich, fließt in der Leitung nur Strom von ner R6 Batterie? Dreht mal hoch und lasst ihn nochmal anfassen. Am besten zu Weihnachten als Straßenbeleuchtung!*

»Wer auch immer das war, er verdient einen Orden dafür!«

»Er? Wieso sind Sie sich so sicher, dass es ein Mann war, Herr Keller?«

»Von mir aus auch sie – oder es – scheißegal, Hauptsache Orden!«

Pia starrte dem kleinen, hageren Männchen so lange in die Augen, bis es irritiert den Blick senkte. »Sie wissen aber schon, dass Sie mir gerade ein ausgezeichnetes Motiv liefern, nicht wahr?«

»Ich … ich meine ja bloß, dass es das Mistschwein nicht besser verdient hat.«

»Tss, tss, tss!« Sie schüttelte den Kopf.

»Fuck, ich sag jetzt gar nichts mehr!«

Sie schaute an ihm vorbei an die Wand. Über einer abgewetzten Couch hing neben einem *R.A.F.-dich-auf*-Plakat tatsächlich noch das berühmte Konterfei von Che Guevara. Pia erinnerte sich, das Bild auf einem alten Foto der Studenten-WG ihrer Mutter gesehen zu haben. Hier, in den Räumlichkeiten der MLAA, schien die Zeit stehen geblieben zu sein. Sie konnte sich nicht vorstellen, dass diese hoffnungslosen Nostalgiker tatsächlich zu einem Mord fähig sein sollten – auch wenn die Typen und Ideen, die da an der Wand prangten, anderes vermuten ließen.

»Kannten Sie eines der beiden Opfer?«

Der Hagere kniff die Lippen zusammen.

»Na los, kommen Sie schon! Mit einer Aussageverweigerung machen Sie sich erst recht verdächtig.«

Er schaute ängstlich. Pia hatte fast ein bisschen Mitleid, so leicht war er einzuschüchtern. »Den Dicken kenne ich aus der Presse, nicht persönlich – so'n Nazibonze. Der andere sagt mir nichts. Jedenfalls habe ich keinem von beiden jemals etwas getan.« Pia glaubte ihm sofort. Der Typ war harmloser als eine Tüte Gummibären.

»Holla, wen haben wir denn da? Sind das etwa zwei Bullenschweine oder doch zwei Schweinebullen?«

Eben erst durch die Tür, baute sich ein Zopfträger breitbeinig vor Pia und Mehmet auf. Seine beiden Kumpels, mit denen er gemeinsam hereingekommen war, hielten sich im Hintergrund und grinsten. Groß, kräftig gebaut und mit einem an Arroganz grenzenden Selbstvertrauen war er das absolute Gegenteil von Keller. Gelangweilt musterte er die beiden Polizisten.

»Und Sie sind Herr …?«

»Ich wüsste nicht, was Sie das angeht!«

Die beiden hinter ihm lachten und feixten.

Eigenartige Form von Humor, fand Pia. Es war an der Zeit, auszuloten, wie viel Spaß sie verstanden. »Im Rahmen einer polizeilichen Ermittlung sind wir jederzeit befugt, die Personalien festzustellen.«

»Ermittlung?«

»Und wenn ein Vergehen vorliegt wie Beamtenbeleidigung.«

»Sorry?«, mit gespielter Unschuldsmiene.

»Wie war das noch mit den Bullenschweinen?«

Er zuckte die Schultern. »Wer hat das gesagt? Etwa einer von euch?«

Sie schüttelten den Kopf.

»Es reicht schon, wenn mein Kollege das bestätigt. Und die beiden Komiker täten gut daran, bei der Wahrheit zu bleiben.«

»Komiker? Na, das war aber grade auch nicht sehr nett.« Der Linke von ihnen.

Pia schaute zu Mehmet. »Hat da jemand Komiker gesagt? Du etwa?«

Mehmet schüttelte grinsend den Kopf.

»Na bitte, dann wäre das geklärt. Wenn ich jetzt also Ihren Ausweis sehen dürfte!« Sie streckte dem Großen die Hand entgegen.

»Kannste knicken, Alte!«

»Mensch, Bernd, mach doch keinen Aufstand!«, meinte Keller vorsichtig.

»Ach, fickt euch doch alle!« Der Große wandte sich um und ging zur Tür, seine Begleiter folgten ihm. Erst jetzt bemerkte Pia den Stoffbeutel, den er eben noch hinter seinem Rücken versteckt hatte und nun vor seinen Bauch hielt.

»Hey, was haben Sie denn da?« Mehmet, den dreien hinterherrufend.

Ungerührt gingen sie weiter.

»Bleiben Sie stehen, wenn ich mit Ihnen rede!« Mehmet war dem Großen hinterhergelaufen und hielt ihn fest.

Wie gestochen fuhr der herum. »Ich sag's nur einmal – Finger weg!«

»Schau an, kommt neben Beleidigung noch Widerstand

gegen die Staatsgewalt dazu? Vielleicht auch tätlicher Angriff auf einen Polizeibeamten?« Mehmet nestelte an der Schulter des anderen, als ob er ihm Fusel vom Hemd zupfte. »So, und jetzt will ich einen Blick in diesen Beutel werfen.«

Der Große schüttelte den Kopf. Pia war schlagartig in Bereitschaft. Er hatte eindeutig etwas zu verheimlichen. Sollte dort drin etwa …? Groß genug für einen Bolzenschneider war die Tasche jedenfalls.

»Ich bitte Sie ein letztes Mal, danach …«

»Was danach, Bulle?«

Im Handgemenge um den Beutel eilte Pia ihrem Kollegen zu Hilfe. Der Stoff riss in zwei Hälften und einige Dutzend Handzettel ergossen sich über den Boden.

Das müssen Dutzende …

Pia starrte wie gebannt auf die Blätter. Sie interessierte nicht, was draufstand, sondern ausschließlich, wie viel es waren.

Sie begann zu zählen, vergaß dabei alles um sich herum. Mehmet, lautstark um Unterstützung bittend, überhörte sie.

Die Tür wurde aufgestoßen, Männer rannten hinaus, und sie zählte immer noch. Nur einen Moment dachte sie daran, dass sie die letzte Tablette vergessen hatte, dann war sie wieder mit dem Zählen beschäftigt.

Bis sie endlich fertig war.

Sie schaute auf.

Sah in Mehmets ratloses Gesicht.

Oh Gott!

Wie sollte sie ihm das bloß erklären?

24

 # Dir Drecks Weib ziehen wir noch die Haut ab und spannen sie an der nächsten Hauswand auf Du Scheiss Fotzen Sau Du Linke!!! Euch knallen wir ab und hängen Euch am nächsten Laternenmast auf ihr Drecks Volk!!! Elendes verschissenes Antifa Pissratten Bazillen Dreckspack!!!!

»Wie, abgehauen?«

»Die waren zu dritt!« Ein schwacher Versuch von Mehmet.

»Genau – es waren *nur* drei Verdächtige gegen zwei topausgebildete Beamte, Hauptwachmeister Yussuf. Also nochmal, wieso sind sie Ihnen entwischt?«

Mehmet hielt dem ungeduldigen Blick seines Chefs nicht mehr stand. Guse ließ von ihm ab und fragte Pia. »Also, Oberkommissarin Beck, wollen Sie auch mal was dazu sagen?«

»Es … es war nicht seine Schuld. Er musste sich allein gegen die drei zur Wehr setzen.«

»Ach, und wieso haben Sie ihm nicht geholfen?«

Überleg jetzt gut, was du sagst …

»Mir wurde schwindlig … ich wäre beinahe umgekippt!«

Guse schaute zu Mehmet, wollte seiner Miene entnehmen, ob er Pias Version zustimmte. Etwas versöhnlicher fuhr er fort. »Sie müssen mir die Frage erlauben, immerhin ist Ihre Einsatzbereitschaft relevant für die Sicherheit Ihres Partners: Sind Sie schwanger, Frau Beck?«

Pia lachte, obwohl die Frage durchaus berechtigt war.

»Nein, ich bin nicht schwanger. Ich war nur den ganzen Tag im Einsatz und habe nichts gegessen.« Das stimmte sogar, bis aufs Frühstück. Natürlich konnte Guse nicht wissen, dass ihr das nichts ausmachte und sie meistens erst gegen Abend aß. Ihm sollte die Erklärung also ausreichen, Mehmet wusste es allerdings besser. Hoffentlich behielt er seine Beobachtungen für sich.

Doch bevor er etwas sagen konnte, stürzte Wollnick in Guses Büro. Er war immer noch der Einzige, dessen Namen sich Pia merken konnte. »Es gibt noch eine Leiche, diesmal eine Frau!«

»Wieder ohne …?« Guse zeigt auf seine Finger.

»Alle zehn, säuberlich abgetrennt!«

»Verdammte Scheiße!«

Pia und Mehmet sprangen auf. Guse bedeutete ihnen zu bleiben. »Sie gehen jetzt erst mal in die Kantine. Wollnick, nehmen Sie Heinrich, Möller und drei Beamte mit zum Tatort. Weiß die Spurensicherung schon Bescheid?«

Wollnick nickte.

»Na, dann los. Keine Zeit, hier Wurzeln zu schlagen!«

Wollnick spurtete fast aus dem Büro.

»Aber …«, Pia, sie wollte auch mit.

»Nichts aber, Sie essen jetzt erst mal was. Das wird eine lange Nacht heute. Sobald die Kollegen zurück sind, treffen wir uns im Besprechungsraum. Und rufen Sie den Doc an. Er müsste schon im Hotel sein. Sagen Sie ihm, er hätte hier noch eine Leiche zu begutachten. So, und jetzt raus aus meinem Büro, ich muss telefonieren!«

Kanzlerplatte (Riesencurry u. Pommes rot/weiß).

Pia wunderte sich nicht, dass in hannoverschen Kantinen,

speziell der einfacheren Art, das Lieblingsgericht des Ex-Kanzlers auf der Speisekarte stand. Daneben noch zwei Gerichte, die sich schnell in der Mikrowelle aufwärmen ließen, und in einer Glasvitrine ein Dutzend belegte Brötchenhälften. Man sah ihnen an, dass ihre beste Zeit bereits hinter ihnen lag. Hinter dem Tresen stand eine gelangweilte Angestellte, fehlte nur noch die obligatorische Kippe im Mundwinkel wie in einem amerikanischen Roadmovie.

»Haben Sie auch was ohne Fleisch?«

Der Blick der Bedienung suchte die Vitrinen ab. »Ein Käsebrötchen … ne, zwei.«

»Okay, ich nehme beide!«

Mehmet hinter ihr verzog sein Gesicht. Pia schaute ihn verwundert an. »Da ist überall Schwein drin!« Er wies auf die Auslage in der Kantine.

»Oh, Entschuldigung! Natürlich, du darfst ja nicht … und ich bin Vegetarier. Was hältst du davon, wenn wir uns die Käsebrötchen teilen und danach den Automaten plündern?«

Er nickte nur. Seit dem Vorfall im MLAA war es vorbei mit dem guten, kollegialen Verhältnis. Kein Wunder – weil sie plötzlich Out of Order war, musste er für sie einstecken, wie Tage zuvor Emma. »Ist die Karte immer so reichhaltig?« Sie lächelte ihn an, auf Wiedergutmachungskurs.

»Abends sind die Köche schon Heim – mehr lohnt sich nicht für die paar Nachtschichtler.« Kein Lächeln, ganz sachlich.

Pia sah sich um. Die Trostlosigkeit der angebotenen Verköstigung wurde durch die langweilige Einrichtung und die freudlosen Gesichter der dienstschiebenden Beamten noch getoppt. Plastikstühle, Plastiktische, Plastikessen. Tristesse pur.

Mit ihren weichen Brötchen nahmen sie Platz. Die Sprudelbläschen im Wasser waren das einzig Frische auf dem Tablett. Keiner sagte ein Wort. Mehmet wollte offensichtlich nicht reden und Pia fiel nichts mehr ein.

Die Tür zur Kantine öffnete sich, Rudolph kam herein und schaute sich suchend um. Pia winkte ihm zu.

»Dr. Rudolph, Hauptwachtmeister Yussuf!« Pia übernahm die Vorstellung. Die Männer nickten sich knapp zu, dann setzte sich der Gerichtsmediziner zu ihnen.

»Es gibt schon wieder eine Leiche?«

Pia nickte.

»Ganz sicher von unserem Freund?«

»Die Finger fehlen, wie bei den anderen.«

»Okay, dann ist er es! Unglaublich, was für ein Tempo der an den Tag legt. Also, wenn der so weitermacht …« Rudolph schüttelte den Kopf.

Mehmet zog die Stirn kraus. »Werden Sie nicht am Tatort gebraucht?«

»Die Spurensicherung ist vor Ort. Guse hat mir eine Nachricht geschickt, ich solle mich hier bereithalten. Passt mir auch ganz gut, ich habe noch nicht zu Abend gegessen.« Und schon stand er auf. »Bin gleich wieder da.«

Pia und Mehmet warfen sich einen vielsagenden Blick zu. Als Rudolph mit einem übersichtlich gefüllten Tablett und säuerlichen Blick zurückkam, musste Pia grinsen.

»Das ist ja eine Zumutung!«

Beide nickten.

»Und warum bist du nicht mit deinem Kollegen bei der Leiche?«

»Guse hat uns eine Pause verordnet. Wir sollten etwas essen und wieder zu Kräften kommen … tja.«

Rudolph schien Pia nicht mehr zuzuhören, sondern musterte interessiert Mehmets Gesicht. »Mit welchem Bus sind Sie denn zusammengestoßen?«

»Wir kamen während einer Befragung in eine kleine Rangelei.«

Rudolph schaute zu Pia. »Und du hast nichts abbekommen?«

»Ich … ich hatte einen Schwächeanfall. Hab den ganzen Tag nichts gegessen.«

Rudolph sah ihrem Blick an, dass etwas anderes dahintersteckte, und schaute zu Mehmet. Der zuckte nur mit den Schultern.

»Was ist kurz davor geschehen?«

»Ich wüsste nicht, was …«

»Bitte, Pia, bin halt ein bisschen neugierig!«

»Einer von denen hatte Flugblätter im Beutel … Aufrufe zu Gewalt und illegalen Aktionen … Haut die Glatzen, bis sie platzen und so … jedenfalls ist der Beutel gerissen und die Blätter sind auf den Boden gefallen.«

Rudolph horchte auf. »Viele Blätter?«

Pia wurde unruhig, also antwortete Mehmet für sie: »Ein paar Dutzend vielleicht.«

»Pia, du weißt doch bestimmt, wie viel es waren, oder?«

Sie wurde bleich. Ihr war deutlich anzusehen, dass sie überlegte, was sie sagen wollte. »Wie kommst du darauf, dass ich das wissen sollte?«

»Hm, nur so.« Rudolphs Blick fiel auf ein Fässchen mit Zahnstochern. Er stieß es um, sodass einige herausfielen und sich auf dem Tisch verteilten.

Dann beobachtete er Pia.

Sie starrte wie hypnotisiert auf die Unordnung vor ihr.

»Pia?«

Sie schien Rudolph nicht zu hören. Ihre Lippen bewegten sich. Rudolph meinte, von ihnen Zahlen ablesen zu können. Mehmet schaute ratlos. »Was hat sie?«

»Ist Ihre Partnerin total ausgefallen? Und waren Sie deswegen ernsthaft in Gefahr?«, ließ Rudolph seine Frage unbeantwortet.

»Nicht bei diesen Typen.«

»Und wenn sie gefährlicher gewesen wären?«

Mehmet zuckte mit den Schultern. Er war nicht der Typ, der seine Kollegen anschwärzte.

»Bitte beantworten Sie die Frage. Es geht hier nicht nur um Ihre Sicherheit, sondern auch um die der Kollegin Beck. War sie völlig weg?«

»So weg, wie es nur geht!«

»Und, sah das für Sie aus wie ein Schwächeanfall?«

»Nein, körperlich war sie in Ordnung. Nur mit den Gedanken schien sie völlig weggetreten zu sein … irgendwo ganz anders.«

Rudolph erwiderte nichts, nickte nur.

»Doktor, wollen Sie mir nicht verraten, was mit ihr los ist?«

»Das weiß ich leider selbst noch nicht genau.« Er legte seine Hände auf Mehmets Schultern und sah ihm fest in die Augen. »Und gerade deswegen möchte ich Sie darum bitten, unser Gespräch für sich zu behalten.«

»Ich weiß nicht, ob ich das versprechen kann. Wenn man sich nicht auf seinen Partner verlassen kann, dann … sehen Sie nur, sie ist immer noch weggetreten!« Er zeigte auf Pia, die weiterhin gebannt auf den Tisch starrte.

»Sicher, und genau deshalb werde ich das in einem Vieraugengespräch mit ihr klären. Einverstanden?«

»Und Sie kümmern sich darum, dass sie bis dahin weder mit mir noch mit einem anderen Kollegen einen Außeneinsatz hat?«

»Versprochen!« Rudolph hielt Mehmet die Hand hin und der schlug ein. In dem Moment wurde auch Pia wieder lebendig. Sie schaute irritiert zu den beiden Männern. »Habe ich was verpasst?«

Mehmet stand auf. »Ich mach mich mal ans Protokoll. Wir sehen uns im Besprechungsraum!« Dann ging er.

»Nochmal, Paul«, schon etwas gereizt, »habe ich etwas verpasst?«

»Pia …« Rudolph versuchte, väterlich-verständnisvoll zu schauen. Es wollte ihm nicht recht gelingen, was sie noch ungeduldiger werden ließ.

»Ja, was?«

»Pia«, er flüsterte fast, damit es die Kollegen vom Nachbartisch nicht hörten, »willst du mir nicht verraten, was mit dir los ist?«

»Was zum Teufel soll mit mir …?«

»Pst!« Er hielt sich den Zeigefinger vor den Mund. »Wir sollten leiser reden – dir zuliebe. Oder wir gehen raus, es sei denn, du willst dein Brötchen noch aufessen.« Er wies auf die angebissene Käsesemmel.

Pia hob sie vom Teller und drückte sie zusammen wie einen Schwamm, schüttelte daraufhin den Kopf. Dann schon lieber hungern, sollte diese Geste wohl heißen.

Pia und Rudolph saßen zu zweit im Raucherzimmer direkt neben dem Besprechungsraum. Sollte er sich füllen, würden sie es als Erste sehen und dazustoßen können.

»Pia, zuerst einmal solltest du wissen, dass ich dich nicht in

Schwierigkeiten bringen möchte. Ich mache mir nur Sorgen um deine Sicherheit.«

»Das brauchst du nicht, ich kann schon alleine auf mich aufpassen!«

»Ach Kindchen«, Rudolph schaute Pia an wie ein störrisches Balg, »nichts hast du unter Kontrolle in solchen Momenten. Es gibt, zugegebenermaßen diffuse, Berichte über das, was sich kürzlich nachts in St. Pauli zugetragen hat, dann dein Totalausfall bei diesen linken Möchtegernrevoluzzern. Eben die Sache mit den Zahnstochern …«

»Und, was geht's dich an?«

»Eine Menge, denke ich. Seinerzeit habe ich mal den hippokratischen Eid geleistet. Auch wenn meine Kundschaft nicht mehr zu retten ist, bin ich trotzdem verpflichtet zu helfen, wo ich kann, und nicht einfach wegzuschauen, wenn Gefahr an Leib und Leben droht – für dich und andere.«

»Andere?«

Rudolph zog die Brauen zusammen, allmählich regte ihn Pias Unaufrichtigkeit auf. Oder überblickte sie wirklich nicht, was ihre Ausfälle anrichten konnten? Dann war es allerdings schlimmer um sie bestellt, als er bislang vermutet hatte.

Sie schaute ihn an, zuerst herausfordernd, dann nachdenklich, schließlich senkte sie ihren Blick und nickte sacht. Der erste zaghafte Schritt zur Einsicht? »Und, was schlägst du vor?«

Rudolph atmete erleichtert auf. Offensichtlich war sie doch noch in der Lage, ihre Störung als solche zu erkennen. »Es ist eine Arithmomanie, nicht wahr?«

»Ja.« Ganz leise, wie gehaucht.

»Seit wann?«

»Es ging mit dem Physikstudium los …«

»Dein Zahlenproblem also, ich verstehe! Und, was hast du seitdem dagegen unternommen?«

»Ich nehme Medikamente.«

»Die nur bedingt helfen?«

»Nein, eigentlich hatte ich damit alles unter Kontrolle. Mein Vater meinte allerdings, dass ich versuchen sollte, von ihnen wegzukommen.«

»Womit er völlig recht hat. Jede Art von Psychopharmaka ist auf Dauer …«

»Ach Scheiße!« Rudolph zuckte zurück, Pias Ausbruch kam völlig unvermittelt. »Ihr Mediziner meint es ja immer nur gut mit euren Mitmenschen. Da entscheidet ihr auch schon mal ohne deren Wissen und über ihre Köpfe hinweg. Natürlich, physisch und psychisch mag es für mich angemessen gewesen sein, die Dosierung zu verringern … aber hätte mich mein Vater nicht zumindest darüber in Kenntnis setzen müssen?«

»Ja, sicher, aber …«

»Was aber? Im Einsatz muss man sich auf seinen Partner verlassen können!«

Rudolph nickte. »Genau darüber wollte ich mit dir sprechen. Pia, ich sehe durchaus, dass dir eine große Karriere bevorsteht und ich will dir auch keine Steine in den Weg legen, aber du musst das irgendwie in den Griff bekommen!«

»Mit dem Medikament wäre das kein Problem. Allerdings hatte mir mein Vater versprochen, ein neues Rezept zu schicken, bislang aber …«

»Okay, als Arzt kann ich dir eins für die Zeit ausstellen, die wir in Hannover sind. Ich habe meinen Block immer dabei, man weiß ja nie, wofür man die eine oder andere Pille gebrauchen kann«, ganz ernst, ohne sein für ihn typisches

Augenzwinkern. Aus dem Charmeur war ein väterlicher Freund geworden. Pia gefiel Rudolphs Wandlung und war ihm dankbar dafür. »Du musst mir dann aber auch versprechen, dass du bei Außeneinsätzen nur als dritte Person teilnimmst, also quasi als Beobachterin. Und dass du dich in Therapie begibst, sobald wir wieder in Hamburg sind. Ich kenne da eine sehr versierte Kollegin, die dir bestimmt helfen kann.«

»Du sagst also nichts?«

»Versprochen – wenn du dich an meine Bedingungen hältst und die Therapie anschlägt!« Rudolph konnte Pia deutlich die Erleichterung vom Gesicht ablesen.

25

 # Österreich hat ein Gammelfleischproblem, auf der Autobahn wurde ein Lkw sichergestellt mit mindestens 50 Klumpen syrisches Gammelfleisch. Die Regierung von Österreich ist gerade am überlegen ob es das Gammelfleisch zu Lasagne verarbeitet und dann als spende an die Flüchtlinge schickt …

Guse hatte es sich nicht nehmen lassen, diesmal selbst am Tatort zu erscheinen. Die Reaktion auf seine Person war frappierend. Hatte vorab unter den Kollegen der Spurensicherung noch ein lockerer Umgangston geherrscht, war die Stimmung seit der Anwesenheit des Dienststellenleiters zu einer Trauergemeinschaft gekippt. Plötzlich schien jeder Beamte die sterblichen Überreste seines engsten Blutsverwandten zu begutachten.

»Wer leitet die Untersuchung?«

Einer der Weißen hob seinen Arm und nahm seine Schutzmaske ab. »Ich, Herr Hauptkommissar, Oberkommissar Manthey von der Spurensicherung.«

»Ich würde mir gerne selbst ein Bild machen. Wo ist die Leiche?«

»Dort, im Schlafzimmer!« Ein weißer Zeigefinger wies nach rechts, zu einer spaltbreit geöffneten Tür.

Guse wollte sich schon in Bewegung setzen, doch Mantheys Hand legte sich auf seine Schulter und hielt ihn zurück. »Tut mir leid, aber Sie müssen zuvor die Schutzkleidung anlegen, zumindest, bis wir fertig sind.«

»Und, ein Blick von außen durch die Tür?«

»Sicher!« Manthey nickte und drückte die Tür vollständig auf.

Guse hatte mit dem Schlimmsten gerechnet. Tatorte von Gewaltverbrechen waren nicht für jedermanns Magen geeignet, und für seinen schon gar nicht. Das Bild, das sich ihm jetzt bot, war allerdings an Friedfertigkeit kaum zu überbieten. Eine Frau mittleren Alters lag auf ihrem Bett, Augen und Mund leicht geöffnet. Fast erwartete er, dass sie sich plötzlich aufrichten und zu ihm sprechen würde. Erst beim zweiten Hinsehen erkannte er auf der Bettwäsche braune Flecken, dort, wo ihre Hände im Oberbett versanken.

»Die Finger …?«

»Abgetrennt, alle zehn, direkt am Knöchel!«

Guses Blick wandte sich nach oben, an die Zimmerdecke.

»Die rote Schrift dort – ist das ihr Blut?«

»Nein, definitiv kein Blut – scheint eher von einem dicken Filzstift zu stammen, Edding oder so. Genau werden wir es erst nach dem Laborbefund wissen.«

»Und der Wortlaut?«

»Wirkt wie ein Hasskommentar, es geht um irgendeinen Hollywoodstar. Ehrlich gesagt habe ich mir über die Bedeutung keine Gedanken gemacht. Wir sind hier, um Spuren zu sichern, für den Rest sind die anderen zuständig. Kann ich sonst noch was für Sie tun, Herr Hauptkommissar?«, ein wenig ungeduldiger als zu Anfang.

»Nur noch eine Frage: Gibt es Zeugenaussagen?«

»Ein Nachbar aus dem darüberliegenden Stockwerk wird gerade in seiner Wohnung verhört, von mehr weiß ich nicht.«

Guse nickte, wandte sich dann ab. Aus den Augenwinkeln

sah er noch, wie eine Hand der Toten angehoben wurde, oder vielmehr das, was davon übrig geblieben war.

Der Anblick reichte bereits, um seinen Magen rotieren zu lassen. Ein weiterer Grund, sich auf den Weg ins nächste Stockwerk zu machen. Verhörarbeit kam ihm deutlich mehr entgegen als die Blutsudelei der weißen Kollegen.

Die Tür zur Wohnung stand offen. Zwei seiner Kommissare standen um den Zeugen, einem etwas verlottert aussehenden Mann um die vierzig. Wollnick fragte und Burger notierte.

»Nochmal zum Zeitablauf. Als Sie runtergingen zum Bäcker, war die Tür noch geschlossen, und als Sie fünf Minuten später hochkamen, geöffnet. Ist das so korrekt?«

»Genau!«

»Und wann war das, Herr Martens?«

»Ich trage keine Uhr!« Wie zum Beweis reckte er das nackte Handgelenk nach oben. »Bin wegen der offenen Tür bei Monika rein, dann sah ich sie so da liegen …« Er stockte, schüttelte seinen Kopf. »Bin sofort hoch in meine Wohnung gelaufen, um die Polizei zu rufen – keine Minute später.«

»Gut, dann nochmal zur Frau unten im Treppenhaus. Ganz sicher keine Nachbarin?«

»Nein, wie oft soll ich's Ihnen noch sagen? Die habe ich noch nie gesehen.«

»Und wie sah sie aus?«

»Aber das habe ich Ihnen doch schon zigmal gesagt!«

Hilfesuchend schaute Martens zu Guse. Der setzte sein freundlichstes Lächeln auf. »Die Kollegen fragen nur nochmal nach, damit auch ja kein Detail vergessen wird, Herr …?«

»Martens!«

»Kriminalhauptkommissar Guse!« Er reichte dem Zeugen

die Hand. »Also, Herr Martens, sind Sie bitte so nett und erzählen mir ein letztes Mal, wie die Dame ausgesehen hat?«

Martens seufzte. »Kennen Sie die Blonde aus *Familiengrab*?«

Guse runzelte die Stirn. Er hatte nicht die geringste Ahnung, was Martens meinte.

»Ich meine diesen Hitchcock-Film, kam erst kürzlich im Fernsehen, da war so 'ne Blonde, schulterlanges, glattes Haar, Sonnenbrille.«

Guse dämmerte es. »Im Film war das eine Perücke, nicht wahr?«

Martens nickte.

»Und, trug die Frau vorhin auch eine Perücke?«

»Schon gut möglich, aber sicher kann ich das natürlich nicht …«

»Klar, woher auch.« Guse sah ein, dass es eine dumme Frage gewesen war. »Gibt es sonst noch etwas, das uns weiterhelfen könnten?«

»Sie war ungefähr so groß!« Martens hob die Hand auf Augenhöhe, demnach war die Verdächtige also gut eins siebzig.

»Sie wirkte schlank, hatte allerdings für eine Frau reichlich breite Schultern.«

Guse horchte auf. »Könnte es sich vielleicht auch um einen Mann gehandelt haben?«

»Sie meinen, wie die Blonde in *Dressed to Kill*?«

Guse zuckte mit den Schultern. Offenbar hatte er es mit einem Filmfreak zu tun – nur sagte ihm der Titel wieder nichts.

»Ja, kann schon sein. Wie ich bereits Ihren Kollegen gesagt hatte, sah ich sie ja nur ganz kurz im Vorbeigehen. Im Grunde könnte es tatsächlich auch ein Mann gewesen sein.«

Guse bedankte sich bei Martens, er hatte genug gehört. Eine Frau, vermutlich mit blonder Perücke, mittelgroß, vielleicht aber auch ein Mann – an Schwammigkeit war diese Aussage kaum zu übertreffen.

Unten hantierte einer von Mantheys weiß gekleideten Kollegen mit Puder und Schwarzlicht an der Klinke der Haustür. Guse nickte ihm kurz zu und wurde nach draußen gelassen.

Kaum im Freien, schlug er den Mantelkragen hoch. Es war frisch geworden, dennoch kein Vergleich mit dem kalten Wind, der ihm ins Gesicht wehen würde, sollten die Ermittlungen weiterhin so schleppend verlaufen – und das bei nunmehr drei Todesopfern. Er zog das Handy heraus und meldete sich bei seiner Frau. Sie solle nicht mehr mit ihm rechnen, vielleicht würde er sogar die Nacht im Büro verbringen. Als sie nachfragte, was um Himmels willen denn los sei, vertröstete er sie auf später.

Kaum hatte Guse das Gespräch beendet, rief er beim diensthabenden Beamten im Dezernat an, um Magnus Grimm dorthin bestellen zu lassen. Die Hinterlassenschaft des Mörders an der Zimmerdecke der Toten hatte bei ihm einige Fragen aufgeworfen und Grimm war zweifellos der richtige Mann, um sie zu beantworten.

26

Was ein Glück Paar Flüchtlinge weniger. Dreck braucht man nicht

Durch die geschlossene Glastür des Raucherzimmers hörte Pia Guses Stimme schon, bevor sie ihn gemeinsam mit den restlichen Kollegen der Mordkommission die Treppe hinaufkommen sah.

Es war so weit – die Besprechung würde beginnen. Endlich. Anfangs noch dankbar, war sie inzwischen Rudolphs gut gemeinte Ratschläge leid. Was für eine Wandlung: vom Chauvi zur Vaterfigur – Pest und Cholera, das eine lästiger als das andere.

»Wir müssen!« Eine kurze Kopfbewegung von ihr in Richtung Besprechungsraum.

Rudolph hatte vom ganzen Aufmarsch nichts mitbekommen, weil er mit dem Rücken zur Tür saß und ganz offensichtlich obendrein auch noch schwerhörig war.

Sie fügten sich in die Reihe hinter Guse ein. Niemand sagte ein Wort, in der Luft lag eine gespannte Erwartung, was sich denn Neues ergeben habe.

Im Besprechungsraum nahmen sie Platz. Erst jetzt fiel Pia das neue Gesicht auf. Ein junger Mann, kaum älter als sie, blass, schmächtig, unscheinbar. Er schien sich sichtlich unwohl zu fühlen inmitten der gestandenen Kripobeamten.

Magnus schaute reihum. Er erkannte seine Kollegen wieder, auch wenn es schon einige Zeit her war, dass er gemeinsam mit ihnen im Dezernat gearbeitet hatte. Nur die beiden, die zum Schluss hereingekommen waren, konnte er nicht unterbringen.

»Frau Beck, Dr. Rudolph, ich möchte Ihnen Kommissar Grimm vorstellen. Er ist IT-Experte und wird immer dann für uns tätig, wenn es um Cybercrime geht, wie es Neudeutsch so schön heißt. Magnus, die beiden Kollegen Oberkommissarin Pia Beck und Rechtsmediziner Dr. Rudolph aus Hamburg unterstützen uns bei den Ermittlungen in der Mordserie.«

Magnus nickte sacht in Richtung der beiden. Kein Wunder, dass er sie nicht kannte. Er schaute zu Guse auf, der als Einziger in der Runde noch stand. Seine förmliche Vorstellung zeigte, dass er sich nicht verändert hatte, immer noch so stocksteif wie früher.

Magnus fühlte Schweiß von den Achseln hinablaufen. Es war ungewohnt für ihn, nach den Monaten der Zurückgezogenheit wieder unter Kollegen zu sein. Der Computer und Nina, seine Welt war mittlerweile sehr überschaubar geworden. Völlig zu Recht im Übrigen. Er war es ihr schuldig, sich uneingeschränkt um sie zu kümmern, nach dem … Unfall.

»Magnus?« Guse wirkte irritiert, offenbar hatte er ihn nicht das erste Mal angesprochen.

»Ja?«

Konzentrier dich – diesmal sitzt du nicht mutterseelenallein in deiner Wohnung.

»Ich sagte gerade, dass sich bei den drei Opfern interessante Parallelen abzeichnen.«

Magnus nickte und klappte seinen Laptop auf. »Genau!« Er schluckte kurz, dann begann er seinen Vortrag. »Die Gemeinsamkeit der ersten beiden Opfer lag in ihrer politischen

Orientierung, sie gehörten rechtskonservativen beziehungsweise rechtsradikalen Vereinigungen an. Beim dritten Opfer, der Friseurin Monika Klein, trifft das jedoch nicht zu. Hauptkommissar Guse schaltete mich ein aufgrund einer Textnachricht an der Zimmerdecke der Toten. Er wollte von mir wissen, ob es sich hierbei um eine sogenannte Hassnachricht aus dem Internet handelt.« Magnus bemerkte auf dem Display, dass er in seiner Aufregung das falsche Passwort zum Login eingegeben hatte, und wurde daraufhin noch unruhiger. »Der Text lautete … Moment!« Obwohl er auf den Bildschirm starrte, meinte er die ungeduldigen Blicke der Kollegen zu spüren. Erneut loggte er sich ein, diesmal erfolgreich, fummelte dann das HDMI-Kabel des Beamers an seinen Rechner. Nach einigen Klicks wurde ein Foto der Nachricht an die Wand geworfen.

Es wurde still im Besprechungsraum, alle lasen.

Schließlich fuhr Guse fort: »Ich ließ den Text an Kommissar Grimm weiterleiten mit Bitte um Klärung, ob es sich hierbei um einen im Internet veröffentlichten Hasskommentar handelt – und tatsächlich: Monika Klein hatte ihn am Abend vor ihrem gewaltsamen Tod gepostet.«

»War ganz leicht zu finden im Netz. Herauszubekommen, ob er vom Opfer stammte, war da schon etwas schwieriger, aber letztlich auch kein großes Problem. Beim Durchleuchten des Profils von Hexe69 fanden sich schnell Parallelen zu den Lebensumständen von Monika Klein. Schließlich entdeckte ich einen Eintrag, den sie identisch auf ihrem Facebook-Account veröffentlicht hatte. Bingo!«

Zum ersten Mal zeichnete sich so etwas wie ein Lächeln auf Magnus' Gesicht ab.

»Und was hat das mit Schwartz und Hunoldt zu tun?«, fragte Heinrich.

Guse bedeutete Magnus, fortzufahren.

»Ich durchsuchte daraufhin das Internet nach Spuren beziehungsweise konkret nach Posts der ersten beiden Opfer. Auch bei ihnen wurde ich schnell fündig, diesmal nicht anonym, sondern ganz offen über ihre privaten Accounts in den sozialen Netzwerken.«

»Und das alles in weniger als einer Stunde, unglaublich!« Guse schüttelte den Kopf. »Ich werde das nie verstehen – umso besser, dass wir Experten dafür haben. Vielen Dank dafür, Kommissar Grimm!« Freundschaftlich legte er die Hand auf Magnus' Schulter und gab ihm dann ein Zeichen, das nächste Bild aufzurufen.

»Hier nun der Post von Kevin Schwartz auf Facebook. Schwartz ist übrigens stolz darauf, auf Böhmermanns schwarzer Liste die Nummer 89 zu sein.« Magnus schüttelte den Kopf.

»Böhmermanns schwarze Liste?«, fragte Burger.

»Auf der Liste sind Verfasser von Hasspostings aufgeführt, die durch besonders …«

»Jaja, schon gut«, unterbrach Guse ungeduldig. »Können wir jetzt bitte weitermachen?«

Magnus nickte, und Guse fuhr fort.

»Der Kommentar wurde zwar schon nach elf Stunden gelöscht, zuvor aber vielfach geteilt und auf mehreren rechten Plattformen veröffentlicht. Wie sagt man? Das Internet vergisst nie. Nicht wahr, Herr Grimm?«

»Genau … also, Schwartz schrieb in seinem letzten Post: *Lasst sie doch ersaufen, die verdammten Flüchtlinge. Kein Deutscher will sie hier haben …* Wie Sie wissen, wurde er auf hoher See und bei stürmischem Seegang in einem winzigen Gummiboot ausgesetzt. Weiter zu Hunoldts Nachricht …« Ein

Mausklick von Magnus, und der Beamer projizierte den Screenshot eines Internetkommentars an die Wand, dessen Buchstaben stark verpixelt waren.

Guse las vor: »*Diesen Kriegsflüchtlingen und anderen Schmarotzern geht es doch eigentlich gut in ihrem Land. Klar leben sie nicht im Luxus, aber das kann nicht unsere Aufgabe sein. Die zu uns kommen, sehen alle gut genährt aus, also kann das Gerede von Hungersnöten in den Krisengebieten doch nur gelogen sein.*« Guse atmete tief durch. »Stand so ganz offiziell auf dem Parteiprofil von Christian Hunoldt – kaum zu glauben, aber wahr. Wie auch immer, Hunoldt starb letztlich an Herzversagen, war aber auch extrem ausgehungert. Nicht wahr, Herr Doktor?«

»Sein Magen war vollkommen leer. Er hat die letzten Tage vor seinem Tod nichts gegessen. Wenn man den enormen Gewichtsverlust in Betracht zieht, vermutlich schon seit gut einer Woche, dem Zeitpunkt seiner mutmaßlichen Entführung.«

»Danke, Dr. Rudolph!« Guse nickte ihm zu. »Bei der Motivsuche drängte sich bei den ersten beiden Mordopfern auf, dass sie jeweils politisch rechts außen aktiv waren. Unsere Ermittlungen zielten entsprechend auch in diese Richtung. Erste Befragungen im Bekanntenkreis von Monika Klein ergeben jedoch, dass es sich bei ihr um eine gänzlich politisch uninteressierte Person handelte. Wo also liegt bei allen dreien der gemeinsame Nenner?« Eine rhetorische Frage, trotzdem zuckte Heinrichs Finger nach oben. Guse ignorierte ihn und fuhr fort: »Alle drei verbreiteten im Internet sogenannte Hassbotschaften, und zumindest bei den ersten beiden ist gesichert, dass ihre Todesart im unmittelbaren Zusammenhang mit ihrer letzten Nachricht stand. Schwartz ist ertrunken, er meinte, man solle die

Flüchtlinge ersaufen lassen, und Hunoldt war kurz vorm Verhungern. Seinen Post sehen Sie noch an der Wand. Beim dritten Opfer steht die Untersuchung durch den Rechtsmediziner aus, es befindet sich noch im Gewahrsam der Spurensicherung. Nach dem jedoch, was ich am Tatort gesehen habe, und den Fotos, die mir übermittelt wurden, bin ich mir nahezu sicher, dass auch hier ein Zusammenhang besteht. Nochmal zur Erläuterung: Der Kommentar bezog sich auf eine an ALS erkrankte Schauspielerin. Wenn wir uns jetzt ein Foto des Opfers anschauen«, an der Wand erschien eine Draufsicht auf Monika Klein, vom Kopf abwärts bis zur Hüfte, »sehen wir hervortretende Augen, einen aufgerissenen Mund und die bei einem Erstickungstod charakteristisch heraushängende Zunge. Keine Würgemale am Hals oder ein im Todeskampf zerwühltes Bett. Das Laken liegt glatt und faltenlos, als habe sie sich kein bisschen bewegt. So, als sei sie vollständig gelähmt gewesen, wie bei ALS üblich. Irgendwann versagt bei den Erkrankten die Atemmuskulatur, was zur Erstickung führt. Gibt es Mittel, die so etwas bewirken, Dr. Rudolph?«

»Sicher, einige.«

»Und lassen sie sich auch nachweisen?«

»Es lässt sich nahezu alles nachweisen, wenn man weiß, wonach man suchen muss!«

Guses Handy brummte. »Die Leiche ist eingetroffen und wird umgehend in den Obduktionsraum gebracht. Herr Doktor, wenn ich Sie also bitten dürfte …«

Guses Aufforderung wäre nicht nötig gewesen. Rudolph war bereits aufgestanden. Ohne ein weiteres Wort zu verlieren, verließ er den Besprechungsraum.

Möller hob die Hand.

»Ja, bitte?«

»Deshalb die abgeschnittenen Finger? Weil die Kommentare in den Computer getippt wurden?«

»Ja. Ist das nicht naheliegend? Aller Voraussicht nach haben wir es mit einem Geisteskranken zu tun. Er will, dass die Serie als sein Werk erkannt wird, und hinterlässt seine Visitenkarte.«

Möller nickte.

»Hatte die Tote Einstichwunden?«, fragte Heinrich.

»Soweit ich weiß, haben die Kollegen von der Spurensicherung noch nichts entdeckt, aber Dr. Rudolph wird sicherlich …«

»Gibt es Einbruchsspuren?«, platzte Burger dazwischen.

»Keinerlei Einbruchsspuren, nein!«

»Also kannte das Opfer den Täter und hat ihn hereingelassen?«

»Möglich. Allerdings handelt es sich um ein älteres Schloss. Mit ein bisschen Erfahrung bekommt man es auch ohne Beschädigungen auf.«

»Dann ist unser Serienmörder nebenbei auch noch Einbrecher? So etwas ist eher ungewöhnlich!«

Magnus horchte auf und schaute zur Blonden. Obwohl sie Guses Tochter hätte sein können und gewiss ihr Dienstrang niedriger war als seiner, schien sie keinerlei Respekt vor ihm zu haben. Das war ein eher ungewöhnliches Verhalten angesichts der üblicherweise strikt hierarchischen Struktur innerhalb eines Dezernats, noch dazu für eine Neue.

Pia fuhr fort, ohne Guses missbilligende Miene zu beachten: »Serienmörder sind Triebtäter, angestachelt von der Sucht, ihre Gier zu befriedigen. Ganz sicher sind sie keine gewöhnlichen Verbrecher mit deren Fertigkeiten.«

»Und wenn sich unser Mörder diese Fähigkeiten angeeignet hat?« Guse wollte noch nicht aufgeben.

»Das ist zwar nicht völlig ausgeschlossen, erscheint mir aber zu geplant. Vielleicht hatte sich der Täter ja als Postbote ausgegeben oder fing sie beim Betreten oder Verlassen der Wohnung ab?«

Magnus nickte. All das war möglich. Die junge Kollegin aus Hamburg argumentierte schlüssig und war alles andere als ein unerfahrener Frischling direkt von der Polizeiakademie. Es mangelte ihr nicht an Selbstvertrauen und sie scheute sich auch nicht davor, dem Leiter der Mordkommission zu widersprechen.

Die Blonde lächelte, Guse hingegen konnte seinen Ärger nicht verbergen und zeigte einen verkniffenen Gesichtsausdruck. Grimm fragte sich, wie lange er sich das noch gefallen lassen würde.

27

Bin auch der Meinung, selber schuld, wären sie nicht geflüchtet!!!!! kein mitleid!!!

Es war schon weit nach Mitternacht, als sich die Türen der U-Bahn vor Magnus öffneten.

Was Nina wohl sagen würde, wenn er so spät käme?

Es hatte sich vieles bei ihnen geändert. Früher waren sie oft spät nachts noch ausgegangen, wenn sie in Hannover und nicht wieder auf irgendeinem Tennisturnier am anderen Ende der Welt gewesen war. Nicht gerade typisch für einen pflichtbewussten Sportprofi, aber so war Nina halt – sie genoss das Leben in vollen Zügen, immer positiv und unternehmungslustig. Die wenige gemeinsame Zeit, die ihnen blieb, war mit Abstand die beste seines Lebens gewesen, bis … zum Unfall, der eigentlich gar kein Unfall gewesen war, sondern ein gescheiterter Suizidversuch.

Nichts war übrig geblieben von der Lebenslust.

Er hatte sie gefunden, strampelnd an der Wäscheleine hängend, den Kopf in der Schlinge. Gerade noch rechtzeitig, um sie am Leben zu halten, und doch zu spät, um sie vollständig zurückzuholen.

Eisiger Wind schlug ihm entgegen, als er die Stufen hinaufging. Jetzt, mitten in der Nacht, wirkte die Stadt wie ausgestorben, zumindest hier an der Eilenriede, der grünen Lunge Hannovers. Gut fünfhundert Meter Fußweg lagen bis zu ihrer Stadtvilla vor ihm. Damals, als sie noch Profi gewesen war, hatten sie sich das Haus problemlos leisten können. Nun reichte sein Gehalt gerade einmal zum Unterhalt, das restliche Geld war größtenteils für Arztrechnungen draufgegangen.

Magnus musste an die Blonde denken – wie hieß sie doch gleich? Pia Beckmann? Nein, nur Beck!

Bei ihrem Aussehen hatte sie bestimmt jede Menge Verehrer. Allerdings schreckte ihre energische Art den einen oder anderen Mann sicherlich auch ab.

Wie auch immer, ihm konnte es gleich sein, er hatte seine Nina. Andere Frauen kamen für ihn nicht infrage, vor allem nicht nach dem, was er ihr angetan hatte.

Magnus öffnete das schwere Eisengitter zu ihrem Grundstück. Das Quietschen ging ihm durch Mark und Bein, nachts war es noch schauderhafter als tagsüber. Die Scharniere könnten dringend etwas Pflege vertragen, doch dafür musste er erst einmal Öl besorgen. Dort, wo er sonst einkaufte, gab es keins. Dafür müsste er zu einem Baumarkt und ad hoc wusste er nicht, wo sich der nächste befand. Eigentlich lohnte der Aufwand auch nicht. Dann quietschte die Tür halt.

Unmerklich schüttelte Magnus den Kopf. Diese Antriebslosigkeit bemerkte er schon seit Längerem an sich. Jeden Aufwand über das absolut Notwendige hinaus versuchte er möglichst zu vermeiden, am liebsten hätte er den ganzen Tag nur noch im Bett verbracht. Er musste nicht googeln, um herauszufinden, was mit ihm los war.

Im schwachen Licht der Außenbeleuchtung musterte er den Mercedes Benz SL Roadster im Carport, ebenfalls ein Überbleibsel besserer Zeiten. Er fuhr ihn nur noch, wenn es nicht anders ging, also für längere Strecken oder falls es schnell gehen musste. Die Erinnerungen an den Spaß, den sie früher mit ihm hatten, waren zu schmerzhaft. Lag es an der unzureichenden Beleuchtung oder begann die Farbe stumpf zu werden? War auch hier bald der Lack ab, so wie schon so lange bei ihm und seiner Nina?

»Magnus?«

Kaum zur Tür rein, empfing sie ihn mit Argwohn. Ihre Stimme wirkte schwach und gebrochen, trotzdem drang sie klar und deutlich durch die geschlossene Schlafzimmertür bis zu ihm vor. Er wollte entgegnen, wer es denn sonst sein sollte, unterließ es dann aber, sie zu verärgern – so, wie er es immer unterließ, um des lieben Frieden willens.

»Ich bin's, Schatz! Die Besprechung hat etwas länger gedauert. Der Chef wollte noch die ersten Ergebnisse der Obduktion mit uns durchgehen.«

»Weiß dein *Chef* denn nicht, dass du eine schwerkranke Frau zu Hause hast?«

Mit wie viel Abscheu sie *Chef* ausgespuckt hatte. Dabei kannte sie Guse noch nicht einmal. Und das nur, weil Magnus seinetwegen die letzten Stunden nicht bei ihr sein konnte.

Er zog sich nur die Schuhe aus und setzte sich dann vor die Tür. Sie wollte nicht, dass er ihr Schlafzimmer betrat, und er hatte sich daran gewöhnt, ihre Wünsche zu akzeptieren.

»Und, wie geht's dir, Nina? Habe ich dich geweckt oder konntest du nicht einschlafen? Es ist immerhin fast ein Uhr.«

»Ich weiß selbst, wie spät es ist. Natürlich kann ich nicht schlafen, wenn du mich mitten in der Nacht allein lässt. Also, weiß dein Chef nun, dass ich krank bin?«

Im Sitzen zog sich Magnus leise die Jacke aus, öffnete den obersten Hemdknopf und rieb sich die kalten Finger.

»Natürlich weiß er es, so wie es alle Kollegen wissen. Normalerweise nimmt er darauf auch Rücksicht, aber wenn er mich dringend im Dezernat braucht, muss ich halt kommen. Oder willst du, dass die nächste Dienstbesprechung hier stattfindet?«

»Ach, sei doch nicht albern!«

Hatte sie eben etwa gelächelt? Er meinte, es aus ihrer Stimme herausgehört zu haben. Wie gerne hätte er ihr dabei ins Gesicht geschaut. Er liebte es, wenn sie lächelte.

So, wie er sie liebte – immer noch, vielleicht sogar mehr denn je.

Trotz oder gerade wegen allem, was ihnen widerfahren war. Das Schicksal bot ihm die Möglichkeit, es diesmal besser zu machen.

Er durfte es nicht wieder versauen.

28

50 zu wenig erstickt!!!!!!

Pia hasste das Leben im Hotelzimmer.

Auf Reisen ließ es sich nicht vermeiden, im Alltag jedoch genoss sie es, nach dem Dienst in ihre eigenen vier Wände zurückzukehren. Dort dann eine Kleinigkeit zum Essen zubereitet, Glotze an, Füße hoch oder ab und an mal auf die Piste, wenn auch eher selten. Wesentlich häufiger brachte sie dagegen Arbeit mit und wälzte bis Mitternacht Akten.

Wie auch immer, daheim stand nicht nur ein gut gefüllter Kühlschrank. Dort brachte auch keine Putzfrau ihr Ordnungs- und Ablagesystem durcheinander, das bisweilen den Fußboden mit einbezog.

Sie musste mit dem Hotelmanager reden. Wer wusste schon, wie lange ihr Aufenthalt in Hannover noch dauern würde? Die Reinigungsarbeiten in ihrem Zimmer sollten zukünftig auf das Nötigste beschränkt werden. Außerdem brauchte sie noch ein Schneidebrett, Messer und eine Kühlbox, um sich nach Dienstschluss selbst etwas zubereiten zu können. Schließlich wollte sie sich nicht ständig vom Junkfoodfraß aus der Polizeikantine ernähren.

Nicht weit vom Hotel entfernt tauchte ein REWE-Markt auf. Ein Blick auf die Uhr – es war halb zehn. In Braunschweig hatte REWE bis zehn geöffnet und auch in diesem Markt brannte noch Licht. Pia setzte den Blinker und fuhr auf den Parkplatz. Zum Glück musste sie nicht Rudolph um Erlaubnis fragen, denn der hatte sich schon eine Stunde zuvor ins Hotel verabschiedet, noch während der Besprechung. Gut für sie, dass ihr Reisegefährte gerade ohne Führerschein war – so gab es keinen Streit um den Dienstwagen.

Der Markt war weder klein noch groß, mittelprächtig halt. Ob sie hier ihr Kücheninventar bekommen würde? Pia schätzte ihre Chance auf fünfzig zu fünfzig.

An der Stirnseite der Drogerieabteilung wurde sie fündig. Das Haushaltswarensortiment war zwar überschaubar, aber dennoch für ihre Zwecke ausreichend. Messer und Schneidebrett waren schnell gefunden, nur die Kühlbox gab es nicht. Pia nahm stattdessen zwei Kühlakkus und Thermotaschen von den Tiefkühltruhen. Ihr Zimmer hatte eine winzige Minibar mit Frostfach. Damit könnte sie sich fürs Erste behelfen.

An der Frischetheke holte sie sich noch einen Salat, Quark, Joghurt und Käse, ging dann damit zur Kasse.

Dort stand Rudolph, beinahe hätte sie alles fallen gelassen. In seinem feinen maßgeschneiderten Zwirn passte er eher in die Matineevorstellung der Staatsoper als spätabends in einen Supermarkt. Er hatte ihr den Rücken zugewandt, in der Hand drei Packungen mit satt belegten Sandwiches, dazu noch eine Flasche Wein mit Schraubverschluss. Das sah fast wie ein Drei-Sterne-Dinner aus. Pia musste schmunzeln.

Vor Rudolph stand eine junge Frau an der Kasse und lud ihren Einkauf aufs Band. Der ganze Wagen war voll. Pia konnte förmlich spüren, wie es in Rudolph brodelte. Geduld war nicht seine Stärke, das hatte sie mittlerweile herausgefunden.

Sie stellte sich etwas abseits und beobachtete ihn. Ob er wohl darum bitten würde, mit seinen paar Sachen vorgelassen zu werden? Eigentlich konnte sie sich das nicht vorstellen. Er bat nicht um etwas, er nahm es sich einfach.

Rudolph zog sein Handy aus der Jackentasche. Einen Augenblick darauf klingelte es.

Irgendetwas war hier falsch – klar, die Reihenfolge. Erst klingeln, dann Handy in die Hand nehmen wäre korrekt gewesen.

Pia war gespannt, was nun folgen würde.

»Ja, Mäuschen«, sagte Rudolph, lauter als nötig. »Papi kommt gleich. Ich bin gerade im Supermarkt und muss noch bezahlen … Ja, ich weiß, du hast Angst, wenn du alleine zu Hause bist, aber Mami musste zum Opa, weil es dem nicht so gut ging … Bitte, Kleine, jetzt nicht weinen … Da ist nur noch eine Frau vor mir dran, und dann komme ich auch schon …«

Die Kundin drehte sich zu Rudolph um und lächelte ihn an. »Bezahlen Sie ruhig zuerst«, sagte sie zu ihm, »scheint sich ja um einen Notfall zu handeln.«

Er bedankte sich freundlich und legte sein Zeug direkt vor die Kassiererin. Pia schüttelte den Kopf, sie wusste nicht, ob sie seine Dreistigkeit witzig oder einfach nur unverschämt finden sollte. Schließlich entschied sie sich für Letzteres und handelte entsprechend. »Hallo Herr Doktor«, rief sie über die junge Frau hinweg, »ich wusste gar nicht, dass Sie noch eine so kleine Tochter haben.«

»Das war eben die jüngste, sie ist grade mal acht!«

»Na, dann müssen Sie aber schnell fahren, nach Hamburg ist es ja noch ein gutes Stück.«

Rudolph schiefes Grinsen wirkte bemüht, während er umständlich seinen Einkauf einsammelte. »Dann mach ich mich mal gleich auf den Weg, hab ja ein schnelles Auto.«

»Ohne Führerschein?«

Die Kundin hinter Rudolph hatte mittlerweile im Gesicht deutlich an Farbe zugelegt und stemmte wütend die Hände in die Hüfte. »Sie, Sie …«

»Danke, stimmt so!« Rudolph winkte ab, als die Kassiererin das Rückgeld zusammensuchte.

»Treuepunkte?«

Er schüttelte den Kopf, dann: »Vielleicht die Dame hinter mir?«

»ARSCHLOCH!«

Ohne ein weiteres Wort zu verlieren, verließ Rudolph den Laden. Durch die sich schließende Tür warf er Pia einen Blick zu – er grinste.

Dieser unverschämte …

Dann musste sie lächeln. Irgendwie hatte diese spitzbübische Frechheit auch etwas Erfrischendes – besonders bei einem Mann in seinem Alter. Und ob sie wollte oder nicht, irgendwie fand sie das auch anziehend.

Kurz darauf kam sie im Hotel an Rudolphs Zimmer vorbei. Von drinnen war der Fernseher zu hören.

»Na, doch nicht auf dem Weg nach Hamburg?«, fragte sie durch die Tür hindurch.

»Das Kindchen hat sich wieder beruhigt.«

Während er das sagte, hatte sie sein verschmitztes Lächeln vor Augen. Ihre Finger formten wie von selbst eine Faust. Ein Klopfen, und sie wäre nicht noch eine Nacht allein. Kurz vor der Tür zuckte ihre Hand zurück. Spätestens am nächsten Morgen hätte sie ihre Entscheidung bereut. Sex mit einem Mann, der vom Alter her ihr Vater hätte sein können, nebenbei noch verheiratet war – und ihr Kollege?

Nein, das musste nun wirklich nicht sein. Im Dezernat hatte sie schon genug Probleme wegen Emma.

Einen Moment blieb sie noch stehen – vielleicht wartete sie darauf, dass er ihr die Entscheidung abnahm und von sich aus öffnete -, dann ging sie weiter zu ihrem Zimmer und schloss die Tür auf.

Drinnen räumte sie zuerst die Minibar aus und befüllte sie dann mit ihrem Einkauf. Sie bekam nicht alles unter, aber dafür hatte sie ja die Gefrierakkus. Bis sie eine richtige Kühlbox besorgt hätte, müsste übergangsweise der Hartschalentrolley dafür herhalten. Leer bis auf die Akkus sollte er zusammen mit den Kühltaschen provisorisch als Frischebox funktionieren.

Pia schaute auf die Uhr – Punkt elf. Morgen würde es wieder ein langer Tag werden, Schlafenszeit also.

Als sie das Licht ausgeschaltet hatte und ruhig im Bett lag, hörte sie Rudolph nebenan rumoren. Der Fernseher lief lauter, als es sich nachts in einem Hotel eigentlich gehörte, außerdem klapperte er ständig mit den Schranktüren, oder war es die Minibar?

Wie auch immer, sie war froh, ihrem ersten Impuls widerstanden zu haben. Er wäre wirklich nicht gut für sie.

Der Neue kam ihr in den Sinn – Magnus Grimm. Ein eigenartiger Kerl. Er hatte auf sie den Eindruck gemacht, sich am liebsten in ein Mauseloch verkriechen zu wollen, statt vor versammelter Mannschaft zu reden. Offensichtlich mochte er das große Publikum nicht – und war damit das absolute Gegenteil von Rudolph. Und anders als ihre bisherigen gescheiterten Beziehungen.

Pia schüttelte den Kopf. Was war bloß in sie gefahren? Seit wann kreisten ihre Gedanken ständig um Kerle?

Sie war doch sonst nicht so … so mannstoll?

Vielleicht lag es daran, dass sie schon eine Weile solo war? Auch die besonderen Umstände könnten der Grund dafür sein – der neue Wohnort, die verantwortungsvollere Stelle, der aktuelle Fall …

Der immer offener zutage tretende Zählzwang?

Eine starke Schulter zum Ausweinen täte da durchaus gut. Obwohl, starke Schulter – da war dieser Grimm bestimmt nicht der Richtige. Kaum größer als sie, machte er einen eher schmächtigen Eindruck.

Wie auch immer – sie wollte mehr über ihn erfahren, daran war ja erst mal nichts Verwerfliches. Da er nun mit im Team war, sollte sich eine Möglichkeit bieten. Alles Weitere würde sich ergeben.

Pia schaute auf die Uhr. Seit über einer halben Stunde versuchte sie einzuschlafen. Kein Wunder, dass das nicht klappte bei dem Krach von nebenan.

»Geht's vielleicht auch ein bisschen leiser?«

Pia klopfte an die Wand zu Rudolphs Zimmer. Ob er wohl darauf reagieren würde?

Sie hatte bereits den Telefonhörer in der Hand, um sich bei der Hotelrezeption zu beschweren, als der Lärm schlagartig verstummte. Nun gedachte wohl endlich auch der Herr Doktor zu ruhen.

Herrlich, diese Stille. Jetzt könnte sie bald einschlafen. Oder?

In Pias Hirn war Jahrmarkt, tausend Gedanken schossen ihr durch den Kopf. Der Fall ließ sie nicht los.

Rudolph.

Magnus.

Sie würde die ganze Nacht wach liegen.

DONNERSTAG, 28. NOVEMBER

29

Gestern waren es noch 30 Ersoffene! Und wären es 100 wäre es auch nicht schlimm

»Kollegin Beck?«

Pia schaute müde zu Guse auf.

»Bis zur Klärung des gestrigen Vorfalls mit Hauptwachmeister Yussuf bleiben Sie vorerst im Innendienst.«

Touché, das hatte gesessen. Pia zuckte zusammen. Nachdem sie Guse gestern vor versammelter Mannschaft vorgeführt hatte, musste ja so etwas geschehen. Obwohl sie damit hatte rechnen müssen, traf es sie wie ein Schock.

Innendienst.

Der Job für diejenigen, die es draußen nicht mehr geregelt bekamen. Pia wollte etwas entgegnen, tausend Gründe vorbringen, die dafürsprachen, sie im Außeneinsatz zu belassen, doch dann sah sie Guses triumphierende Miene. Er gab sich noch nicht einmal Mühe, seine Genugtuung zu verbergen. Nein, egal, was sie erwidern würde, es wäre vergeblich und würde sein Hochgefühl nur noch steigern.

»Sie werden mit dem Kollegen Grimm im Netz recherchieren. Magnus, hast du alles dabei, um dich in einem der Büros einzurichten?«

Grimm nickte und schaute dann genervt zu Pia. Wortlos verließ er den Besprechungsraum, ohne auf seine neue Kollegin zu achten.

Das fängt ja gut an, dachte sie sich, dabei wollte sie ihn doch eigentlich näher kennenlernen. Offensichtlich war das

Interesse einseitig. Sie verabschiedete sich mit einer stummen Geste von den anderen und folgte ihm.

»Ich bin Pia.« Lächelnd streckte sie Grimm die Hand entgegen.

Er zögerte einen Moment, schlug dann zaghaft ein. »Kommissar Grimm.«

Pia legte den Kopf schief.

»Magnus.«

»Ich weiß.« Sie lächelte.

Er nicht.

Pia musste schlucken. Sie war die letzten Tage nicht das erste Mal auf Ablehnung gestoßen, diese Begrüßung setzte jedoch allem die Krone auf. Am liebsten wäre sie gleich wieder aus dem Büro gerannt.

»Kann ich helfen?« Ungläubig registrierte sie, wie unsicher ihre Stimme klang.

»Nein danke.« Grimm antwortete ohne aufzuschauen, verkabelte dabei weiter seinen Laptop.

Pia schaute sich im Büro um. Kahle, weiße Wände, ein Schreibtisch, zwei Drehstühle, das war es auch schon. Hier musste sie also die nächsten Tage zubringen, eingepfercht mit diesem sonderlichen Nerd. Das Interesse an ihm war dahin, Eigenbrötler waren ihr seit jeher suspekt.

»Und was genau sollen wir jetzt tun?«

Er schaute kurz zu ihr auf, minimaler Augenkontakt, dann senkte er den Blick.

Ob er Autist ist? Soll ja vorkommen bei diesen Computer-Verstehern.

»Offensichtlich liegt das Mordmotiv in den Posts der Opfer begründet.«

Pia nickte zustimmend. Nach aktuellem Stand sah jedenfalls alles danach aus.

»Ich werde also deren Rechner durchchecken und schauen, ob sie auch Empfänger von Hassbotschaften waren, auf welchen Plattformen sie gepostet haben, wo …«

»Und ich?« Sie sollte doch wohl nicht tagelang nur Grimm beim Durchforsten von Computern zusehen.

»Du kannst mir dabei helfen.«

Er duzte sie. Das Miteinander gestaltete sich also nicht ganz so förmlich, wie sie befürchtet hatte – immerhin, ein Anfang. Vielleicht könnte sie sogar etwas von ihm lernen? Ganz sicher sogar, wenn sie ihre eigenen Fähigkeiten am PC realistisch einschätzte.

Grimm legte drei weitere Laptops auf den Schreibtisch, dazu jede Menge Kabel und einen schwarzen Kasten ohne Tasten oder Knöpfe, glatt wie ein Monolith.

»Zuerst einmal machen wir Back-ups der Festplatten.«

Pia runzelte die Stirn.

»Sicherheitskopien, damit wir darauf zurückgreifen können, falls beim Durchsuchen der fremden Rechner versehentlich Daten gelöscht werden. Dieser Kasten hier«, er deutete auf den Monolithen, »speichert drei Terrabyte, das sollte locker reichen.«

»Klar, reicht bestimmt!« Pia versuchte, sicher zu klingen. Megabyte, Gigabyte, dann kam wohl Terrabyte – sicher war sie sich nicht, aber wenn es stimmte, passte da eine Menge drauf.

Grimm verband nacheinander alle drei Rechner mit der Box, nur bei Schwartz' Laptop dauerte der Datentransfer etwas länger. Ein Tortendiagramm zeigte an, dass dabei trotzdem nur ein winziger Teil des Speichers belegt wurde.

»Das ist Kleins Computer, er ist nicht gesichert.« Grimm wies auf das eindeutig älteste Gerät. »Schau einfach, ob du etwas Interessantes findest. Du kannst auch ihre E-Mails lesen, sie hat ihr Passwort abgespeichert.«

»Wie unvorsichtig von ihr.« Pia schüttelte im gespielten Ernst vorwurfsvoll den Kopf. Grimm verzog keine Miene und widmete sich weiter seiner Arbeit.

Sie unterdrückte einen Seufzer – der Rechner musste uralt sein. Es dauerte eine Weile, bis Pia über den Internet Explorer online war. Der Browserverlauf zeigte an, dass Monika Klein erst gestern noch im Netz unterwegs gewesen war. Da stand es: Mittwoch, 27. November, 07:51.

Ein Klick auf die URL hinter der Uhrzeit und auf dem Bildschirm tauchte eine Website auf, die sich über Promis ausließ. Klatsch und Tratsch aus der Glitzerwelt der Stars und Sternchen, teilweise ziemlich ruppig im Ton. Pia scrollte nach unten, zurück bis zu dem Zeitpunkt, zu dem Monika Klein auf der Seite gewesen war. Was hatte sie sich hier wohl noch vor der Arbeit angeschaut?

Natürlich, ein Bericht über die an ALS erkrankte Schauspielerin aus den Staaten, auf den einige Kommentare folgten, in den meisten wurde die Frau bedauert. Dann der gelöschte Post von Hexe69. Er war schon am Mittwochmorgen entfernt worden, noch vor dem Auffinden von Kleins Leichnam.

Aber wie konnte dann …?

»Magnus?«

Er wandte ihr den Kopf zu, zog dabei die Stirn kraus.

»Hast du nicht gesagt, du hättest im Internet einen Post von Hexe69 entdeckt, über diese erkrankte Schauspielerin?«

»Ja, und?«

»Der Beitrag wurde gelöscht, noch bevor Klein getötet wurde.«

»Sie hat ihn auch auf ihrem Facebook-Profil geteilt.«

Pia nickte, darauf hätte sie auch selbst kommen können. Bevor FB Posts privater Accounts löschte, musste schon einiges geschehen. Sie lächelte. »Okay, dann wissen wir jedenfalls jetzt, dass sie um 7 Uhr 51 noch nicht überfallen worden war. Es sei denn …« Pias Finger zuckte zurück, als stünde die Tastatur von Kleins Rechner unter Strom.

Magnus schüttelte den Kopf. »Keine Sorge, die Spurensicherung hat den Rechner schon untersucht. Es sind nur ihre Fingerabdrücke drauf.«

Pia schlug die Akte von Monika Klein auf, die ganz konservativ noch aus bedrucktem Papier zwischen zwei Pappdeckeln bestand. »Ich habe hier die Vernehmung vom Besitzer des Friseursalons. Klein erschien zur Frühschicht immer eine halbe Stunde vor Öffnung, also gegen halb neun. Dann räumte sie das Kleingeld in die Registrierkasse, lüftete et cetera. Mit dem Bus braucht man von ihrer Wohnungstür bis zum Arbeitsplatz eine gute halbe Stunde. Klein ist dort am Tattag nicht mehr eingetroffen. Die Haltestelle befindet sich direkt vor dem Salon und die Straße ist um diese Zeit schon recht belebt. Hier wird der Übergriff also nicht stattgefunden haben, und selbstverständlich auch nicht im Bus. Das heißt, es muss zwischen 7 Uhr 51 und Punkt 8 Uhr geschehen sein, also der Abfahrtszeit des Buses – in ihrer Wohnung, im Treppenhaus oder auf dem Weg zum Bus.«

»Haben die Nachbarn etwas gehört?« Grimm fragte, ohne vom Rechner aufzuschauen.

»Nein, das wäre auch ein Wunder gewesen. Direkt unter Klein wohnt eine ältere Dame. Sie ist fast taub und hat noch geschlafen. Alle anderen aus dem Haus waren schon auf dem Weg zur Arbeit und der Zeuge von oben war gerade beim Bäcker.«

»Und auf der Straße? Gibt es Zeugen, die Klein auf dem Weg zur Bushaltestelle gesehen haben?«

»Der Kioskbesitzer von gegenüber wurde befragt. Er kennt Klein vom Sehen und meint, er hätte mitbekommen, wenn sie aus dem Haus gegangen wäre.«

»Hatte er denn keine Kundschaft?«

»Wohl nicht, ist anscheinend nicht viel los bei ihm um diese Zeit.«

»Okay, dann hat sie aller Voraussicht nach nicht das Haus verlassen. Und, hilft das irgendwie weiter?«

Pia war frustriert. Sie leitete trotz überschaubarer Faktenlage relevante Schlussfolgerungen ab, und er tat das lakonisch als unwichtig ab. Machte er das absichtlich? Wollte er sie etwa provozieren? Sie versuchte, sich ihren Ärger nicht anmerken zu lassen. »Zumindest haben wir damit einen sehr engen Zeitrahmen, in dem der Überfall stattgefunden haben muss. Das wird hilfreich sein, denn sollte der Täter für die besagte Zeit kein Alibi haben …«

»Dafür müssen wir ihn aber erst mal finden.«

Damit hatte Magnus allerdings recht. Trotzdem, sie trug ihren Gedanken als Kurznotiz in die Akte ein. Er könnte später noch nützlich sein, und wenn auch nur, um Verdächtige zu entlasten.

»Eigentlich spricht alles dafür, dass Klein ihren Mörder gekannt hatte. Vielleicht haben sie auch die Nacht zusammen verbracht?«

Pia schaute ihr Gegenüber fragend an. »Wie kommst du denn darauf? Und was meinst du mit *alles*?«

»Na ja, offensichtlich hatte sie das Haus noch nicht verlassen. Ein Fremder wird kaum reingekommen sein, wenn die Haustür unten abgeschlossen war. Da die Nachbarn schon aus dem Haus waren und die Alte noch schlief, muss der Mörder bei Klein geklingelt haben. Sie wird ihm so früh morgens doch bestimmt nicht die Tür aufgemacht haben, wenn sie ihn nicht kannte.«

»Das setzt voraus, dass die Haustür abgeschlossen war.«

»Ist das nicht üblich in der Innenstadt?«

»Üblich schon, aber es gibt immer Ausnahmen.« Pia blätterte in der Akte. Als sie nichts Brauchbares fand, griff sie zum Telefon. »Oberkommissarin Beck. Verbinden Sie mich mit einer Streife, die im Zentrum unterwegs ist.«

Magnus lauschte gespannt, während Pia nervös mit dem Stift auf die Akte trommelte. »Oberkommissarin Beck hier, ich ermittle im Mordfall Klein. Bitte fahren Sie zum Tatort in der … ja genau … Klären Sie, ob die Haustür tagsüber geschlossen ist, und melden Sie sich dann unter dieser Nummer. Wie lange wird das dauern? … Okay, bis bald. Danke!«

Und zu Magnus: »Keine drei Minuten!«

Sie trommelte weiter, während er sich wieder den Computern zuwandte. Kurz darauf klingelte das Telefon.

»Beck! Mmmh … Was? Unglaublich. Ja, vielen Dank!«

Pia schüttelte den Kopf. »Tagsüber ist die Tür offen, sobald der erste Bewohner aus dem Haus zur Arbeit fährt. Erst bei Dunkelheit wird abgeschlossen, wenn überhaupt.«

Jeder durchgeknallte Spinner konnte ins Treppenhaus schleichen, sich vor Kleins Tür postieren und sie beim Verlassen der Wohnung abfangen. Nichts mit Bekanntschaft.

Verdammt, an diesem Punkt hätte man ansetzen müssen!

Pia schüttelte verärgert den Kopf. »Wie kann man heutzutage noch die Haustür offen lassen, und das mitten in der Stadt? Wie fahrlässig. Lesen die denn keine Zeitung?«

Magnus stand auf. Bei ihrem Wutausbruch konnte er sich eh nicht konzentrieren. Wahrscheinlich tat beiden eine kleine Pause gut. »Ich hole mir einen Kaffee. Soll ich dir was mitbringen?«

»Ja bitte, auch einen Kaffee, schwarz mit viel Zucker, drei bis vier Löffel.«

Er nickte nur, ließ sich seine Überraschung nicht ansehen. Nach *viel Zucker* sah sie nun wirklich nicht aus, eher nach strenger Diät und hartem Fitnesstraining. Wie auch immer, ihm sollte es recht sein – Zucker war Nervennahrung, und davon konnte sie reichlich gebrauchen. Das käme auch ihm zugute, immerhin musste er eine Weile mit ihr zusammenarbeiten.

Auf jeder Etage stand ein Automat. Wie oft hatte er sich hier früher sein Cop-Menü gezogen – Kaffee mit Schokoriegel. Früher, das bedeutete vor dem Unfall seiner Frau – war das wirklich noch kein Jahr her? Oder doch schon eine Ewigkeit?

Magnus schüttelte den Kopf. Wie konnte er sich solche Gedanken über die Vergangenheit machen, wo doch die aktuelle Lage viel brenzliger war.

Seine Hand zitterte, als er den vollen Pappbecher aus dem Automaten zog.

Das war eben ziemlich knapp gewesen. Zum Glück war ihm die Erklärung mit Facebook eingefallen. Hoffentlich glaubte sie ihm und sah nicht selbst auf Kleins Profil nach.

Bei ihr musste er vorsichtig sein. Sie war cleverer als alle seine Kollegen zusammen.

30

Unwissende propaganda ard und zdf rentner

Pia schaute auf die Uhr. Endlich, bald war es so weit, nur noch fünf Minuten bis zum Feierabend. Heute würde sie keine Überstunden machen, denn selten war ihr ein Arbeitstag so lang vorgekommen. Reine Büroarbeit war eben nichts für sie, zumal ihr neuer Kollege auch nicht dazu beitrug, durch kurzweilige Konversation die Zeit schneller verstreichen zu lassen. Was für ein verstockter Typ. Er gab bestenfalls etwas von sich, wenn man ihn fragte, und selbst dann bestand die Antwort selten aus mehr als einem knappen Satz.

Den ganzen Vormittag hatte sie Monika Kleins Rechner durchforstet, sämtliche E-Mails gecheckt, auch Spams und die Post im Papierkorb. Magnus meinte, sie solle nachschauen, ob jemand auf ihre Hasskommentare reagiert habe. Es gab tatsächlich einige aufgebrachte Antworten, die jedoch alle über die Plattformen weitergeleitet wurden, auf denen Klein gepostet hatte, und sie waren ohne Ausnahme an Hexe69 adressiert. Die Absender hatten also keine Ahnung, um wen es sich bei ihr tatsächlich handelte. Ergo kamen sie auch nicht als Täter infrage. Die restliche Post war ausschließlich Werbung. Freunde hatte Klein offenbar nicht gehabt, jedenfalls keine, die ihr Mails geschrieben hatten. Den Mangel an persönlichen Kontakten hatte sie anscheinend mit dem Verfassen von Hasskommentaren kompensiert. Auf dem Desktop hatte sie einen Ordner angelegt, um sie darin abzuspeichern – erläuternd dazu in

Kurzform den aktuellen Bezug zu ihrem Kommentar und die darauf erfolgten Reaktionen mit Datum. Demnach hatte sie dieses Spiel schon seit Jahren gespielt, wobei ihre Äußerungen augenscheinlich im Laufe der Zeit an Bissigkeit zugenommen und zum Schluss einen massiv beleidigenden Charakter aufgewiesen hatten.

Offensichtlich hatte Klein Spaß daran gehabt. Andernfalls hätte sie nicht so viel Arbeit in die Dokumentation ihrer Hatespeech-Aktionen gesteckt.

So verrückt es klang, aber andere Personen anonym im Netz zu verschmähen, hatte sich bei ihr wohl zu einem regelrechten Hobby entwickelt. Angesichts der Vielzahl ihrer Beschimpfungen hatte sie das nicht mal so nebenher gemacht. Dafür war eine Menge Zeit draufgegangen. Pia wusste nicht, ob sie sie dafür verurteilen oder bemitleiden sollte.

Ansonsten war die Festplatte von Monika Kleins Laptop so kahl wie eine Wüste, keine Spiele oder Musikdateien, noch nicht einmal Fotos. Anscheinend pendelte ihr Leben zwischen Friseursalon und Wohnung, zu mehr hatte sie weder Zeit noch Geld noch Freunde.

Gegen ein Uhr ging Pia allein zur Kantine. Magnus meinte, nach zehn Jahren Polizeidienst hätte er sich abgewöhnt, mittags essen zu müssen. Als sie sein in Hunoldts Rechner vertieftes Gesicht sah, schluckte sie die Frage hinunter, ob es am Zeitmangel lag oder an der Qualität des Kantinenessens.

Wobei, Qualität? Als sie darin stocherte, was laut Karte ein vegetarischer Eintopf sein sollte, fragte sie sich, ob für das Wort *Qualität* eigentlich auch ein Antonym existierte, so wie gut zu böse.

Wieder im Büro googelte sie danach – Minderwertigkeit

kam dabei heraus. Einen Moment darauf meinte sie, mit diesem Wort präzise ihren aktuellen Beitrag im neu formierten Zweierteam beschrieben zu sehen. Magnus leistete als Spezialist die wertvolle Arbeit, während sie nur Handlangerdienste verrichtete. Dafür hatte sie nicht die letzten Monate bis in die Nacht geackert und auf so ziemlich alles verzichtet, was eine junge Frau wie sie sonst als selbstverständlich vom Leben mitnahm. Auch ihre letzte Beziehung war daran zerbrochen – obwohl, eigentlich weinte sie Vinzenz keine Träne nach.

»Und?«

Pia starrte Magnus entgeistert an. Was wollte er von ihr? Hatte sie etwa laut gedacht?

»Irgendwas Interessantes entdeckt? Du wirkst so konzentriert.«

Abwesend träfe es besser, dachte sie, sagte aber: »Nein, ich frage mich nur gerade, ob wir jemals etwas finden werden.«

»Wird schon, keine Sorge!« Er lächelte Pia aufmunternd an, das erste Mal am heutigen Tage, und das nach über fünf Stunden. Immerhin, er war dazu in der Lage, fast hatte sie schon nicht mehr damit gerechnet.

»Und, wonach soll ich jetzt suchen? Auf Kleins Rechner ist jedenfalls nichts drauf, was uns irgendwie weiterhelfen könnte.«

»Was ist mit den Reaktionen auf ihre Posts? Gibt es da jemanden, der sich häufiger mit ihr angelegt hat?«

»Ich habe jeden Absender notiert.« Pia wies auf einen vollgeschriebenen Zettel mit lauter Adressen. »Nicht ein Name, der mehrfach auftaucht!«

Magnus atmete einmal tief durch und klappte dann den vor ihm stehenden Laptop zu. »Okay, ich habe die anderen beiden Festplatten auch durch. Schwartz und Hunoldt haben ausschließlich auf rechten Plattformen gepostet und fast durchweg Zustimmung erhalten. Ich habe nur wenige kontroverse Kommentare gefunden. Es wäre nett, wenn du die Absender mit deinen vergleichst. Vielleicht haben wir ja doch mal Glück.« Er reichte ihr ein Blatt mit sechs Adressen. »Danach sollten wir das Netz nach Typen durchsuchen, die sich extrem negativ über Hassredner auslassen, vielleicht sogar dazu aufrufen, Hate-Speaker zu enttarnen oder anzugreifen. Das können Einzelpersonen oder Gruppen sein. Du versuchst dein Glück über Google und ich schau mich im Darknet um. Sobald du was findest, sag mir Bescheid. Wir sehen uns das dann zusammen genauer an, einverstanden?«

Pia nickte und wusste im gleichen Moment, dass sie keine Ahnung hatte, wie sie suchen sollte. Einen Schauspieler zu finden, das spezifische Gewicht von Gold oder den aktuellen Wechselkurs des US-Dollars herauszubekommen, das war leicht, aber Aktivisten, die sich im Verborgenen aufhielten?

So schlichen die Stunden dahin und gegen drei Uhr gesellten sich wegen der andauernden Bildschirmarbeit zur Müdigkeit auch noch Kopfschmerzen hinzu.

Aber jetzt war es ja endlich überstanden …

»Guck mal, vielleicht habe ich hier was!« Er deutete auf den Bildschirm.

»Lass uns morgen drüber reden, ich muss jetzt an die frische Luft.«, sagte sie, warf die Jacke über und schon war sie aus dem Zimmer. Magnus schüttelte den Kopf. Ging Pia oder flüchtete sie?

Er sah auf die Uhr – Punkt fünf. Feierabend. Vielleicht konnte sie es gar nicht mehr erwarten, in ihr Hotelzimmer zu kommen, obwohl sie nicht danach aussah, als ob ihr bei

Dienstschluss gleich der Stift aus der Hand fiel, zumal man es als Kripobeamter mit den Arbeitszeiten eh nicht allzu genau nahm.

Magnus zuckte mit den Schultern. Letztlich war das nicht sein Problem. Er packte seine Sachen in die Aktentasche und ging ebenfalls. Da er die Computer der drei Opfer auf dem Schreibtisch stehen ließ, schloss er das Büro hinter sich ab. Es handelte sich um eine Sicherheitstür, hier würde niemand unbemerkt hineinkommen.

Vielleicht sollte er für sein Arbeitszimmer daheim ähnliche Vorkehrungen treffen? Ihn ließ der Gedanke nicht los, dass Nina etwas mit dem Fall zu tun haben könnte. Eigentlich völlig absurd in Anbetracht ihrer körperlichen Verfassung. Aber trotzdem, alle drei ermordeten Hassredner standen auf seiner Liste. Es gab Abertausende von ihnen im Netz, sicherlich auch Hunderte in Hannover, ermitteln konnte er aber bisher nur sieben. Drei von ihnen hatten nun keine Finger mehr und waren mausetot.

Er musste mit Nina darüber sprechen, sobald er nach Hause kam.

31

 # Wie wäre Giftgas, kostet ned soviel und wir wäre einige Probleme los ... ☹ krieg ich einen Hals wenn ich sehe wie unser Land und unsere Bürger so im Stich gelassen werden ...

»Nina?« Magnus klopfte an die Schlafzimmertür. »Darf ich reinkommen?«

»Lieber nicht«, leidend, wie eigentlich immer in letzter Zeit, »ich habe Kopfschmerzen und wollte mich grade schlafen legen.«

Er kam nach Hause und sie legte sich schlafen. Auch das geschah immer häufiger. Was hatte er bloß verbrochen, dass sie so abweisend zu ihm war? Normalerweise nahm Magnus auf ihre Wünsche Rücksicht, doch heute würde er sich nicht so einfach abwimmeln lassen.

»Ich muss mit dir reden!« Er drückte die Klinke hinunter.

»Bleib draußen!« Scharf, keinen Widerspruch duldend, dann, etwas versöhnlicher: »Das geht auch durch die Tür. Es ist schön dunkel hier. Die Helligkeit von draußen würde mir den Kopf zerspringen lassen.«

»Ich könnte das Licht ausmachen.«

»Bitte, Schatz, frag einfach, was du wissen willst, und lass mich danach schlafen, ja?«

Magnus atmete einmal tief durch. Er wollte ihr in die Augen schauen, wenn er sie fragte, in ihnen lesen, ob sie ihn anlog, doch im Dunkeln hätte er eh nichts sehen können. Es musste also auch so gehen.

Zumindest hatte sie ihn Schatz genannt, auch das hatte sie schon länger nicht mehr getan. »Du weißt doch, dass ich für meine Dienststelle im Internet Hassredner ausfindig mache.«

»Ja, aber warum eigentlich?«

Ausgerechnet *sie* fragte das? Aber gut, immerhin blockte sie das Gespräch nicht sofort ab, sondern redete mit ihm.

»Das sind schon lange keine harmlosen Pöbeleien mehr. Inzwischen geht es von übler Nachrede oder Beleidigung bis hin zu Gewaltaufrufen und Volksverhetzung, politisch völlig inakzeptabel. Vor einigen Monaten kam daher von ganz oben die Weisung, diese Typen aufzuspüren, ihre Aktivitäten zu dokumentieren und gegebenenfalls auch einzuschreiten. Aber das weißt du doch eigentlich, schließlich bist du ja selbst …« Er stockte.

»Ja?«

Beide schwiegen. Magnus hoffte inständig, dass sie nicht nachhaken würde. Sie tat ihm den Gefallen.

Schließlich fuhr er fort: »Ich vermisse einen Teil meiner Aufzeichnungen.« Das war gelogen, aber er konnte sie nicht geradeheraus fragen: *›Bist du vielleicht zufällig ins Arbeitszimmer und hast herumgeschnüffelt – oder noch viel Schlimmeres?‹*

»Was soll das heißen? Denkst du etwa, ich spioniere dich aus?« Eben noch hatte ihre Stimme so schwach geklungen, wovon nun keine Rede mehr sein konnte. Manchmal glaubte Magnus, sie tat leidender, als sie eigentlich war. Das war wieder so ein Moment.

»Nein, natürlich nicht – aber vielleicht beim Aufräumen, aus Versehen.«

»Rede keinen Unsinn! Du weißt genau, dass ich das Bett nur verlasse, wenn ich ins Bad muss, und auch das nur mit größter Mühe. Ohne Hilfe würde ich es gar nicht bis ins Arbeitszimmer …«

Mitten im Satz brach Nina ab, sie schien über etwas nachzudenken. »Es wird doch wohl niemand eingebrochen sein?« Der schneidende, aggressive Unterton war dahin, nun klang sie unsicher, fast ein bisschen ängstlich.

Spielte sie ihm etwas vor oder war sie wirklich so schwach? Ein Arzt könnte ihm sicher Genaueres sagen, doch sie sperrte sich schon seit Monaten gegen eine Untersuchung. Mit viel Ruhe und ihren Medikamenten käme sie schon irgendwann wieder auf die Beine … *meinte Nina.*

»Nein, bestimmt nicht«, beruhigte er sie. »Bei deinem unruhigen Schlaf hättest du mitbekommen, wenn ein Einbrecher im Haus gewesen wäre. Außerdem fehlt sonst nichts, obwohl so einiges offen rumsteht. Denk nur an deine Medaillen und Pokale.«

»Welcher Dieb kann damit etwas anfangen, wenn mein Name draufsteht?«

»Im Darknet findet so was immer Abnehmer. Nein, es war niemand hier. Es gab auch keine Einbruchsspuren. Ich habe nur etwas die Übersicht verloren.«

»Bei deiner Unordnung kein Wunder!«

Er nickte gedankenverloren. Das Gespräch führte zu nichts.

»Schatz, bist du noch da?«

»Ja, natürlich, wo sollte ich sonst sein?«

»Aber du hast nichts mehr gesagt.«

Diese ständigen Stimmungsschwankungen. In einem Moment noch klang sie ängstlich, dann wieder vorwurfsvoll.

»Ich habe nur genickt.«

»Das kann ich durch die Tür nicht sehen.«

»Ich weiß, Nina.«

Ich weiß …

»Kann ich noch etwas für dich tun?«

»Nein, lass mich jetzt einfach schlafen.«

Er nickte wieder, beeilte sich dann aber, schnell ein »Gute Nacht« hinterherzuschicken.

Nachdem er zum Abschied sanft über die Tür gestrichen hatte, ging er in sein Arbeitszimmer. Die Liste mit den ermittelten Namen lag offen auf dem Schreibtisch, auf ihr standen auch die von Monika Klein, Kevin Schwartz und Christian Hunoldt, dazu die Adressen. Er hatte sogar Fotos der drei im Netz gefunden und neben die Personalien aufs Papier gedruckt.

Wie hatte er nur so fahrlässig mit diesen sensiblen Daten umgehen können?

Vielleicht, weil er bis vor Kurzem noch gedacht hatte, dass sie nie in sein Arbeitszimmer gehen würde? Ihre Kraft dafür gar nicht reichte, und selbst wenn, sie sich nicht für seine Arbeit interessierte?

Eigentlich glaubte er das immer noch.

Die Übereinstimmung der drei Toten mit seiner Liste konnte nur ein Zufall sein. Die Vorstellung, dass Nina etwas damit zu tun haben könnte, war völlig absurd. Und den Post von Monika Klein, den er gestern entdeckt, ausgedruckt und an ihre Akte geheftet hatte, konnte ebenso gut auch der Mörder aufgespürt haben.

Selbst der Gedanke, dass sie andere miteinbezog, sie instruierte oder auch nur die Adressen verriet, war abwegig. Wer hätte das sein sollen? Seit ihrem Unfall hatte sie sämtliche Kontakte abgebrochen. Viele Bekannte hatte sie eh nie gehabt, weil sie die meiste Zeit unterwegs war.

Nein, Nina konnte mit alldem nichts zu tun haben.

Trotzdem, er sollte in die Tür zum Arbeitszimmer ein Sicherheitsschloss einbauen. Einfach nur so … und um hundertprozentig sicherzugehen.

FREITAG, 29. NOVEMBER

32

 # Diese verwichste drecksbrut würde ich an Arsch und Kragenpacken ... ... alle, die auf deutschen Boden sind einsperren ... ... und dann in die Luft jagen ... .Nur so kann man diesen Dreck noch loswerden ... ... Die sind schlimmer, als jede Seuche ... ..und unnützer als die Kretze ... ... Unsere verlogenen und korrupten Volksverräter mit einsperren ... .Müllentsorgung vom allerfeinsten ... .Und Tschüss ... .Da ist dann endlich vereint, was zusammengehört ... ... Ein riesegrosser stinkender Scheisshaufen ... ...

»Nichts gegen den Kollegen Grimm. Er ist nett, wirklich, auf seine ganz spezielle Art. An ihm liegt es nicht. Aber diese Arbeit ... den ganzen Tag am Computer sitzen und im Internet recherchieren, das können andere besser als ich. Noch dazu in diesem engen Büro, in dem man meint zu ersticken. Draußen könnte ich mich ganz sicher deutlich nützlicher einbringen.«

Guse schaute Pia ungeduldig an. Gerade mal ein Tag mit Grimm hatte gereicht und sie war mit den Nerven zu Fuß. Jetzt jammerte ihm die vorlaute Vorzeigeabsolventin die Ohren voll. Dabei hatte er weiß Gott Wichtigeres zu tun, als sich mit der Verdrießlichkeit junger Kollegen zu beschäftigen. Und selbst wenn er gewollt hätte, er wartete immer noch auf eine Erklärung für ihr rätselhaftes Verhalten bei diesen linken Chaoten. »Ich kann Sie nicht in den Außendienst versetzen, solange Sie mir nicht sagen, was vorgestern vorgefallen ist.«

»Ich hatte gedacht, ich wäre schwanger!«

Guses Kinnlade klappte nach unten. »Aber gestern habe ich Sie doch noch gefragt …?«

»Ich wollte es nicht an die große Glocke hängen und habe dann gestern nach Dienstschluss einen Test gemacht. Das Ergebnis war eindeutig.«

»Ja, und was …?« Guse war mit dieser Situation augenscheinlich überfordert.

»Natürlich eindeutig negativ.«

»Also, so ganz verstehe ich den Zusammenhang trotzdem nicht.«

»Ist das nicht offensichtlich? Ich war schon eine Weile überfällig. Der Gedanke, dass ich ein Kind bekommen könnte, hat mich übervorsichtig werden lassen. Ich war in dem Moment wie gelähmt.«

»Und wenn das beim nächsten Einsatz wieder passiert?«

»Wie denn? Ich weiß ja nun, dass ich mich geirrt habe. Ich bin aktuell so schwanger wie … wie ein Radiergummi.« Pia zeigte auf seinen Schreibtisch.

Guse lächelte unsicher. Ihm war klar, dass er verloren hatte. Die Erklärung war ebenso einleuchtend wie es verständlich war, dass sie ihm nicht schon früher den wahren Grund für ihren Ausfall gebeichtet hatte. Das war zu privat, selbst für einen Polizisten. Nun hatte sich ihre Vermutung als falsch herausgestellt. Daher gab es keinen Grund mehr, sie nicht ihrer Ausbildung entsprechend einzusetzen.

»Gut, Frau Beck. Wenn Hauptwachtmeister Yussuf damit einverstanden ist, bilden Sie beide wieder ein Team. Ich kläre das mit ihm. Informieren Sie derweil Grimm. Nicht, dass der noch eine Vermisstenmeldung rausgibt.«

Pia ließ sich ihre Freude nicht anmerken, nickte nur und

ging. Gut, dass sie gestern noch mit Rudolph gesprochen hatte. Er war es, der auf die geniale Idee mit der Schwangerschaft gekommen war. Sie musste ihm im Gegenzug dafür und für sein Stillschweigen versprechen, täglich drei Pillen zu schlucken – über den Tag verteilt morgens, mittags und abends.

»Hallo, Kindchen!« Jetzt übertrieb Rudolph aber seine Vaterrolle. Er stand vor ihr und legte den Kopf schief. »Hat es denn geklappt?«

»Ja, Papi!«, spielte sie sein Spiel mit.

Er grinste sie wie ein frecher, kleiner Junge an. Kurz blitzte wieder der Charmeur durch.

»Das mit der Schwangerschaft war eine gute Idee. Wie bist du darauf gekommen?«

»Kinderlose Männer wie er sind da besonders vorsichtig. Sie behandeln werdende Mütter wie Porzellanpüppchen. Außerdem sind sie ziemlich naiv, wenn es um solche Dinge geht – und absolut ahnungslos. Denen kannst du so ziemlich alles erzählen. Sie nehmen's dir ab, und fragen vor allem nicht nach. Vielleicht auch aus Scham wegen ihrer Unwissenheit.«

»Du solltest Psychologe werden.«

»Gehörte zu meinem Studium dazu, zwei Semester lang.«

Augenblicklich fühlte sich Pia unwohl. Wer weiß, was er bei ihr alles entdeckte? Selbst ihre harmlosen Macken reichten schon für mindestens drei normal veranlagte Menschen, vom Zählzwang mal ganz abgesehen.

»Ich gehe zu Grimm und sag ihm Bescheid.« Pia war froh, einen Grund zu haben, von Rudolph wegzukommen. Sie wandte sich zum Gehen.

»Eins noch, Pia.«

»Ja?«

»Du versprichst mir, regelmäßig deine Pillen zu nehmen?«

»Ja, natürlich!« Eher genervt als überzeugt.

»Denk immer dran, du machst das nicht nur dir zuliebe, sondern auch wegen deines Partners.«

Sie nickte ernst. Er hatte ja recht. Außerdem würde sie bei einem zweiten Ausfall nicht mehr so glimpflich davonkommen.

Während Pia zu Grimms provisorischem Büro ging, kramte sie eine Tablette aus ihrer Tasche und schluckte sie. Verärgert stellte sie fest, dass es die erste für heute war. Das musste besser werden. Eine Minute später hatte sie auf ihrem Handy drei Weckzeiten eingestellt – morgens gleich nach dem Aufstehen, mittags und zum Feierabend. Wenn ein Kollege sie darauf anspräche, würde ihr schon etwas einfallen. Jetzt musste sie nur noch daran denken, immer genügend Pillen dabeizuhaben.

33

Du bist hässlich! du *********!

Pia beobachtete ihre Kollegen.

Wollnick wippte unaufhörlich mit den Knien, neben ihm saß Burger. Er war kurz vorm Einnicken – hatte er nicht gestern Geburtstag gehabt? Das wäre eine Erklärung. Landberg blätterte in seiner Akte, Möller schaute ungeduldig auf die Uhr und Heinrich schien mit offenen Augen zu schlafen, oder starrte er nur Löcher in die Wand?

Es war kurz nach neun und der Chef ließ seine Leute auf sich warten – nicht zum ersten Mal.

Mitten auf dem langen Tisch im Besprechungsraum standen eine Thermoskanne und einige Tassen mit der Öffnung nach unten. Pia schenkte sich ein. Der Kaffee war pechschwarz … und eiskalt. Stammte offensichtlich noch von gestern. Sie würgte den Schluck angewidert herunter und schob dann die Tasse weit von sich.

Die Putzfrau gehörte gefeuert – wenn sie hier überhaupt eine hatten.

Die Tür ging auf.

Na endlich, dachte Pia, aber es war nur Magnus, der zögerlich eintrat.

Wie unsicher er in der Gruppe auftrat. Davon war tags zuvor nichts zu spüren gewesen. Aber da waren sie auch nur zu zweit und er mit den Computern in seinem Element gewesen. Als ihm Pia heute mitgeteilt hatte, dass sie wieder in den Außeneinsatz wechseln würde, schien er tatsächlich etwas enttäuscht zu sein. Das irritierte sie, weil sie am Vortag das Gefühl gehabt hatte, als fühle er sich von ihrer Gegenwart im besten Falle nicht gestört.

Magnus setzte sich ans hintere Ende des Tisches und ließ einen Platz zu seinem nächsten Nachbarn frei. Ein angedeutetes Nicken in Richtung Pia war seine einzige Kontaktaufnahme. Die anderen Kollegen schien er gar nicht wahrzunehmen.

Die Tür öffnete sich erneut, diesmal deutlich schwungvoller, und Guse kam herein, fast eine Viertelstunde zu spät.

»Zimmermann von der Neuen Presse hat angerufen. Er wollte keine Ruhe geben, obwohl ich ihn mehrfach auf die Pressekonferenz verwiesen habe.« Guse schaute auf die Uhr und wirkte selbst überrascht, wie spät es schon war. »Der wittert die große Story, gehört ja auch nicht viel dazu, wenn man eins und eins zusammenzählt: drei Tote seit Montag, alle aus Hannover, Polizeieinsätze bei den Linken und Rechten. Da muss man kein Prophet sein, um zu erkennen, dass dahinter ein Serientäter steckt. Der erste hier bei uns seit Haarmann.«

»Weiß er etwas über die abgeschnittenen Finger?«, fragte Heinrich, inzwischen wieder hellwach.

»Ich denke nicht, woher auch? Die Kollegen haben sicher nichts durchsickern zu lassen. Man stelle sich nur mal die Panik vor, wenn das …«

»Aber es gibt doch auch Zeugen. Die Fischer, Frau Kleins Nachbar.«

»Nicht zu vergessen der Jogger, der Hunoldt gefunden hat. Sie haben recht, Heinrich, es gibt durchaus Zeugen. Allerdings haben wir sie alle zu unbedingtem Stillschweigen verpflichtet.«

»Aber wir können sie doch nicht zum Schweigen zwingen.« Heinrich schaute Guse ungläubig an.

»Natürlich nicht, sie haben ja nichts verbrochen. Aber man kann sie zumindest davon überzeugen, wie wichtig es ist, dass nicht alle Fakten an die Öffentlichkeit gelangen. Allein die Tatsache, dass wir dann all die abgedrehten Selbstanzeiger aussortieren können, weil sie nichts von den Fingern wissen. Das leuchtete allen ein.«

»Dann können wir nur hoffen, dass unter den Zeugen nicht irgend so ein Wichtigtuer ist, der gern im Rampenlicht steht«, erwiderte Heinrich.

»Oder sein Wissen für einen Haufen Geld an die Presse verkauft«, ergänzte Pia.

34

Ich hab mein Schrottgewehr schon und werde meine Familie bis zum Ende verteidigen!

Gute zweihundert Kilometer nördlich hatte Ella Hansen gerade von Manfreds Mutter erfahren, wo ihr Sohn seinen freien Tag verbrachte. Die Volontärin des *Cuxhaven Kurier* war extra früh aufgestanden, um den jungen Mann vor der Ausfahrt abzufangen, hatte sich dann aber vom Kapitän der Albatros sagen lassen müssen, dass der Moses heute Landgang hatte. Normalsterbliche hätten auch Urlaub dazu gesagt. Da es noch stockduster gewesen war und sie sich den Einstieg mit dem Jungen nicht unnötig erschweren wollte, indem sie ihn an seinem freien Tag aus dem Bett klingelte, hatte sie zuvor gemütlich in einer Bäckerei gefrühstückt und sich erst dann auf den Weg zu seiner Wohnung gemacht. Dass er noch bei seiner Mutter wohnte, hätte sie angesichts seines reifen Aussehens und seiner unverblümten Anmache an Bord der Albatros nicht vermutet. Vielleicht verdiente er nicht genug für eine eigene Wohnung, vielleicht war er aber auch nur ein zu groß geratenes Kind – wie auch immer, nun wusste sie wenigstens, wo sie ihn finden würde.

Hoffentlich redet er.

Er musste einfach, sonst wäre ihre Karriere im Eimer – zumindest die Art Karriere, die ihr vorschwebte. Sie wollte nicht über Politik berichten, hatte kein Interesse an Sport und Kultur, Kommunales war für sie ein Albtraum, Kaninchenzuchtvereine und Dorffeiern konnten ihr gestohlen bleiben.

Investigativer Journalismus in einer großen Zeitungsredaktion, gerne auch bei der Bild oder einem privaten Fernsehsender, das war ihr Ziel.

Dafür brauchte sie *die eine große Story*.

Und da war sie: Das Schicksal hatte es am Montag gut mit ihr gemeint. Sie war dabei gewesen, als die Leiche aus dem Wasser gezogen wurde. Und was hatte sie daraus gemacht?

Kaum hatte der Kopf oder das, was davon übriggeblieben war, aus dem Wasser herausgeragt, war sie auf die andere Seite gelaufen und hatte sich die Seele aus dem Leib gespuckt. Als die Polizei dazugekommen war und erfahren hatte, dass sie für die Presse arbeitete, hatte man sie umgehend fortgeschickt.

Da wurde dir diese einmalige Chance auf einem Silbertablett serviert und du versaust sie dermaßen?

Und du willst in der ersten Liga mitspielen?

Beim Kurier war sie danach unten durch gewesen. Die Zeiten für Tageszeitungen waren alles andere als rosig und der Verlag hätte sich durch die Exklusivstory gesundstoßen können, gesteigerte Auflage, Verkauf von Rechten et cetera. All das war gescheitert am schwachen Magen einer Volontärin.

Nun lag es an ihr, dem Chef und vor allem sich selbst zu beweisen, dass sie aus einem anderen Holz geschnitzt war. Als Einstieg in die Story sollte ihr der tumbe Trottel dienen. Er stand auf sie, das hatte er auf dem Schiff mehr als deutlich zum Ausdruck gebracht. Notfalls würde sie sich ihm gegenüber etwas zugänglicher zeigen, man musste ja nicht gleich bis zum Äußersten gehen.

Und wenn doch, wirst du …?

Keine Zeit für tiefgreifende Gedanken, sie war an der

Spielhalle angekommen. Wenn sich Manfred auch keine eigene Wohnung leisten konnte, hierfür blieb anscheinend genügend Geld übrig. Eigentlich passte das zu ihm, in der Bibliothek hätte sie ihn jedenfalls nicht erwartet.

Sie öffnete den Knoten in ihrem Haar und ließ es locker auf die Schultern fallen. Wie Kupfer leuchtete es in der Morgensonne. Die Natur hatte ihr eine Haarfarbe geschenkt, die neunzig Prozent aller Männer verrückt machte, und sie hatte noch nie Skrupel gehabt, diesen Vorteil für sich auszunutzen.

Abgestandene Luft schlug ihr entgegen, dominiert vom Zigarettengestank. Hier durfte noch bedenkenlos gequalmt werden.

Seit Jahren war Ella in keiner Spielhalle mehr gewesen. Damals hatten da noch Billardtische und Fahrsimulatoren gestanden, jetzt gab es nur noch Geldspielautomaten. Klar, brachte mehr ein.

Und wo war Manfred?

Er saß in der hintersten Ecke und fütterte einen Automaten.

Sie setzte sich neben ihn. »Nicht viel los hier, was?«

»Is' noch früh – und kurz vorm Letzten. Da haste deine Ruhe. Ich mag das.« Er schien nicht überrascht, wer sich da zu ihm gesellt hatte – und nicht sonderlich begeistert.

Das hatte sich Ella anders vorgestellt. Sie nahm eine Strähne zwischen Daumen und Zeigefinger und rollte das Haar ein. Damit hatte sie schon so manchem Mann den Kopf verdreht.

»Was willst du, hab dich hier noch nie gesehen.« Er starrte weiterhin auf den Automaten, ohne sie eines Blickes zu würdigen.

»Cuxhaven ist nicht grade groß.«

»Sag nicht, du bist zum Spielen hier. Das kauf ich dir nicht ab.«

»Ich bin deinetwegen hier.« Geschnurrt, wie eine Katze.

»Nicht wegen mir, wegen dem Toten, richtig?«

Des! Nur gedacht – das war jetzt nicht der Zeitpunkt für Belehrungen. Stattdessen tat sie überrascht. »Wie …?«

»Glaubst du, ich bin blöd?« Zum ersten Mal schaute er vom Geldspieler auf und ihr direkt in die Augen. »An Bord wolltest du auch nix von mir wissen. Also nochmal, weshalb biste hier?«

»*Auch* wegen des Toten.«

Wie sie das *auch* betont hatte – so, als ob er sich etwas darauf einbilden könnte. Die falsche Schlange wollte ihn für eine Story um den Finger wickeln, aber jetzt saß er am längeren Hebel. Mal sehen, wie weit sie gehen würde.

»Lass uns zu mir gehen. Dann bekommst du *auch* was über den Toten!«

»Deine Mutter hat mich ziemlich skeptisch angeschaut. Ich glaube nicht, dass die begeistert wäre.«

Sie hatte ihm also schon hinterhergeschnüffelt, war bei ihm zu Hause gewesen. Was fiel dem miesen Stück eigentlich ein?

Na warte!

»Die ist schon zur Arbeit. Also, was is' nun? Entweder du kommst mit oder machst jetzt 'nen Abflug, entscheide dich.«

»Ich zahle auch!« Sie wedelte mit ein paar Fünfzigern.

»Wofür? Für die Story oder für …?« Er grinste schief.

»Für die Story!« Ganz ernst, ohne jeden Humor.

»*Kohle* hab' ich genug, siehste doch. Sonst wär' ich nich hier!«, sagte er und wandte sich wieder dem Automaten zu.

Ella schüttelte unmerklich den Kopf. So kam sie nicht weiter. Dann ging sie halt mit. Sie bekäme schon etwas heraus, ohne gleich mit ihm ins Bett gehen zu müssen. »Okay, dann lass uns los!«

Wieder dieses schiefe Grinsen. Ihr lief es kalt den Rücken runter. Trotzdem, irgendwie würde sie ihn sich schon vom Leib halten – das wäre ja gelacht.

35

Faschistoide Kampflesbe

Mehmets Handy brummte in seiner Hosentasche. Notdürftig wischte er sich den Ketchup von der rechten Hand und zog es heraus. Mit zusammengekniffenen Lippen schüttelte er den Kopf. »Die wissen Bescheid!«

»Wer? Worüber?« Pia schaute ihn fragend an.

»Die Presse. Über die abgeschnittenen Finger – zumindest bei Schwartz. Hat wohl doch einer nicht dichthalten können.«

»Ich hab's ja befürchtet, nur eine Frage des Geldes. Hoffentlich gibt es keine Nachahmer.«

»Nein, an Nachahmer glaube ich nicht – nicht, wenn es um Mord geht. Aber jetzt wird jeder Wichtigtuer aus der Region anrufen und behaupten, er wäre es gewesen oder er wüsste da jemanden, der es getan hat. Verdammt!« Wütend feuerte Mehmet seinen Burger in den Mülleimer. »Und wir können uns jede bescheuerte Aussage anhören, anstatt richtigen Spuren nachzugehen.«

Pia schaute sich in der Pommesbude um. Alle gafften sie an. Für die anderen musste es so aussehen, als ob sie sich gerade stritten. Da sie beide in Zivil waren, wirkten sie wie ein normales Pärchen.

Sie sah ihn an und legte die Hand beruhigend auf seinen Unterarm. »Sollen wir uns in der Zentrale melden?«

»Ja, bei nächster Gelegenheit«, erwiderte Mehmet und fügte beim Hinausgehen mit einem traurigen Blick auf dem

Mülleimer hinzu: »Weißt du, was das Schlimmste dabei ist? Ich hatte eigentlich noch Hunger!«

Pia und Mehmet gingen zum zivilen Einsatzwagen, einem dunkelgrauen Opel Vectra. Weit hatten sie es nicht, zum Hamburger-Bräter gehörte ein Kundenparkplatz. Sie schaute auf die Uhr – kurz nach Mittag, Zeit für ihre Pille, die zweite. Während sie noch gingen, wandte sich Pia von Mehmet ab und schluckte eine der winzigen Kapseln, das ging auch ohne Wasser. Er schien nichts davon mitbekommen zu haben, und wenn, dann wäre es auch egal, er würde garantiert nicht nachfragen. Hauptsache, sie bekäme nicht wieder einen Anfall.

Zumindest das schien zu funktionieren.

Beim Mordfall kamen sie dagegen kein Stück weiter. Bisher hatte der Täter keinen Fehler gemacht, hielt sich im Verborgenen und stellte keine Forderungen. Es gab unzählige potenzielle Opfer und mindestens ebenso viele Geschädigte, die als Mörder infrage kämen. Es war eine Gleichung mit zu vielen Unbekannten, die berühmte Nadel im Heuhaufen.

Trotzdem genoss Pia die Zeit draußen auf der Straße. Noch ein Tag mit Magnus in dem engen Büro und sie hätte darum ersucht, zurück nach Hamburg zu dürfen.

Guse wäre es sicherlich recht gewesen. Er mochte sie nicht, ebenso wenig, wie sie ihre Hamburger Kollegen mochten. Eigentlich wollte sie keiner haben, sie war allen zu direkt.

Zu selbstbewusst.

Zu wenig Teamplayer.

»Pia, ist alles in Ordnung?«

»Jaja, alles bestens!« Sie musste sich zusammenreißen – gerade bei ihm. Nach ihrem letzten Aussetzer beobachtete er sie natürlich besonders kritisch. Schließlich hätte das Ganze für ihn deutlich übler ausgehen können. Eigentlich schon bemerkenswert, dass er überhaupt noch bereit war, mit ihr in den Außendienst zu gehen. Rudolph hatte ihn überzeugen können, dass sie durch die Pillen keine Aussetzer mehr bekommen würde. Dennoch blieb immer ein gewisses Restrisiko und Mehmet war bereit, es einzugehen. Dafür mochte sie ihn, und auch für seine ehrliche, unkomplizierte Art. Eigentlich war er der Einzige, für den sie so etwas wie kollegiale Sympathie empfand.

»Alles bestens? Also, irgendwie machst du mir eher den Eindruck, als ob du dich hier etwas verloren fühlst.« Er schien kurz zu überlegen. »Weißt du was, ich gebe dir meine Handynummer. Komm uns doch mal zu Hause besuchen. Meine Frau freut sich immer über Besuch und die Kleine auch. Ich meine, wenn du mal quatschen willst, okay?«

Pia war erleichtert. Einen Freund konnte sie gut gebrauchen, gerade jetzt. Noch während sie seine Nummer in ihr Adressbuch tippte, wurde er wieder dienstlich und wählte den Anschluss des Dezernats. »Yussuf hier, zusammen mit POK Beck. Wir sollten uns melden? … Ja, eine Sauerei. Weiß man schon, wer es war? … Der Schiffsjunge?«

Mehmet schaute Pia fragend an. Sie zuckte mit den Schultern. Als sie mit Rudolph in Cuxhaven angekommen war, hatte man das Schiffspersonal schon lange nach Hause entlassen gehabt.

»Nein, bisher nichts Neues. Wir waren im Haus von Monika Klein. Keiner der Nachbarn will etwas mitbekommen haben. Sie lebte sehr zurückgezogen und hatte nie Besuch. … Definitiv Single, ja, ganz genau.«

Pia ärgerte sich, dass sie nur die Hälfte des Gesprächs mitbekam. Sie musste Mehmet unbedingt bitten, sein Diensthandy das nächste Mal auf laut zu stellen.

Demonstrativ schaute sie auf ihre Uhr, dann nach draußen. Vielleicht sollte sie zurück an ihren Tisch und zu Ende essen? Hier wurde sie ja offensichtlich nicht gebraucht.

Mehmet schüttelte den Kopf. Du bleibst hier, sollte das heißen. »Und was jetzt? Wieder rein zu einer Sondereinsatzbesprechung oder weiter nach Plan?« Er drückte an seinem Handy auf die Freisprech-Taste.

»Weiter nach Plan!« Guses Stimme. »Sie können hier nichts machen. Mit der Presse müssen wir klarkommen. Viel Erfolg, wir können's gebrauchen!« Noch bevor er auflegen konnte, klingelte es im Hintergrund. Guse hatte jetzt alle Hände voll zu tun.

»Und wie lautet der Plan?«

Mehmet kramte seinen Notizblock hervor. Im Gegensatz zu den meisten Kollegen benutzte er noch Papier für seine Aufzeichnungen. »Die Zeugenbefragungen an den Tatorten sollten fürs Erste abgeschlossen sein. Wir haben Monika Kleins Nachbarn und den Kioskbesitzer befragt, die Kollegen, Hunoldts Verwandte und Bekannte. Außerdem wurde das Umfeld vom Leichenfundort überprüft. Wollnick und Landberg sollten sich mit den Kollegen in Cuxhaven ausgetauscht haben. Als Nächstes stehen Hatespeech-Opfer und deren Hinterbliebene auf der Liste.«

»Haben sich denn welche umgebracht?«

Mehmet nickte. »Gesichert sind drei Suizide. Außerdem gibt es noch zwei Autounfälle, bei denen zumindest unklar ist, ob die Fahrer absichtlich gegen die Wand gefahren sind. Grimm ist gerade dabei, eine Liste zu erstellen. Hier habe ich die ersten Treffer. Zuerst besuchen wir die Hinterbliebenen.« Er gab eine Adresse ins Navi ein, dann fuhr er los.

36

Norbert fass die Beute

»Marie Escher? Soll das ein Witz sein?«

»Wieso?« Mehmet Finger verharrte am Klingelknopf.

»Eine Frau wäre dazu doch überhaupt nicht in der Lage – körperlich, meine ich. Bei Monika Klein will ich ja noch nichts sagen, aber Schwartz, der Bodybilder, ganz zu schweigen vom übergewichtigen Hunoldt?«

»Sie steht als Hinterbliebene auf der Liste, also werden wir sie auch befragen. Außerdem, in meiner Ausbildungsgruppe gab es eine Kollegin – über eins achtzig groß und Muskeln wie ein Hufschmied. Ich sage dir, die hätte das ohne Probleme geschafft.« Er klingelte.

Zuerst passierte nichts, dann hörten sie von drinnen Schritte und ein Schlüssel drehte sich im Schloss. »Ja, bitte?« Eine Frau um die vierzig, bestenfalls eins siebzig. Die Tür hatte sie nur einen Spaltbreit geöffnet, die Kette ließ nicht mehr zu.

»Hauptwachtmeister Yussuf«, er hielt ihr seine Marke entgegen, »und das ist Polizeioberkommissarin Beck. Dürfen wir reinkommen?«

Sie studierte die Marke, ließ sich auch die Dienstausweise zeigen, entriegelte dann die Kette und ließ die beiden eintreten.

»Wo …?« Mehmet schaute fragend. Die Frau öffnete wortlos die Tür zum Wohnzimmer und wies auf ein Sofa. Ihr Zuhause war klein und machte einen unaufgeräumten

Eindruck. Die typische Singlewohnung, dessen Bewohnerin nicht viel Wert auf Besuch legte.

»Und, was kann ich für Sie tun?«, fragte sie, ohne sonderlich überrascht zu wirken.

»Frau Escher, wir ermitteln in einer Mordserie, vielleicht haben Sie schon davon gehört«

»Natürlich habe ich davon gehört, ich habe Radio, Internet, Fernsehen und lese sogar Zeitung.«

Von null auf hundertachtzig, da war jemand gar nicht gut auf die Polizei zu sprechen. Pia war froh, dass Mehmet die Befragung übernommen hatte.

»Und wieso kommen Sie jetzt zu mir?« Escher schaute fragend in die Runde. »Aber natürlich, es waren Hate-Speaker, alle drei, steht ja schon so im Internet. Und da diese Wichser meine Schwester in den Selbstmord getrieben haben, könnte ich es natürlich gewesen sein. Wie dumm, dass ich nicht gleich draufgekommen bin.« Sie schüttelte den Kopf, es wirkte aufgesetzt.

»Wir ermitteln in alle Richtungen, Frau Escher.« Mehmet, ganz sanft, ganz ruhig. »Uns bleibt gar nichts anderes übrig, als auch im Umfeld der Opfer von …«

Mit seiner Stimme, die an die eines Psychologen erinnerte, schien er bei ihr den richtigen Ton getroffen zu haben, und Marie Escher wirkte fürs Erste besänftigt. Pia musterte die – ja, was eigentlich?

Zeugin?

Oder doch Verdächtige?

Nein, zu schmal, zu zierlich. Obwohl die Sehnen an Eschers Unterarmen deutlich hervortraten und jedes Gramm an dieser Frau reine Muskelmasse zu sein schien. Und so aggressiv, wie sie gleich zu Anfang reagiert hatte, sagte Pia ihr Bauchgefühl, dass dieser Frau alles zuzutrauen wäre.

Ihr Blick fiel auf eine Vitrine, in dem gut zwei Dutzend Pokale von Landes- und Bundeswettbewerben standen.

Bodybuilding? Pia schaute genauer hin.

Es waren Auszeichnungen von Schwimmwettbewerben. Daher ihre durchtrainierte Figur.

»Kann ich behilflich sein?« Eschers Stimme klang gereizt. Ihr Blick pendelte zwischen Pia und Vitrine.

»Ich schaue mir gerade die Pokale an. Haben Sie die etwa alle gewonnen?«

»Ja, sie stammen aus meiner aktiven Zeit.« Escher wirkte tatsächlich ein wenig stolz.

Pia antwortete mit einem Lächeln. Eschers aktive Zeit als Leistungssportlerin mochte schon eine Weile zurückliegen, trotzdem hielt sie sich immer noch fit. Das war nicht zu übersehen.

Pia überließ Mehmet die weitere Befragung, schlug ihren Block auf und schrieb in die oberste Zeile in großen Druckbuchstaben MARIE ESCHER. Dann teilte sie das Blatt durch einen senkrechten Strich.

Links notierte sie ein Plus und darunter:

MOTIV!

PHYSIS!

AUFBRAUSEND, AGGRESSIV!

TIEFE VERACHTUNG FÜR HATER!!!

EINPERSONENHAUSHALT?? (kann unbemerkt die Wohnung verlassen)

Natürlich war der letzte Punkt nur eine Vermutung. Sollte sie nachfragen?

Escher würde durchdrehen. Nein, das lässt sich auch

ohne ihre Hilfe klären. Pia malte hinter den Punkt noch ein Fragezeichen. Ein Anruf beim Einwohnermeldeamt würde ausreichen.

Auf der rechten Seite notierte sie ein Minuszeichen.

Darunter, ganz eindeutig, Eschers offen ausgesprochene Abneigung gegen Hater. Würde der Mörder das so deutlich äußern, gerade gegenüber der Polizei?

Vielleicht war das aber auch nur Taktik.

Ach Herrje!

Ein Alibi – das wäre etwas Handfestes. Bei Schwartz und Klein konnte der Zeitpunkt der Entführung auf wenige Minuten bestimmt werden. Hätte Escher für diesen Zeitraum einen Zeugen, könnte man sie von der Liste streichen und die Arbeit hier wäre getan.

Es gab noch viel zu tun, also …

»Frau Escher«, fiel Pia Mehmet ins Wort, »wir wollen Sie nicht länger aufhalten, deshalb nur noch eine letzte Frage. Wo waren Sie am vergangenen Sonntag zwischen 20 Uhr und 20 Uhr 15 und am Mittwoch zwischen 7 Uhr 50 und 8 Uhr?«

Escher starrte sie entgeistert an und auch Mehmet wirkte überrascht.

»Was … was fällt Ihnen ein?«

»Beantworten Sie bitte nur die Frage, und dann sind wir auch schon wieder weg. Also?«

»Ich bin Single und zurzeit arbeitslos. Ich war zu Hause, lag im Bett, immer noch oder schon wieder, allein. Bin ich jetzt verhaftet, oder was?« Eschers Gesicht, gerötet, die Augen zornig aufgerissen.

»Nein, Frau Escher«, Mehmet, wieder mit dieser sonoren Stimme, »natürlich nicht! Wir haben fürs Erste alles. Bitte entschuldigen Sie die Umstände. Frau Beck, noch Fragen?«

Mehmet schaute sie eindringlich an. Bloß nicht, sollte sein Blick bedeuten.

Pia schüttelte den Kopf.

Wortlos gingen beide zum Auto.

War sie zu weit vorgeprescht?

Hatte sie das Opfer zum Täter gemacht?

Aber wie sollten sie jemals den Mörder finden, wenn sie weiter so zaghaft vorgingen? Opfer konnten zu Tätern werden, das zeigte die Kriminalgeschichte. Und Hass war eine der vordringlichsten Triebfedern.

Opfer gab es Hunderte in der Stadt.

Einer von ihnen hatte nun Taten folgen lassen. Würden andere seinem Beispiel folgen? Eigentlich ein Wunder, dass nicht schon deutlich mehr passiert war.

Pia schüttelte unmerklich den Kopf.

Ihr graute davor, dass auch bei den anderen die Dämme brechen könnten.

37

Nieder mit der inländerfeindlichen Homo- und Lesbenpartei

Horst Kern hatte die Berichte der letzten Tage über die Mordserie in Hannover mit großer Aufmerksamkeit verfolgt.

Aus gutem Grund, denn er war selbst davon betroffen.

Kern lebte in Hannover.

Er hasste die Flüchtlingspolitik der Bundesregierung.

Er war ein Social-Media-Aktivist und liebte es, in seinen Kommentaren zu polemisieren.

Gegen die Regierung.

Gegen Flüchtlinge.

Gegen Gutmenschen.

Nicht aus Verbitterung, weil er sich wie viele andere von der Gesellschaft abgehängt gefühlt hätte, sondern aus tiefster Überzeugung – aber machte das für den Mörder einen Unterschied?

Warum sollte es?

Zuerst waren die Berichte in der Presse nur schwammig gewesen und man hatte sich gefragt, ob überhaupt eine Gemeinsamkeit zwischen den Opfern bestand. Er selbst hatte den gemeinsamen Nenner sofort erkannt. Sowohl Hunoldt als auch Schwartz waren ihm bekannt gewesen – nicht persönlich, aber aus ihren Chats. Die Polizei hatte er darüber nicht unterrichtet, zumal die Frau zuerst nicht ins Bild passen wollte. Später schon, als bekannt wurde, dass sie ebenfalls Hasskommentare gepostet hatte, aber da hatte die Presse bereits Wind davon bekommen.

Wurde auch Zeit.

Wie Kern war auch Maria Klein anonym im Netz unterwegs. Genutzt hatte ihr das nichts. Sie war genauso tot wie die beiden anderen, die ihre Meinung offen mit ihrem Namen gepostet hatten.

Im Netz gab es keine Geheimnisse. Das war Klein zum Verhängnis geworden. Wer kam als Nächstes?

Kerns Nervosität stieg.

Dann war heute Morgen die Sache mit den Fingern wie ein Lauffeuer durch die Medien gegangen. Offiziell bestätigt wurde die Verstümmelung zwar nur bei Schwartz, aber wenn alle drei vom selben Täter ermordet worden waren, und davon konnte man ja ausgehen, dann … Kern schaute auf seine Hände, versuchte sich vorzustellen, wie es wäre, wenn …

Ihm wurde schwindelig, der Magen krampfte sich zusammen. Das erste Mal in seinem Leben hatte er Todesangst.

Sollte er bei der Polizei anrufen und um Schutz bitten?

Dann müsste er jedoch offenlegen, was er alles online gestellt hatte. Könnten sie ihn dafür wegen Verleumdung oder Volksverhetzung drankriegen?

Der Ton in Deutschland war deutlich rauer geworden, politische und religiöse Hetze, Morddrohungen, in der Folge Ausschreitungen und Angriffe gegen Ausländer. Grund genug für die Strafverfolger, härter gegen Leute wie ihn vorzugehen.

Er wollte nicht in den Knast, wer wollte das schon? Er war Beamter, da würde es ihn besonders hart treffen. Die Pension könnte er sich dann jedenfalls abschminken.

Wenn's doch nur das wäre …

Kerns Nackenhaare stellten sich auf. Die Vorstellung, mit Gewaltverbrechern eingesperrt zu sein, ließ sein Herz rasen. Er hatte jämmerliche Angst. Sein Leben lang hatte es Kern geschafft, Prügeleien aus dem Weg zu gehen. Er wäre ein gefundenes Fressen für Totschläger und Vergewaltiger.

Lieber Gott, tu mir das nicht an!

Zumal die meisten Knackis Ausländer waren, sofern stimmte, was er und seine Mitstreiter im Netz behaupteten.

Nein, er würde sich nicht selbst bei der Polizei anzeigen.

Dann schon lieber sterben?

Gedankenverloren spreizte Kern die Finger, ballte sie zur Faust, abwechselnd, immer und immer wieder. Den Blick auf die Hände gerichtet, schaute er doch durch sie hindurch.

Der Zeiger der Küchenuhr bewegte sich unaufhaltsam auf die Drei zu. Wenn er jetzt nicht bald das Haus verließ, würde er nicht rechtzeitig zur Spätschicht kommen. Statt aufzustehen, griff sich Kern das Handy und rief seinen Chef an. Er fühle sich nicht gut – die Krankmeldung würde nachgereicht – gute Besserung – danke – und tschüss!

Kern war ein vorsichtiger Mensch, was eine schmeichelhafte Beschreibung war, wenn man bedachte, auf welche Weise er zeitlebens Ärger aus dem Weg zu gehen pflegte. Diese *Vorsicht* hielt ihn jetzt davon ab, das Haus zu verlassen.

Es war totenstill, bis auf das Ticken der Küchenuhr. So angenehm es auch war, im eigenen Haus zu leben, verkehrsruhig am Stadtrand gelegen, Kern hätte sich jetzt in einem Mehrfamilienhaus wohler gefühlt – sicherer.

Das monotone Ticken machte ihn wahnsinnig. Ob er die Batterien …?

Da, Schritte auf der Zufahrt, ganz leise, kaum zu hören.

Dann ein Kratzen an der Tür.

Kern sprang vom Stuhl auf und stand eine Weile wie erstarrt da, sein Herz klopfte ihm bis zum Hals.

Für die Polizei war es zu spät. Er brauchte eine Waffe.

Schnell!

Im Putzschrank, oberstes Fach, lagen eine Luftpistole und passende Pfeile – das war's. Nicht viel, aber immer noch besser als gar nichts, zumal die Pistole täuschend echt aussah.

Kern spannte sie und legte einen Pfeil ein. Mit wackeligen Knien ging er zum Erker im Wohnzimmer. Von dort hatte man eine gute Sicht auf die Haustür. Er zitterte am ganzen Körper. Durch die Gardinen konnte Kern eine dunkle Gestalt mit Kapuzenpullover an seiner Tür herumfummeln sehen. Die Hände der Gestalt waren schwarz wie die Nacht. Handschuhe oder Haut?

Beides war beunruhigend.

Was hatte der Kerl an seiner Haustür zu schaffen?

Einen Spaltbreit öffnete Kern das Fenster, gerade weit genug, um den Lauf der Waffe durchzuschieben. Er gab sich Mühe, dabei lautlos zu sein. Unbewusst hörte er auf zu atmen. Keine sieben Meter bis zum Eindringling. Der trug eine dicke Jacke. Kern musste auf die nackte Haut zielen, sonst würde der Pfeil nichts ausrichten. Das Gesicht des Fremden war von ihm abgewandt, die Hände verschwanden hinter dem Fenstersims. Es blieben also nur Hals und Nacken übrig.

Kern schaute ein letztes Mal, was er sich an provisorischen Waffen zurechtgelegt hatte – ein langes Fleischermesser und eine Suppenkelle aus Stahl, beides aus seiner Küche. Zu mehr hatte die Zeit nicht gelangt. Dann zielte er und drückte ab, ein Stoßgebet auf den Lippen.

Ein Ploppen und Zischen, dann ein schriller Schrei. Der Pfeil hatte sich in den Hals des Fremden gebohrt. Niemals zuvor hatte Kern so helles Blut gesehen. Das lag wohl an der pechschwarzen Haut.

Mit einem weiten Satz sprang der Mann aus dem Vorgarten zurück auf die Straße, begleitet von Kerns triumphierendem »Yes«. Auf der Zufahrt blieb ein Stoß Wochenzeitungen liegen, Flyer flatterten durch die Luft. Im halb geöffneten Briefkasten steckte noch ein Werbeblättchen, während der Prospektverteiler auf der gegenüberliegenden Straßenseite, immer noch mit dem Pfeil im Hals, aufgeregt in sein Handy hineinschrie.

Drei Minuten später hörte Kern die sich nähernden Polizeisirenen.

Ob er wohl gleich seine Zahnbürste mitnehmen sollte?

SAMSTAG, 30. NOVEMBER

38

Na da wird die grüne dame kompostiert werden

»Meine Herren, Frau Beck«, Guse deutete so etwas wie ein Nicken in Pias Richtung an. »Jetzt ist die Kacke am Dampfen, wie man so schön sagt.« Er warf einen Stapel Berichte auf den Tisch im Besprechungsraum, seine Miene verriet puren Widerwillen. Er schien sich vor den Akten zu ekeln, die er eben noch in den Händen gehalten hatte. »Seit gestern, genauer seit Erscheinen des Zeitungsartikels im Cuxhaven Kurier und der viralen Verbreitung im Internet, liegen uns vierzehn protokollierte Straftaten vor, und wer weiß, wie hoch die Dunkelziffer ist. Vierzehn Straftaten wie Nötigung, Androhung von Gewalt und tatsächlich verübte Körperverletzung.« Guse stockte, dann nahm er eine Akte in die Hand und wedelte damit in der Luft. »Hier hat ein Finanzbeamter auf einen Zeitungsausträger aus Ghana geschossen, weil er sich von ihm bedroht fühlte – mit einer Luftpistole!« Er fing an zu lachen, ein freudloses Lachen ohne jeden Humor, das in einem Kopfschütteln endete. »Ja, Himmelherrschaftszeiten, sind denn alle total verrückt geworden?«

Pia schaute sich im Besprechungsraum um. Es herrschte betretenes Schweigen unter den Anwesenden. Rudolph fehlte. Er überprüfte Funde der Spurensicherung auf fremde DNA. Neben Pia saß Mehmet.

»Man hat das Gefühl, einer hätte die Büchse der Pandora geöffnet.« Offenbar wollte sich Guse gar nicht mehr beruhigen.

»Das musste irgendwann einmal so kommen!«

»Wie bitte?« Guse starrte Grimm fassungslos an.

»Das hat sich doch alles abgezeichnet. Diese Hasstweets, die inflationär durchs Netz rauschen – es gibt kaum etwas, was mehr polarisiert – und immer stehen sich zwei Seiten unerbittlich gegenüber. Wie zwei Hunde mit gefletschten Zähnen. Nur die Leine ihrer Herrchen hielt sie bisher davon ab, aufeinander loszugehen.«

»Und jetzt hat jemand die Leinen losgemacht«, vollendete Pia.

»Genau! Einer hat damit angefangen, den nächsten Schritt zu gehen. Eigentlich finde ich es eher überraschend, dass nicht schon viel mehr passiert ist.«

»Verdammte Presse!«

Grimm schüttelte den Kopf. »Das wäre eh bald rausgekommen. In Zeiten des Internets bleibt nichts mehr lange geheim. Einer quatscht immer, und dann verbreitet es sich im Netz wie ein Lauffeuer.« Grimm hielt kurz inne, bevor er fortfuhr. »Aber etwas Gutes hat das Ganze. Ich würde wetten, dass sich viele von diesen Mistkerlen jetzt mit ihren vergifteten Kommentaren zurückhalten, aus Furcht, selbst zum Opfer zu werden. Und die ganz Ängstlichen unter ihnen kriechen aus der Deckung ihrer Anonymität hervor, weil sie sich von uns Schutz versprechen. Wie Kellerasseln unter einem Stein.« Grimm verzog angewidert das Gesicht.

Pia war überrascht. So verschlossen, wie sie ihn kennengelernt hatte, hätte sie ihm derartige Emotionen nicht zugetraut. Fragend schaute sie zu Mehmet, der unmerklich den Kopf schüttelte und dann mit seinem Zeigefinger zur Tür deutete. Später, sollte das wohl heißen.

»Und, drohen uns jetzt in Hannover die nächsten

Chaostage?« Guse, mit einer durchaus ernst gemeinten Frage an Grimm.

Der zuckte nur mit den Schultern. »Ich denke, wenn wir den Mörder kriegen, wird sich die Lage bald wieder beruhigen.«

»Ich hoffe, Sie haben recht, Möller. Aber mehr liegt eh nicht in unserer Macht. Und damit ...«, Guse knallte die Akte auf den Tisch, »kommen wir zum eigentlichen Punkt: Was haben Sie herausgefunden?«

Burger meldete sich als Erster. »Wir haben die Gäste des Fitnessstudios befragt, in dem Schwartz verkehrte, vor allem die, die am Tag seines Verschwindens anwesend waren, was sich über die elektronische Registrierung beim Einchecken herausfinden ließ.«

»Einchecken?«

Pia grinste in sich hinein. Dass Guse davon keine Ahnung hatte, wunderte sie nicht im Geringsten.

»Die Kunden halten beim Betreten ein Armband mit einem eingebauten Chip unter einen Scanner am Tresen. Auf dem ist der Name des ...«

»Jaja, schon gut. Und?«

»Keiner hat etwas Verdächtiges bemerkt. Zwei haben sich noch von ihm verabschiedet, als er ging, das war's.«

»Und seine Nachbarn?«

»Er ist nie zu Hause angekommen.«

»Ganz sicher nicht? Vielleicht ist er ja im Treppenhaus überfallen worden, so wie vermutlich die Klein.«

»Im Erdgeschoss wohnt eine ältere Dame mit ihrem Dackel. Da ist wohl mal was vorgefallen zwischen Schwartz und dem Hund, jedenfalls schlägt der seitdem ausnahmslos jedes Mal an, wenn er das Haus betritt. Selbst im Schlaf hat ihn die Töle anscheinend noch gewittert.«

»Und die Frau war nicht mit dem Hund Gassi?«

»Nein, nicht um diese Zeit.«

»Okay, dann ist es also auf offener Straße passiert, zwischen Fitnessstudio und Schwartz' Wohnung. Das müsste doch jemand mitbekommen haben.«

»Es war schon lange dunkel und hat wie aus Eimern geschüttet. Da waren nicht viele draußen.«

»Trotzdem. Nehmen Sie Kontakt mit der Presse auf. Die sollen nach Augenzeugen aufrufen. Geben Sie die genaue Zeit an und auch die Wegstrecke. Sämtliche Beobachtungen sind uns zu melden, wie unwichtig sie auch erscheinen mögen. Und die sollen auch angeben, dass für die Ergreifung des Täters eine Belohnung ausgesetzt ist, 10.000 Euro. Das hat mir der Staatsanwalt eben mitgeteilt. Es wird Zeit, dass die Zeitungsfritzen auch mal was Sinnvolles tun.«

»Es werden sich jede Menge Spinner melden«, wandte Landberg ein.

»Dann ist es halt so«, winkte Guse ab. »Sind ja doch immer die gleichen.« Und an Möller gewandt: »Und wie sieht es bei Ihnen aus? Haben Sie irgendetwas Neues über Hunoldts Verschwinden herausgefunden?«

Möller schüttelte den Kopf. »Das Gleiche wie bei Schwartz. Als Hunoldt die Kneipe verließ, war er allein und zu Hause ist er nie angekommen.«

»Woher wissen Sie das? Gibt es da etwa auch einen Hund?«

»Die Haustür ist mit einem fünfstelligen Code alarmgesichert und die Eingabe wird protokolliert. Wir haben den Speicher ausgelesen. Hunoldt ist dort ganz sicher nicht angekommen.«

Guse atmete tief durch. »Okay, dann geben Sie es an die Pressestelle weiter. Der gleiche Aufruf wie bei Schwartz.«

»Die werden uns für reichlich verzweifelt halten.«

»Das sind wir ja auch! Kein Bekennerschreiben, tausende Hater, die als Nächstes mutmaßliches Opfer in Betracht kämen, von den infrage kommenden Tätern mal ganz zu schweigen.«

»Stefan, haben die Kollegen in Cuxhaven etwas Erhellendes beizutragen?«

Landberg schüttelte nur den Kopf.

»Was ist mit der Hafenmeisterei? Da muss doch ein Schiff ausgelaufen sein. Wird so was nicht registriert? Immerhin herrschte stürmisches Wetter. Das fällt doch auf, wenn dann ein Schiff ablegt.«

»Den Hafen hat in der besagten Nacht kein Schiff verlassen, aber es gibt in der Umgebung jede Menge unbewachte Anlegestellen. Tut mir leid, Richard.«

Resigniert wandte sich Guse an Pia und Mehmet. »Sie waren bei den Hinterbliebenen von Hatespeech-Opfern, nicht wahr?« Keine Frage, eine Feststellung. »Und …?«

»Da gibt es eine Menge Hass«, antwortete Pia. »Ein handfestes Motiv haben sie alle, aber daraus gleich einen Mordverdacht abzuleiten … ich weiß nicht, dafür sind es auch einfach zu viele.«

»Ich sag's ja«, Guse nickte. »Okay, ich werde mich mit unserem Pressesprecher kurzschließen. Auch wenn heute Samstag ist, sollen die Redaktionen etwas online stellen. Und dieses Sonntagsblatt gibt es ja auch noch. Also, kurze Kaffeepause, und in zehn Minuten geht's weiter.«

Mit diesen Worten stapfte Guse hinaus in Richtung Kaffeeautomat. Auch Pia verließ gemeinsam mit Mehmet den Besprechungsraum. Sie war gespannt, was er über Grimm zu erzählen hatte.

39

Ich hoffe, Sie haben genug Nerven mit, denn die Alte ist ein Brechmittel

Magnus blieb im Besprechungsraum und klappte seinen Laptop auf. Der Rechner war zu seinem ständigen Begleiter geworden und man traf ihn im Dienst nicht mehr ohne an.

Guse hatte erwähnt, dass es kein Bekennerschreiben gäbe, also versuchte Magnus sein Glück im Darknet. Vielleicht würde er ja hier fündig werden.

Er öffnete den TOR-Browser und die grünweiße Zwiebel tauchte auf. Jeder, der schon einmal im Darknet unterwegs gewesen war, kannte dieses Logo. TOR funktionierte ähnlich wie Google, nur langsamer wegen der Sicherheitsmechanismen, die die Anonymität des Nutzers gewährleisten sollten, und was mit Abstrichen auch funktionierte. Die Suchworte Hannover, Mord und Bestrafung führten zu keinem Treffer. Also ersetzte er Bestrafung durch Rache – wieder nichts.

Magnus überlegte.

Würde der Täter *seine* Rache als Mord bezeichnen? Nein, sicher nicht. Er strich den Begriff Mord und versuchte erneut sein Glück, erhielt nun allerdings weit über tausend Treffer: Fußballfans, die sich für die Niederlage *ihres* Vereins bei dem Gegnern rächen wollten, sowie erneut einige Hasskommentare, hauptsächlich Flüchtlinge und Politiker betreffend.

Also versuchte Magnus es anders und weichte die Suche

auf, indem nicht *alle* Begriffe in den Treffern enthalten sein mussten, ersetzte den Suchbegriff Mord durch tot und getötet und fügte die Namen der Opfer hinzu. Warum hatte er es nicht gleich so versucht?

Er erhielt wieder über tausend Ergebnisse, aber nun waren sie nach Relevanz sortiert. Ganz oben standen die mit den meisten Übereinstimmungen.

Gleich das erste war ein Volltreffer.

40

 # Die Regierung sollte mir einen Auftrag erteilen das ich Kriminelle N..... erledigen darf pro N..... 500 Euro alles Beweis würd ich die Ohren von diesen Dreckspack abliefern in einen Monat wäre ich ein gemachter Mann diese N..... sind keine Menschen das ist der Abschaum der Menschheit jeder Affe hat mehr Rechte als diese Rasse.

»Wieso musste ich auch ausgerechnet zur Polizei? Meine Freunde sind jetzt mit ihren Jungs im Stadion und feuern 96 an, während wir Überstunden schieben dürfen!« Verbittert wedelte Landberg mit seiner Dauerkarte vor Mehmets Gesicht. Kaum draußen, hatte er sich zu ihm und Pia gesellt und klagte ihnen sein Leid.

Die beiden zuckten nur mit den Schultern, Mitleid sah anders aus. Aber sie hatten ja auch noch etwas zu bereden – allein.

»Na, ich hol mir mal einen Kaffee«, verabschiedete sich Landberg.

»Ob er gemerkt hat, dass er überflüssig ist?«, fragte Pia.

»Ein guter Polizist hätte das gespürt, Landberg also eher nicht«, meinte Mehmet grinsend, bevor er ernst wurde. »Du wolltest wissen, was eben in Grimm gefahren war?«

Pia nickte stumm.

»Da ist was vorgefallen, ist schon eine Weile her. Wegen der Kommentare dieser Hate-Speaker hat seine …«

»Ich glaube, ich habe was gefunden!«, rief Grimm.

So aufgeregt hatte Pia ihn bisher noch nicht erlebt.

»Na, dann mal los!« Guse stand in der Tür zum Besprechungsraum und klatschte in die Hände. »Na, wird's bald, Stefan?« Landberg kam mit einem randvoll gefüllten Becher um die Ecke. Bei jedem Schritt schwappte Kaffee auf den Boden. Skeptisch schaute er auf die Schweinerei hinter sich.

»Ist egal jetzt, das machen die Putzfrauen weg – komm schon!«, winkte Guse ihn ungeduldig herein.

Drinnen war der Beamer eingeschaltet und warf ein Bild an die Wand. Es handelte sich dabei um eine Textnachricht, dem Anschein nach aus dem Internet.

»Das hier stammt aus dem Darknet«, legte Magnus unaufgefordert los. »Wie Sie sehen, rühmt sich darin ein gewisser ‚Backlash', was auf Deutsch so viel wie Gegenschlag heißt … Also dieser Backlash brüstet sich damit, den verdammten Denunzianten, Polemikern und Agitatoren des Hasses die verdiente Strafe verabreicht zu haben. Ich zitiere: Für jeden verletzenden und hetzerischen Tweet, den sie abgegeben haben, habe ich ihnen einen Finger abgeschnitten. Leider konnten es immer nur zehn sein. Nur so kann man die Welt von Unrat wie ihnen befreien.«

»Nennt er weitere Einzelheiten, die nicht in der Presse standen?«, fragte Guse, keinesfalls so begeistert wie Magnus.

»Nein, nur das, was hier steht. Aber immerhin behauptet er, allen dreien die Finger abgetrennt zu haben. In der Zeitung war nur von Schwartz die Rede.«

»Schon richtig, aber die Vermutung liegt nahe, dass es bei den anderen beiden … wie auch immer, wir sollten der Sache nachgehen. Haben Sie schon eine Idee, wie wir ihn aufspüren können?«

Ihn? Guse meinte also zu wissen, dass es ein Mann war. Pia zog die Brauen hoch, sagte aber nichts.

»Im Darknet wird es schwierig bis unmöglich, den Absender zu ermitteln. Aber vielleicht war er ja unvorsichtig und hat unter dem Namen im sichtbaren Web Spuren hinterlassen.« Magnus schaute in ratlose Gesichter und fügte hinzu: »Also Google und so.«

»Na, dann mal los!«

»Bin schon dabei.«

Möller und Burger waren noch mit den Presseleuten beschäftigt, also verfolgten vier Augenpaare, wie Magnus' Finger über die Tastatur flitzten. Alle schwiegen, was hätten sie auch sagen sollen? Nun war es an Magnus, den mutmaßlichen Täter ausfindig zu machen – ohne Zeugenaussagen, DNA-Spuren oder anderen Hinterlassenschaften am Tatort, einzig anhand des digitalen Fingerabdrucks im Internet.

»Na bitte. Ich sag's ja, das Internet vergisst nie!« Triumphierend grinste Magnus in die Runde. »Hier ist die Reaktion eines Backlash auf den Kommentar eines AfD-Politikers zur Flüchtlingskrise aus dem Jahr 2015. In ihm greift er den AfDler mit harten Worten an und bezichtigt ihn der politischen Hetze.«

»Und wenn das ein anderer ist mit dem gleichen Pseudonym?«

»Schon möglich, Chef«, erwiderte Magnus ganz vertieft.

Guse zuckte zusammen, sagte aber nichts. Sollte ihn Grimm doch nennen, wie er wollte. Hauptsache, er würde etwas finden.

»Na, wo kommst du denn her, du Bastard?« Magnus' Finger jagten im atemberaubenden Tempo über die Tastatur.

Eine Weile ließ Guse ihn in Ruhe, doch dann verlor er

die Geduld. »Haben Sie denn alles, um ihn aufzuspüren? Brauchen Sie nicht spezielle Software dafür?«

»In diesem kleinen Schätzchen ist alles aufgespielt, was dafür nötig ist.« Magnus streichelte flüchtig über seinen Laptop. »Und fragen Sie lieber nicht weiter nach, was genau – sonst müsste ich die Hälfte davon löschen und wir könnten wieder von vorne anfangen.«

»Ich werde mich hüten. Machen Sie einfach weiter, Grimm!«

»Das dachte ich mir schon«, murmelte Magnus, um nur einen Moment darauf zu jubeln: »Hab ihn schon!« Seine Hände hielten inne, wie es ein Konzertpianist nach dem furiosen Finale tat.

Kein Applaus, dafür atemlose Spannung.

»Und woher wissen Sie, dass er es ist?«

»Schauen Sie, Herr Guse«, kein Dienstgrad, stattdessen Herr – aber immer noch besser als Chef, »unser Freund hier kommt aus Hannover. Das könnte ein Zufall sein, ist doch aber ziemlich unwahrscheinlich, nicht wahr?«

Guse nickte. »Klingt zumindest vielversprechend. Haben Sie auch seine aktuelle Adresse?«

»Kein Problem, dafür gibt es ja das Einwohnermeldeamt. Einen Moment. Et voilà!« Magnus' Grinsen war breiter als ein SUV.

»Gut, notieren Sie die Adresse. Und dann mal los, alle vier! Ja, Sie auch, Grimm. Sie sollten sich gleich vor Ort seinen Rechner anschauen.«

Guse wandte sich zum Gehen, drehte sich dann noch einmal Magnus zu und rang sich sogar ein Lächeln ab: »Ach ja, ausgezeichnete Arbeit, Grimm!«

41

… Muslime mit Schweinen füttern, denn Gleiches gesellt sich normal zu Gleichem.

»Dragonerstraße? Ist das nicht die Verlängerung des Lister Kirchwegs?«

Pia reagierte mit einem Achselzucken auf Magnus' Frage. Woher sollte ausgerechnet sie das wissen?

»Stimmt«, antwortete Landberg, der am Steuer des Omega saß. »Ganz in der Nähe wurde Schwartz entführt. Ist das ein Zufall oder haben wir tatsächlich den Richtigen?«

Statt einer Antwort zog Mehmet seine Pistole aus dem Halfter und überprüfte, was zu überprüfen war.

»Ist das denn wirklich nötig?« Pia war nicht wohl bei dem Gedanken, dass ihr der erste Einsatz mit Schusswaffengebrauch bevorstehen könnte. Übungen hatte sie schon Dutzende hinter sich, aber mit scharfer Munition unter realen Bedingungen zu schießen, das war etwas ganz anderes.

»Wenn das unser Mann ist, unbedingt!«, erwiderte Mehmet und entsicherte seine HK FP9. HK stand für Heckler & Koch.

Pia betrachtete das stumpfschwarze Ding in ihrer Hand und empfand das Gewicht der Waffe zum ersten Mal als bedrohlich.

Fünfzehn Patronen

Kaliber 9 x 19mm …

9 mal 19 ist …

171 …

»Scheiße!« Sie fluchte so leise, dass Mehmet und Landberg es nicht gehört hatten. Grimm neben ihr horchte allerdings auf.

»Was ist?« Er starrte sie fragend an.

»Ich … ich habe die Pille vergessen!« Pia war zu geschockt, um zu lügen. Während der Besprechung hatte sie ihr Handy ausgeschaltet und damit auch den Erinnerungs-Alarm.

»Schau an, wie interessant«, murmelte Magnus und meinte das genaue Gegenteil. »Die Pille also!«

Was Pia im Normalfall die Schamesröte ins Gesicht getrieben hätte, ließ sie in diesem Moment aufatmen. Natürlich ging es ihn nichts an, wie sie verhütete, aber sollte er doch denken, was er wollte, solange er nicht erfuhr, was wirklich mit ihr los war. Seit dem Zwischenfall mit Mehmet hatte sie zum Glück immer eine Notfallpille dabei.

»Schon erledigt!« Pia zwinkerte Magnus zu, als sie die Tablette einnahm.

Ein paar Minuten würde es dauern, bis die Wirkung eintrat, aber das sollte reichen. Laut Navi brauchten sie noch zehn bis zum Einsatzort.

Sie musste diese regelmäßige Einnahme endlich in den Griff bekommen. Von einem Automatismus war sie noch meilenweit entfernt. Nie hätte sie gedacht, dass es so schwer sein würde, wenn man ständig mit anderen Sachen beschäftigt war.

Wie einen Mörder zu erwischen …

»Okay, unsere Zielperson heißt Sven Ullrich. Hier ist ein Bild von ihm.« Mehmet hielt jedem sein Handy entgegen. »Einunddreißig Jahre alt, kräftig gebaut, rotblondes Haar und …«, er stockte, »zwei Meter sieben groß! Halleluja, wir bekommen es mit einem wahrhaftigen Monster zu tun.«

»Na, das passt ja perfekt zur Täterbeschreibung, die eben reinkam!«

»Was?«, riefen die anderen drei fast gleichzeitig.

»Laut einem Augenzeugen, der letzten Sonntag im Auto auf seine Freundin gewartet hatte, wurde ein junger Mann von einer deutlich *kleineren* Person auf der Straße angesprochen. Nach einem kurzen Gespräch machte der junge Mann plötzlich einen hilflosen Eindruck und die andere Person schob ihn in ein am Straßenrand geparktes Auto.«

»Und wieso hat der Zeuge sich erst jetzt gemeldet?«, fragte Mehmet.

»Vielleicht die Belohnung? Laut Protokoll war seine erste Frage gewesen, ob sie noch aussteht.«

»Okay, mal abgesehen davon, dass unser Zeuge ein Riesenarschloch ist, gibt seine Beschreibung noch mehr her?«

Magnus scrollte den Bildschirm seines Handys. »Ungefähr ein Meter siebzig, zierlich gebaut, also schlanke Hüfte, dünne Beine ...«

»Breite Schultern?« Pia erinnerte sich an die Aussage von Monika Kleins Nachbarn.

Magnus schüttelte den Kopf. »Davon steht hier nichts.«

»Mann oder Frau?« Das war Mehmet.

»Sorry, auch dazu keine Angabe.«

»Na, unser Zeuge ist ja ein richtiger Hauptgewinn. Wieso wird seine Aussage überhaupt weitergeleitet? Da ist doch eh nichts dran.«

Magnus scrollte weiter. »Offensichtlich stimmen wohl seine Beschreibung von Schwartz als auch Tatzeit und Ort. Außerdem spricht die Hilflosigkeit des jungen Mannes für K.-o.-Tropfen.«

Mehmet schien genug gehört zu haben und wandte sich wieder dem Navi zu. »Wie auch immer, wir haben jetzt einen Einsatz und unser Mann ist verdächtig. Noch zwei Kilometer«, er schaute zu Landberg. »Mensch, Stefan, willst du nicht endlich die Sirene ausmachen? Wir sind bald da!«

»Okay, schon gut.«

»Er wohnt in einem Mehrfamilienhaus. Im Tiefparterre. Verdammt!«

»Was ist daran so schlimm?«, fragte Pia erstaunt.

»Das bedeutet, dass er aus dem Fenster abhauen könnte. Grimm, rufen Sie beim Hausverwalter an. Wir müssen wissen, zu welcher Seite seine Fenster rausgehen.«

»Am Samstag?«

Mehmet schien kurz nachzudenken. »Dann machen wir es folgendermaßen: Stefan und ich statten unserem Verdächtigen einen Besuch ab, während Pia die Vorderseite des Hauses sichert. Sie, Grimm, passen auf der Rückseite auf!«

»Aber ich habe doch noch nicht mal eine Waffe!«

Mehmet starrte Magnus an. Einen Moment war er sprachlos, dann öffnete er das Handschuhfach des Omegas.

»Sag nicht, dass du da eine Knarre suchst.« Landberg starrte seinen Kollegen ungläubig an. »Wir sind doch hier nicht im Amiland!«

»Jaja, ich weiß«, erwiderte Mehmet genervt. »Stefan, dann gibst du Grimm deine Waffe, ich gehe vor und du …«

»Und ich gehe nackt in Bigfoots Wohnung? Das kannst du dir abschminken!«

Mehmet schloss kurz die Augen, dann streckte er Magnus mit dem Griff voran seine Heckler & Koch entgegen. »Okay, Stefan, *du* gehst vor, *ich* komme nach.«

Landberg schüttelte den Kopf. Er schien alles andere als erbaut von Mehmets Vorschlag.

»Also, was jetzt, Stefan? Grimm kann unmöglich alleine unbewaffnet vor dem Haus stehen. Also, wer von uns beiden geht zuerst?«

»Von mir aus behalte deine Pistole. Ich nehme einen Gummiknüppel und folge dir, okay?«

»Okay!« Mehmet zwinkerte Pia zu. Er wusste genau, wie er bekam, was er wollte.

Pia war beeindruckt, auch davon, wie eindeutig er den Ton angab, obwohl Landberg doch einige Dienstgrade über ihm stand. Außeneinsätze dieser Art gehörten offenbar nicht zu Landbergs Routine.

»Wissen Sie, wie man damit umgeht?« Mehmet hielt Magnus Landbergs Dienstwaffe entgegen.

»Ich bin genauso Polizist wie Sie!«

»Selbstverständlich.« Und an Landberg gewandt. »Da vorne ist das Haus. Fahr noch ein paar Meter weiter und park dann um die Ecke!«

Mehmet öffnete den Kofferraum und reichte jedem eine Schutzweste. Seine legte er sich versteckt unter der Jacke an, die anderen trugen sie offen über ihrer Kleidung. Dann ging er gemeinsam mit Landberg ins Treppenhaus, Pia postierte sich vor, Grimm hinter dem schmucklosen Plattenbau.

Der erste Schnee des Jahres fiel, klitzekleine Flocken, kaum größer als Regentropfen.

»Last Christmas, I gave you my heart.«

Pia sang das Lied leise vor sich hin – nur sicherheitshalber. Sie wusste, dass Stress die Wirkung der Pillen beeinträchtigen konnte. Vielleicht würde sie es gleich mit einem Serienmörder zu tun bekommen.

»But the very next day, you gave it away.«

In der rechten Hand fest die Waffe, umfasste die linke unterstützend ihr Handgelenk, der Lauf zeigte nach unten – so wie sie es gelernt hatte.

Eine alte Frau mit Rollator näherte sich, vorneweg ein handtellergroßes Hündchen an einer meterlangen Leine. Vielleicht hätten sie vorher die Straße absperren sollen? Aber wo sollte es dann enden, wenn sie das auf jeden Verdacht hin tun würden? Spinner, die sich selbst beschuldigten, gab es wie Sand am Meer.

Pia hielt die Waffe hoch über ihren Kopf und versuchte, der alten Dame mit Gesten klarzumachen, dass sie kehrtmachen sollte, doch sie schaute noch nicht einmal auf. Also flüsterte Pia ihr zu, dass es sich hierbei um einen Polizeieinsatz handelt, aber offenbar war sie schwerhörig. Oder wollte sie nur nicht hören? Unbeirrt näherte sie sich weiter Ullrichs Haus – und jetzt fing zu allem Überfluss auch noch der Hund an zu kläffen.

Pia resignierte. Die Alte würde ihren Weg weitergehen, komme, was da wolle. Aber immerhin wäre sie so auch bald wieder aus Gefahrenzone.

Pia richtete ihre Aufmerksamkeit auf das ockerfarbene Haus. Das untere Geschoss hatte sechs Fenster. Ullrich könnte aus jedem von ihnen herauskommen. Zwanghaft wanderte ihr Blick nach oben. Wollte sie etwa die Etagen zählen?

»This year, to save me from tears …«

Pia betete, dass Ullrich nicht ausgerechnet auf ihrer Seite rausspringen würde. Sie hatte fürchterliche Angst zu versagen, das erste Mal in ihrem Leben.

Neben Herbstlaub in den verschiedensten Größen und Farben lagen überall im Treppenhaus lose Prospektseiten verteilt. Falls ein Reinigungsservice für die Sauberkeit zuständig war, hatte er sich hier schon lange nicht mehr blicken lassen. Generell wirkte das Haus verwahrlost, was zu dem Bild passte, das sich Mehmet von Ullrich gemacht hatte.

Pro Etage gab es zwei Wohnungen und vermutlich gingen die Fenster zu beiden Seiten raus. Pia und Grimm mussten also bleiben, wo sie waren.

Mehmet zog ein schmales Kunststoffschildchen aus seinem Portemonnaie, auf dem die Buchstaben DPD und das Firmenlogo in Form eines Paketes prangten. Mehmet klebte es sich links in Brusthöhe auf die Jacke und quittierte Landbergs erstaunten Blick mit einem Schulterzucken. Während er sich direkt vor Ullrichs Wohnung stellte und klingelte, verbarg sich sein Kollege seitlich neben der Tür und an die Wand des Treppenhauses gedrückt, den Schlagstock hoch erhoben.

Von drinnen hörten sie Schritte – laut und raumgreifend. Mit jedem schien der Riese gleich mehrere Meter zu nehmen. Hatten sie King Kong aufgeschreckt? Landberg reckte den Knüppel so weit nach oben, wie er nur konnte.

»Ja, bitte?«, dröhnte es durch die Tür hindurch.

»DPD-Lieferservice. Könnten Sie ein Paket für Familie Hansen annehmen?« Mehmet schob seine Brust mit dem Firmenemblem vor den Türspion.

»Ja, von mir aus«, kam es widerwillig zurück. Der Schlüssel drehte sich im Schloss, eine Kette wurde zurückgeschoben, dann öffnete sich langsam die Tür. Sofort hatte Mehmet seinen Fuß dazwischen.

»Kriminalpolizei. Wir hätten da ein paar Fragen an Sie.« Er hielt Ullrich seinen Ausweis unter die Nase.

Einen Augenblick darauf glaubte Mehmet, sein Fuß werde zu Brei zerquetscht, als ihm mit brutaler Gewalt die Wohnungstür entgegenschlug. Blitze im Kopf, Schwindel, alles drehte sich. Wieder das Klimpern der Kette, diesmal dumpf, durch Watte, kaum lauter als das rasende Pumpen in seinen Ohren. Wie ein gefällter Baum fiel Mehmet zu Boden und schlug hart auf den Steinfliesen auf. Seine Waffe schlitterte durchs Treppenhaus, bis an die unterste Stufe.

»Mensch, Mehmet …« Besorgte Blicke, von unendlich weit oben auf ihn herab.

»Schnapp den Mistkerl, aber hol dir zuerst meine Knarre!«

Landberg rannte zu den Treppen, dann wieder zurück, über Mehmet hinweg zur Tür. Sein Fuß lag immer noch wie abgestorben im Spalt.

»Die Kette ist wieder dran!«

»Dann schieß sie gefälligst auf!« Mehmet kämpfte weiter gegen eine Ohnmacht an. Wieso musste *er* Landberg sagen, was zu tun war? Das Gesicht über ihm glühte förmlich, fiebriger Blick. Offensichtlich war der Kriminaloberkommissar mit der Situation völlig überfordert.

Ein Schuss, etwas klirrte, dann, verzögert, der Gestank von Schießpulver.

»Ich geh jetzt rein«, presste Landberg hervor.

Mehmet schaute ihm hinterher. Ob er den Riesen festsetzen konnte? So unsicher, wie sich Landberg eben angestellt hatte, konnte das böse ausgehen. Und falls der Zugriff in der Wohnung fehlschlug, wohin würde Ullrich dann fliehen? An ihm vorbei ins Treppenhaus?

Nein. Er musste mitbekommen haben, dass sie zu zweit gekommen waren.

Also durch's Fenster!

Da standen zwei unerfahrene Beamte – ein IT-Spezialist, der schon seit Jahren keine Waffe mehr in der Hand gehabt hatte, und Pia, eine Absolventin der Polizeihochschule, vollgestopft mit Theorie. Aber wie sah es mit der Praxis aus?

Und ihr Blick vorhin, als sie die Weste angelegt hatte – irgendetwas stimmte nicht mit ihr. Sie wirkte verunsichert, fast so wie kürzlich, als sie ihren Komplettausfall gehabt hatte.

Er hätte sie wieder zurück ins Auto schicken sollen.

Aus Ullrichs Wohnung drangen keine Geräusche, was eigentlich nicht sein konnte. Weder Stimmen noch Kampfgeräusche, wie war das möglich? Dadrinnen sollte eine Verhaftung stattfinden und so, wie sich der Riese eben aufgeführt hatte, würde er sich bestimmt nicht kampflos ergeben.

Mehmet versuchte aufzustehen. Er musste nachschauen, was da los war, nicht zuletzt wegen Pia, für die er sich irgendwie verantwortlich fühlte.

Der Schmerz, als er das Bein anhob, raubte ihm den Atem. Sein Fuß war fast im rechten Winkel abgeknickt. Der Knochen war durch, vielleicht auch ein paar Sehnen. Dafür brauchte er kein Medizinstudium, ein Blick reichte.

»Komm schon, reiß dich zusammen!«

Landberg hatte ihm den Schlagstock dagelassen. Mehmet benutzte ihn notdürftig als Gehhilfe, während er mit der freien Hand vorsichtig die Tür aufschob.

Die Flur wirkte aufgeräumt. Hier hatte kein Kampf stattgefunden.

»Stefan?«

Nichts. Wo steckte er bloß?

Und wo zum Teufel war der andere?

»Herr Ullrich, es hat doch keinen Zweck. Das Haus ist umstellt. Kommen Sie zur Vernunft.«

Keine Reaktion. Grabesstille.

Mehmet humpelte zur nächstbesten Tür, sie war nur angelehnt. Er wollte sie aufschieben, aber sie ließ sich nicht bewegen.

»Herr Ullrich?« Stand er auf der anderen Seite und hielt sie zu? Unsinn, das wäre ja lächerlich. Also verlagerte Mehmet das Gewicht auf sein gesundes Bein und drückte mit der Schulter die Tür in den Raum hinein. Von drinnen hörte er ein Stöhnen.

Das musste Landberg sein. Ullrichs Stimme hatte sich eben dagegen angehört wie das Blubbern einer Harley Davidson.

Er musste da rein, aber was würde ihn auf der anderen Seite erwarten? Ullrich, mit seiner Waffe im Anschlag?

Hätte er dann nicht schon durch die Tür geschossen, als Mehmet versucht hatte, sie aufzustoßen?

»Herr Ullrich? Lassen Sie uns reden.«

Nichts, dann wieder Landbergs Stöhnen.

»Stefan?«

Keine Antwort.

Mehmet stellte sich in Position, so dicht an die Tür, dass er sie mit einem kräftigen Ruck aufstoßen konnte, auch wenn Landberg direkt davorlag.

Einen Moment dachte er an seine Tochter und sprach sich Mut zu.

Mit dem Knüppel in der Hand machte ihm so schnell keiner was vor, auch nicht ein Koloss wie Ullrich. Wenn er nicht gerade mit der Waffe auf die Tür zielte, sollte eigentlich nichts schiefgehen.

Und wenn doch …

Vor Mehmets geistigem Auge tauchten Bilder der Opfer

auf – abgeschnittene Finger – Schwartz' von Fischen angenagtes Gesicht.

Ach verdammt …

Er konnte Landberg nicht im Stich lassen. Und dann war da ja auch noch Pia.

Mit aller Kraft drückte er gegen die Tür. Aus Landbergs Stöhnen wurde ein spitzer Schrei, als er polternd zur Seite rollte. Mehmet bekam davon nichts mit. Auch den verletzten Fuß spürte er nicht. In seinen Adern pumpte pures Adrenalin.

Bis auf Landberg war das Zimmer leer. Die Gardinen wirbelten wild im Wind und das Fenster dahinter war weit geöffnet. Mehmet schaute nach draußen.

Es ging zur Straße raus.

Pias Seite.

42

 # Na dann wissen doch ganz bestimmte Leute was zu machen ist ... er geht bestimmt mal einkaufen ... oder ähnliches ... .. Unfälle passieren so schnell ... es sind Hundertstel die darüber entscheiden ... und doch sind sie unumgänglich .... .

»Lass deine Knarre fallen, Miststück!«

Pia starrte Ullrich an. Neben der zerbrechlich wirkenden Alten wirkte er noch gewaltiger, als er ohnehin schon war.

»Und du – halt gefälligst dein Maul, sonst stopf ich's dir. Für immer!«

Er gab dem Hündchen einen Tritt und aus dem Kläffen wurde lautes Jaulen, als es im weiten Bogen auf die Straße flog und zappelnd liegen blieb.

»Ach Schätzelchen!« Der alten Dame standen Tränen in den Augen.

»Na los, wird's bald? Auf den Boden damit, sonst ...« Mit brutaler Gewalt drückte Ullrich den Lauf seiner Waffe gegen die Schläfe der Alten. Wenn er so weitermachte, würde er ihr noch den Schädel brechen.

Im Haus gegenüber öffnete sich ein Fenster. »Hören Sie sofort auf damit, sonst rufe ich die Polizei!«

»Was glaubst du denn, wer mir hier grade einen Besuch abgestattet hat, Blödmann?« Für einen Augenblick schwenkte Ullrich den Lauf seiner Waffe und gab einen ungezielten Schuss aufs Fenster ab. Er traf noch nicht einmal das Haus und die Kugel zischte harmlos über das Dach.

»Brav so!« Pia hatte ihre Pistole auf den Boden gelegt. »Jetzt komm ganz langsam zu mir rüber!«

Pia ging los, langsam, so wie er es befohlen hatte. Sie musste Zeit gewinnen. Bestimmt hatte bereits jemand die Kollegen gerufen.

»Schneller, verdammt!« Ullrichs Blick flackerte unruhig.

»Ja, was denn nun? Langsam oder schnell?«

»Willst du mich verscheißern, Bullenschlampe? Schieb endlich deinen Arsch hier rüber!«

Pia beschleunigte ihren Gang und sah aus den Augenwinkeln, dass Mehmet am Fenster stand und sich mit beiden Händen abstützen musste. Er sah zu ihr rüber und schüttelte den Kopf. Aber wie stellte er sich das vor? Sollte sie seelenruhig dabei zusehen, wie Ullrich der Geisel eine Kugel in den Kopf jagte?

Und wo war überhaupt Landberg?

Ullrich hielt auf der Straße einer Geisel Mehmets Dienstwaffe an den Kopf. Also musste drinnen etwas mächtig schiefgelaufen sein.

»Stopp!« Ullrich wies mit der freien Hand auf Pias Schutzweste. »Zieh das Ding aus!«

Während sie sich die Weste abstreifte, kam Magnus hinter Ullrichs Rücken aus der Hofeinfahrt gelaufen. Der Schuss hatte ihn alarmiert.

»Und jetzt den Mantel!«

»Was?«

»Du sollst ihn ausziehen. Ich will sehen, dass du keine Waffe mehr bei dir hast.«

Sie zog auch den Mantel aus. Ullrichs Blicke wanderten über ihren Körper. Obwohl sie ein dickes Sweatshirt und Jeans trug, fühlte sich Pia splitternackt.

»So, jetzt komm her, Blondie«, noch trennten sie zwei Meter, »wir machen jetzt einen Gefangenenaustausch. Du bist mir bedeutend lieber als das vertrocknete Großmütterchen hier.«

Während Ullrich Pia brutal an sich heranzog, schubste er die Alte von sich. Unsanft fiel sie zu Boden.

»Na, du bist schon eher was für Papi.« Er rieb sein stacheliges Kinn an Pias Hinterkopf. »Mmh, und du duftest wie ein kleiner Pfirsich.« Seine Finger streiften über ihren Körper. Suchte er sie nach Waffen ab oder wollte er sich nur an ihr aufgeilen? Sein Unterleib drückte gegen ihre Hüfte und sie konnte sein hartes Glied spüren.

Schlagartig wurde ihr übel.

Lasst mich bloß nicht alleine mit dem Schwein!

»Herr Ullrich?« Magnus, keine zehn Meter entfernt. Er hatte beide Hände erhoben, auf Schulterhöhe, die Innenflächen wiesen nach vorn. »Ich bin Kriminalkommissar Grimm und die junge Frau in Ihren Armen ist Wachtmeisterin Beck.«

Wachtmeisterin?

Was soll das?

Will er mich weniger wichtig erscheinen lassen? Meinen Wert als Geisel schmälern?

Polizeisirenen aus der Ferne. Hörte sich nach einer ganzen Staffel Wagen an – und sie kam rasend schnell näher.

»Ja und?«, fragte Ullrich wenig interessiert. »Was soll die Vorstellung?«

»Hören Sie die Sirenen, Herr Ullrich? Bald sind die Kollegen da und ich frage mich gerade, was Sie jetzt noch vorhaben? Sie glauben doch wohl nicht, dass wir Sie einfach so gehen lassen!«

»Doch, genau das glaube ich. Weil ich nämlich sonst der Kleinen ein Loch in den Schädel puste, deshalb! Und du weißt, dass ich das bringe, wenn's sein muss. Schließlich kann ich mir schon denken, weshalb ihr hier seid!«

»Ach ja?«, gab sich Magnus ahnungslos.

»Ich habe zwar keine Ahnung, wie ihr mich aufgespürt habt, aber es geht um die Morde an diesen Hetzmäulern im Internet, richtig?«

Magnus nickte.

»Ist wohl zu spät, wenn ich dir sage, dass ich damit nichts zu tun habe, oder?«

»Es ist nie zu spät.« Magnus kam näher, bis Ullrich ihm mit einer eindeutigen Geste zu verstehen gab, stehen zu bleiben.

»Und das soll ich glauben? Ihr habt ein Geständnis von mir. Warum sich dann noch mit Untersuchungen aufhalten? Ihr seid doch heilfroh, endlich einen Schuldigen zu haben.«

»Selbstverständlich wird es Untersuchungen geben, Herr Ullrich. Das garantiere ich Ihnen.«

»Ach, vergiss es, Mann! Mir ist schon so viel versprochen worden. Ich will einen Fluchtwagen und fünfhunderttausend Euro, sonst geht es der Kleinen schlecht.«

»Und wenn der Mörder weitermacht? Dann ist Ihre Unschuld unstrittig.«

Ullrich kam ins Grübeln. »Ja, wenn …«, murmelte er.

»Sehen Sie, umso wichtiger ist es, dass Sie bis dahin keinen anderen Mord verübt haben.«

»Was für einen anderen Mord? Die Oma lebt«, Ullrich zeigte auf die alte Dame. Sie saß immer noch auf dem Boden, schien aber unverletzt, der Hund sprang um sie herum, wenn er nicht gerade ihre Hände ableckte. »Und selbst die Töle hat's überstanden, also, welcher Mord?«

»Ich rede von meiner Kollegin, Frau Beck.«

»Ich tu ihr nichts, wenn ihr macht, was ich will!«

»Es … es ist kompliziert. Nehmen Sie lieber mich.«

»Was soll daran kompliziert sein? Und komm gefälligst nicht näher, Mann!« Ullrich richtete den Lauf auf Magnus.

»Wissen Sie, Sie halten da nicht nur die Kollegin fest.«

Ullrich stutzte und brauchte eine Weile. »Sie … sie ist …?«

»Genau, sie ist schwanger!«

Pia knickte ein. Schwanger, schon wieder. Das zweite Mal, seitdem sie in Hannover war.

»Ich spüre nichts.« Ullrichs Hand glitt über ihren Bauch.

»Glauben Sie mir, Ullrich, in ihrem Bauch ist ein Fötus, und Stress kann zu einer Fehlgeburt führen.«

»Das nehme ich dir nicht ab. Woher willst ausgerechnet *du* wissen, was mit ihr los ist. Hat sie etwa 'ne Rundmail geschickt?«

»Ich bin der Vater.«

Pias Knie wurden noch ein bisschen weicher.

Ullrich zögerte.

Magnus wusste, dass er ihn bald so weit hatte. »Hören Sie, Ullrich, was haben Sie schon zu verlieren? Geisel gegen Geisel – also?«

»Du bist ein Mann. Vielleicht machst du mir mehr Ärger.«

»Schauen Sie mich an. Glauben Sie wirklich, dass Sie von *mir* etwas zu befürchten haben?« Magnus richtete sich zu seiner stolzen Körpergröße von gerade einmal ein Meter siebzig auf. Wie klein und zierlich er doch ist, dachte Pia bei diesem Anblick.

Der Riese lockerte den Griff. »Also gut, komm her! Und keine Dummheiten!«

Magnus schaute sich unauffällig um. Fußgänger waren

stehengeblieben und starrten zu ihnen herüber. Es musste jetzt ganz schnell gehen, um niemanden zu gefährden.

»Na, komm schon, oder hast du es dir etwa anders überlegt?« Ullrich schob Pia beiseite und zog Magnus an der Schulter zu sich heran.

»Wissen Sie was, Ullrich?«

»Ja?«

»Sie ist gar nicht schwanger!«

Einen Moment lang war Ullrich verunsichert, genug Zeit für Magnus. Mit aller Kraft rammte er dem Riesen seinen Ellbogen in den Solarplexus, dann jagte er ihm seine Stirn gegen das Kinn. Ullrich sackte wie ein Mehlsack in sich zusammen und blieb regungslos liegen. Einen Augenblick später hatte Magnus ihm die Waffe abgenommen.

Zuerst war es totenstill, dann fing von gegenüber jemand an zu applaudieren, erst einer, dann immer mehr, wie im Ferienflieger nach Mallorca.

Jetzt kam auch Mehmet, er humpelte stark. »Das war unglaublich! Woher …?«

»Ich sagte doch, ich bin Polizeibeamter so wie Sie!«

Pia stand regungslos da und starrte auf den Riesen herunter. Sie schien noch nicht begriffen zu haben, was eben geschehen war, und stand offenbar unter Schock.

»Pia, alles in Ordnung mit dir?« Magnus streichelte ihre Wangen und lächelte sie sanft an. Pia schüttelte den Kopf, dann gab es kein Halten mehr. Sie begann, hemmungslos zu weinen.

43

Du Scheißfascho .... Müll loslassen und sofort blocken aus Angst vor einer Antwort!! ... feiges Arschloch

Ein Notarzt kümmerte sich noch vor Ort vorsorglich um Ullrich. Sein Zustand wurde als unbedenklich diagnostiziert, weshalb man ihn zur Kriminaldienststelle überführte. Nach dem üblichen Prozedere, der Aufnahme seiner Personalien, Abnahme von Fingerabdrücken und einer Speichelprobe für die DNA-Bestimmung brachte man Ullrich ins Verhörzimmer und ließ ihn mit sich und seinen Gedanken allein. Da er nicht nach einem Anwalt verlangte, würde er das auch fürs Erste bleiben.

Mehmet wurde mit einem kapitalen Fußbruch ins Krankenhaus eingeliefert, Landberg wegen des Verdachts auf Gehirnerschütterung.

So verblieben vom Viererteam nur noch Pia und Magnus am Tatort. Kurz darauf tauchte Guse auf, im Gefolge vier Kollegen von der Spurensicherung. »Ich wiederhole mich gerne, Grimm. Das war gute Arbeit eben, schon wieder!«

»Sie hätten ihn sehen sollen, Herr Hauptkommissar. Gegen Ullrich wirkte er wie ein Zwerg – nichts für ungut«, Pia lächelte Magnus entschuldigend an, »und dann macht er ihn mit zwei Schläge unschädlich. Unglaublich, wirklich. Wenn ich's nicht mit eigenen Augen gesehen hätte …«

»War denn eine Gefahr für die Passanten ausgeschlossen?«, unterbrach Guse Pias Begeisterung.

Magnus wollte gerade antworten, als Pia das Reden für ihn übernahm. »Es ging alles schnell und absolut kontrolliert. Aber nein, kein Passant war durch die Aktion zu irgendeinem Zeitpunkt einer Gefährdung ausgesetzt. Dafür lege ich meine Hand ins Feuer.«

»Schon gut, Frau Beck. Ich denke, das wird nicht nötig sein.«

Magnus schaute derweil die ganze Zeit nach unten. Ihm schien die Lobhudelei unangenehm zu sein.

»Gut, Grimm, wollen wir nicht mehr drüber reden. Schön jedenfalls, dass Sie nichts verlernt haben, seit …«

»Wenn Sie mich fragen«, unterbrach Magnus recht schroff, »dann war er's nicht!«

»Wie bitte?«

»Ullrich hat mir gesagt, dass er es nicht war.«

»Ja und? So was soll vorkommen!«

»Ich meine, *wie* er es gesagt hat. Das ist kein kaltblütiger Mörder und auch kein Irrer, jedenfalls nicht irre genug, um andere Menschen umzubringen. Ich glaube ihm.«

Guse schüttelte ungläubig den Kopf. »Na, dann kann ich ja gleich in der Dienststelle anrufen und Bescheid geben, dass sie ihn sofort laufen lassen sollen – wenn *Sie* ihm glauben.«

Magnus ließ sich durch Guse nicht beirren. »Der Täter muss sich sehr gut auskennen, um die Identität von Monika Klein herausbekommen zu haben. Dann hätte er sich bestimmt nicht so dämlich angestellt. Schließlich hatte ich seine Adresse in wenigen Minuten herausgefunden.«

»Vielleicht wollte er ja geschnappt werden? Das wäre nicht das erste Mal bei einem Serienmörder.«

»Zum Schluss vielleicht, wenn sie überzeugt sind, ihr Werk getan zu haben. Unser Killer ist noch lange nicht fertig, das spüre ich.«

Sämtliches Wohlwollen war aus Guses Miene verschwunden. Jetzt schaute er Magnus an, als ob er ihn am liebsten zum Teufel wünschen würde. »Das heißt, wir wären wieder bei null?«

Magnus nickte. »Ich denke, Ullrich ist auch nur so ein armseliger Spinner wie die anderen, die er selbst so verachtet. Im Grunde sind sie alle gleich. Ich wette, unser Mann ist noch auf freiem Fuß.«

Guse atmete tief durch. »Wir werden sehen. Wenn es so ist, wie Sie meinen, wird es ja bald wieder eine Leiche ohne Finger geben. Sie nehmen sich in der Zwischenzeit Ullrichs PC vor. Drehen Sie alles auf links. Mails, Kontakte, was weiß ich. Vielleicht täuschen Sie sich ja.«

»Nichts wünschte ich mir lieber als das«, sagte Magnus, wirkte aber alles andere als zuversichtlich.

»Gut, Grimm, an die Arbeit. Frau Beck, Sie helfen ihm!«

Pia war versucht, Guse zu fragen, warum er Magnus durchgehend nur mit seinem Nachnamen und sie als *Frau* Beck ansprach. Auf Bevorzugungen aufgrund ihres Geschlechts legte sie keinen Wert. Aber letztlich ließ sie es bleiben, erleichtert, nicht auf ihre unglückliche Rolle in der Geiselnahme befragt zu werden – obwohl sie nicht wusste, was sie hätte anders machen sollen.

»Pia?« Magnus war schon fast in Ullrichs Haus angelangt und winkte ihr zu.

Mit einem Nicken verabschiedete sie sich von Guse.

44

Du Dummer Hurensohn ich Ficke deine Hurenmutter.

»Kommissar Grimm, und das ist Oberkommissarin Beck!« Magnus zeigte dem erstbesten Kollegen von der Spurensicherung seinen Ausweis.

»Sie wissen, dass Sie nichts anfassen dürfen, bevor wir durch sind?«

»Natürlich, wir wollen nur sichten.«

Der Weiße legte seinen Kopf schief.

»Mit den Augen, ausschließlich mit den Augen.«

»Okay. Hier, Ihre Eintrittskarten!« Er streckte Pia und Magnus zwei Schutzanzüge entgegen. »Vielleicht ein bisschen zu groß, aber besser als zu klein. Und nochmal: nur schauen, nichts anfassen, bis wir raus sind. Auch keine Fotos!«

»Jawohl, Sir!« Magnus deutete einen militärischen Gruß an.

Sein Gegenüber zog die Stirn in Falten.

Hinter ihm tauchte ein weiterer Weißer auf. »Lass gut sein, Basti. Der Kollege Grimm kennt sich bestens aus. Ist schon 'ne Weile her, dass wir uns das letzte Mal gesehen haben, nicht?«

»Ich bin nur ausnahmsweise wieder draußen, arbeite jetzt eigentlich in der IT-Abteilung – schon seit ein paar Monaten … seitdem ich wieder im Dienst bin.«

Der Weiße legte die Hand auf Magnus' Schulter. »Ich habe dir noch gar nicht sagen können, wie leid es mir tut.«

Magnus nickte nur, senkte dann den Blick.

Ein Trauerfall? Magnus wirkte sehr bedrückt. Pia war sich nicht sicher, ob sie es wagen konnte, ihn darauf anzusprechen. Sie wollte mehr von ihm erfahren – und nicht nur das. Dieser kleine, traurige Mann interessierte sie immer mehr. Sie war beeindruckt, mit welcher Kaltblütigkeit und Präzision er den körperlich überlegenen Ullrich außer Gefecht gesetzt hatte – ein Kampf wie David gegen Goliath. Mehr noch allerdings war sie von seinem Mut angetan, sich selbst als Geisel anzubieten, und von der Bescheidenheit, mit der er die Lobeshymnen abtat. Bisher hatte sie keinen Mann kennengelernt, der in solch einer Situation so reagiert hätte. Keine Prahlerei, noch nicht mal eine vor Stolz anschwellende Brust. Er hatte getan, was getan werden musste, und damit war die Sache für ihn erledigt.

»Also, Magnus, ich muss schon sagen, unglaublich, wo du diese Kraft dafür hergenommen hast!«

Er grinste verlegen. »Ich war früher mal Ringer, natürlich nicht Profi, einfach nur so, im Verein. Da lernt man die Anatomie des menschlichen Körpers kennen.«

»Aha, daher die breiten Schultern!« Sie nickte anerkennend. Beim Anlegen des Schutzanzugs und ohne den dicken Pulli hatte sie zum ersten Mal sein Kreuz bemerkt. Auffallend breit war es, im Vergleich zu seiner schmalen Hüfte und den dünnen, wenn auch sehnigen Armen. An ihm war kein Gramm Fett.

Pia musste insgeheim lachen, weil sie es schon wieder tat: Um ihren Vorlieben Genüge zu tun, suchte sie bei Magnus nach Attributen, die ihn maskuliner machten. Und noch eindeutiger war, dass sie sogar welche fand.

Wer suchet, der findet.

So fing es bei ihr immer an.

»Pia?«

»Ja, was …?« Wie aus einem tiefen Schlaf erwacht, schaute sie in Magnus' Gesicht. Einen Moment hatte sie alles um sich herum vergessen.

»Ich wäre dann so weit. Wie sieht's bei dir aus?« Er wies in Ullrichs Wohnung.

»Ja, natürlich«, erwiderte sie, bemüht, wieder in der Realität anzukommen. »Wonach suchen wir eigentlich?« Kaum gestellt, ärgerte sich Pia über ihre Frage. Sie war Polizistin genug, um das selbst zu wissen. Ganz davon abgesehen, hatte sie auch den höheren Dienstgrad.

»Nach Gegenständen, die als Tatwaffe infrage kommen, speziell Gerätschaften, mit denen man Finger abtrennen kann – Bolzenschneider, Handsägen, keine Ahnung, was sonst noch alles dafür funktioniert. Und natürlich sämtliche elektronischen Kommunikationsmittel: Handy, Laptop, Desktop-PC. Das ist dann meine Abteilung. Vielleicht findest du auch analoge Aufzeichnung, Adressen, Entwürfe für Posts et cetera.«

»Analoge Aufzeichnungen?«

»Na, ganz old fashioned halt – Notizen auf Papier, so was in der Art.«

Und warum sagte er das nicht gleich?

»Tut mir leid, wenn ich mich manchmal etwas eigenartig ausdrücke«, sagte er kleinlaut. »Ich versuche, mich zu bessern, okay?«

Pia nickte und damit war wieder alles gut. Erschrocken stellte sie fest, dass sie ihm nicht böse sein konnte.

Er lebt in Hannover, ich in Hamburg.

Das hätte keine Zukunft.

Höchste Zeit, die Reißleine zu ziehen.

Nur, wollte sie das auch? Die Für und Wider in ihrem Kopf machten sie schwindlig.

»Ich habe dir mein Leben zu verdanken!« Sie strahlte ihn an. Das verstand sie also unter Reißleine ziehen. Pia staunte über sich selbst. Andererseits, was hatte sie zu verlieren? Sie war eine junge Frau und er gefiel ihr. Außerdem war es schon eine Weile her, dass sie das letzte Mal mit einem Mann zusammen war.

Es muss ja nichts Festes draus werden.

Magnus wurde unsicher und wich ihrem Blick aus. »Na, übertreib mal nicht. Ich bin mir sicher, dass er dir nichts getan hätte. Der Typ ist harmlos, nur ein Großmaul, das nicht über die Konsequenzen nachgedacht hat.«

»Aber ein riesiges Großmaul!« Sie lächelte.

»Wie gesagt, du musst nur wissen, wo es besonders wehtut. Der Solarplexus ist immer eine Bank – wenn du ihn genau triffst.«

»Das muss man aber auch erst mal wissen, wo genau der ist. Ich schätze mal, hier ungefähr?« Ihre Finger strichen sanft über seinen Bauch, ohne die richtige Stelle zu finden. Einer von den Weißen schaute erstaunt zu ihnen herüber.

Die Berührung ihrer zarten Finger durchzuckte Magnus wie ein elektrischer Schlag. Wann hatte ihn Nina das letzte Mal so berührt – wann hatte sie ihn überhaupt noch angefasst? Der Kollege von der Spurensicherung schaute immer noch zu ihnen herüber. Er wusste, was mit Nina war.

Magnus schob Pias Hand sanft beiseite. Das war weder die Zeit noch der Ort – würde es für sie auch nie geben. Das konnte er Nina unmöglich antun.

»Schau mal, sein Laptop!« Geschäftig ging er auf Ullrichs Schreibtisch zu. »Ich werfe einen Blick auf die Festplatte.

Vielleicht suchst du in der Zwischenzeit sein Handy?« Magnus zeigte, dass er Latexhandschuhe trug, und wies dann auf Ullrichs Rechner. Der Weiße nickte.

Magnus schlug den Laptop auf, wobei er Pia, ohne ein weiteres Wort zu verlieren, den Rücken zudrehte.

Das war eine neue Erfahrung für sie. Wenn Pia einem Mann signalisierte, dass sie sich für ihn interessierte, dann war bisher auch immer etwas zurückgekommen.

Sollte er etwa …?

Nein, das konnte sie sich bei ihm nicht vorstellen.

Und wenn er in einer festen Beziehung lebte?

Zumindest das würde sie heute noch herausfinden.

Sie stellte sich neben ihn an den Schreibtisch und untersuchte den Inhalt der Schubladen.

»Wenn sich herausstellt, dass es Ullrich war, dann ist mein Job hier in Hannover erledigt und ich fahre wieder zurück nach Hamburg.«

Von Magnus keine Reaktion. Ganz auf Ullrichs Rechner fixiert, durchforstete er den Inhalt auf stichhaltige Beweise. Jedenfalls tat er so.

Pia packte der Ehrgeiz. So schnell wollte sie nicht aufgeben. Sie musste noch deutlicher werden. »Dr. Rudolph fährt morgen zurück, so oder so. Er meint, es gäbe hier für ihn nichts mehr zu tun. Zum Abschied wollte er mich zum Abendessen einladen, ich habe abgelehnt. Andererseits …« Sie ging zur Rückseite des Schreibtisches und schaute über den Laptop auf Magnus herab, ihre langen blonden Haare fielen locker über den Bildschirm. Es war ihm unmöglich, ihrem Blick auszuweichen.

»Andererseits«, setzte sie noch einmal an, »hätte ich schon noch Zeit heute.«

Immerhin, Magnus schaute sie jetzt an, in einer Mischung aus Verlegenheit und Ratlosigkeit. Er schien nicht zu wissen, was er darauf antworten sollte.

Meine Güte, nun sag doch was!

»Also, Magnus«, brach Pia schließlich das unangenehme Schweigen, »ich frage dich ganz offiziell: Hast du Lust, heute Abend mit mir auszugehen?«

Magnus atmete tief durch. Die Antwort schien ihm schwerzufallen. »Das ist sehr nett von dir, Pia, dass du mich fragst. Und ich fühle mich auch sehr geehrt, von einer attraktiven Frau wie dir gefragt zu werden …«

Aber …?

»… aber ich bin fest liiert. Sie heißt Nina und ich liebe sie noch immer wie am ersten Tag.«

Pias Enttäuschung war nur von kurzer Dauer. Er hatte eine Partnerin und er liebte sie. Damit war die Sache für sie erledigt. Sie hatte sich noch nie in eine Beziehung gedrängt, schon gar nicht in eine intakte.

Schön, dass es so etwas überhaupt noch gab. Sie musste an Rudolph denken – nicht jeder war so wie er.

»Ihr geht es momentan nicht gut.«

Wollte er sich etwa vor ihr rechtfertigen? Oder einfach nur reden? Das war das erste Mal, dass Magnus etwas Privates von sich preisgab.

»Sie braucht mich. Ich muss mich um sie kümmern.«

Muss?

Das klang pflichtbewusst.

Nicht unbedingt nach Liebe.

»Was hat sie denn?« Pia fühlte sich verpflichtet, nach Nina zu fragen, obwohl ihr die Unterhaltung unangenehm wurde. Einen Moment darauf hätte sie sich am liebsten auf die Zunge gebissen. Sie sah seinen Blick und wusste plötzlich, weshalb der Kollege von der Spurensicherung versucht hatte, Magnus zu trösten. Es musste schlimm um sie stehen.

Pia spürte, wie er mit sich rang, ob oder was er sagen sollte. So hatte sie ihn noch nicht erlebt, zerrissen, tieftraurig – so hatte sie überhaupt noch keinen erwachsenen Mann erlebt.

»Magnus, du musst nichts sagen, wenn es unangenehm für dich ...«

»Weißt du, warum ich neuerdings dienstlich mehr Zeit am Rechner verbringe als mit Kollegen bei Ermittlungen auf der Straße?«

Pia schüttelte den Kopf.

»Nein, woher auch. Es geschah auf eigenen Wunsch. Mein Arbeitsplatz, eine neue IT-Abteilung der Bundespolizei, ist sogar zum Teil auf meine Initiative entstanden. Du weißt, dass ich diese Hassredner aufspüre, aber du weißt nicht, warum, oder?«

Magnus schaute auf und musterte die Umgebung. Es war ganz offensichtlich, dass das, was er nun zu sagen hatte, ausschließlich für Pia bestimmt war. Er zog sie am Ellenbogen in die Küche und schloss die Tür.

»Nina ...«, Magnus stockte. Pia legte ihm schweigend die Hand auf die Schulter.

Jedes Wort von ihr wäre jetzt zu viel.

»Nina ist auch ein Opfer dieser Hater. Sie ... sie war Tennisprofi. Wenn du in der Öffentlichkeit stehst, wird jeder Schritt von dir verfolgt und kommentiert. Da sind auch immer jede Menge Neider dabei, aber sie hatte gelernt, damit klarzukommen. Dann allerdings erlitt sie eine Fehlgeburt – mitten auf dem Platz, vor laufenden Kameras. Das hat sie nie überwunden. Sie hatte nicht gewusst, dass sie schwanger war, das kam für sie völlig überraschend. Der Shitstorm allerdings, der dann über sie hereinbrach, trieb sie ein tiefes Loch. Und dabei war sie vorher immer so ein lebenslustiger Mensch gewesen.« Magnus stiegen Tränen in die Augen. »Alles vorbei. Statt Trost schlug ihr Häme und Hass entgegen, als hätte sie vorsätzlich ihr eigenes Kind – unser Kind – getötet. Schließlich … schließlich wusste sie keinen anderen Ausweg mehr – und erhängte sich.«

Pia schlug ihre Hände vor den Mund, sie wurde kreidebleich.

»Als ich von der Arbeit kam, da fand ich sie.« Er schluckte, schüttelte den Kopf. »Ich … ich werde den Anblick nie vergessen. Sie zappelte und zuckte am Seil wie ein Fisch an der Angel. Ich schnitt sie ab, belebte sie wieder und holte sie zurück … und irgendwie auch wieder nicht, denn ein Teil von ihr war bereits gestorben.«

Magnus senkte den Blick. Er konnte Pia nicht mehr in die Augen sehen. Flüsternd fuhr er fort: »Ich war nicht da für Nina, als sie mich am Nötigsten brauchte. Natürlich wusste ich, was mit ihr los war, spürte, wie sie sich immer mehr abkapselte und mit sich selbst beschäftigte, und was machte ich? Anstatt ihr beiseitezustehen, kümmerte ich mich nur um meine eigene Scheißkarriere bei der Polizei. Hätte ich nicht an diesem einen Abend pünktlich kommen können? Dann wäre das alles nicht passiert.«

Dann hätte sie es an einem anderen Tag gemacht, dachte Pia, sagte aber kein Wort. Magnus erstickte förmlich an Selbstvorwürfen, jedes Argument von ihr hätte ihn jetzt nur gegen sie aufgebracht. Sie ließ ihn einfach reden, auch das konnte schon heilsam sein.

Irgendwann, wenn der Schmerz nicht mehr ganz so übermächtig wäre, musste er sich psychotherapeutisch behandeln lassen.

Aber nicht nur er gehörte auf die Couch.

Sie könnte sich gleich dazulegen.

45

Lügenpresse!

»Verdammt!«

Magnus wollte nicht wahrhaben, was sich gerade in seinem Kopf abspielte.

»Du liebst Nina!«

Trotz oder gerade wegen allem, was passiert ist.

Er schaute sich um. Es war wieder spät geworden und nichts mehr los auf der Straße. Niemand da, dem seine Selbstgespräche hätten auffallen können.

Niemand da – außer Pia, ganz tief in seinem Kopf.

Verdammt!

Seine Hände zitterten, als er den Schlüssel aus der Jackentasche kramte. Für November war es noch ungewöhnlich warm, Kälte konnte also nicht der Grund sein.

Magnus schloss die Augen, atmete tief durch. Das konnte er Nina unmöglich antun, aber wie bekam er Pia aus dem Kopf?

Ihr Angebot war eindeutig. Er spürte immer noch ihre Fingerkuppen über seinen Bauch streichen. Vor seinem inneren Auge setzte sich ein Bild zusammen. Lange blonde Haare, hellblaue Augen, sinnliche Lippen, die Mundwinkel ein wenig hängend wie bei Jean Moreau. Ihr Körper – perfekt. Nicht zu viel, nicht zu wenig.

Seit dem Unfall hatte er Nina nicht mehr angefasst, geschweige denn mit ihr geschlafen.

Einen Moment stand Magnus unschlüssig vor der

Haustür, bevor er seinen inneren Widerstand überwand und aufschloss.

Er liebte sie immer noch wie am ersten Tag – das war keine leere Phrase, sondern die Wahrheit. Oder hielten doch nur noch Schuldgefühle zusammen, was eigentlich schon lange zerbrochen war?

»Magnus?«

Zum Teufel, wer denn sonst?

»Ja, Liebling, ich bin's!«

»Du bist wieder spät dran. Und das auch noch am Samstag!« Unverhohlen die Missbilligung in ihrer Stimme.

Wie ein Blinder tastete sich Magnus zum Lichtschalter vor – es war stockfinster in der Wohnung. In der Luft der Geruch von krankem Schweiß und süßlichen Medikamenten.

»Warst du auf, Schatz?«

»Nur zur Küche und aufs Klo. Warum?«

»Ach, nur so.« Das Licht flammte auf. Magnus schaute sich um. Alles sah so aus wie immer.

Bis auf …

Die Tür zum Arbeitszimmer stand einen Spaltbreit auf. Sollte er tatsächlich vergessen haben, sie abzuschließen?

Er ging hinein. Nina war hier drin gewesen, er konnte sie riechen.

Wütend machte Magnus auf der Stelle kehrt und stapfte zu ihrem Schlafzimmer. »Ich komme jetzt rein!«

»Untersteh dich!«, kam es schrill zurück. »Ich fühl mich nicht wohl, das grelle …«

Das beschissene Licht, immer wieder.

»Ich kann's vorher ausmachen.«

»Bleib einfach draußen – ja?« Zart, bittend – sie konnte auch anders. Magnus fühlte sich an früher erinnert. Vielleicht steckte ja irgendwo in diesem kranken Körper doch noch seine alte Nina.

Dennoch, es musste jetzt dringend etwas geklärt werden.

»Nur aufs Klo und in die Küche, sagst du? Nicht auch in mein Arbeitszimmer?« Magnus' beruhigte sich wieder, das kam auch seiner Stimme zugute. Sie klang fast liebevoll, trotz des leisen Vorwurfs.

»Nein, ganz sicher nicht. Wie kommst du darauf?«

Was sollte er ihr sagen? Dass er dort ihre nach Krankheit stinkenden Ausdünstungen gerochen hatte? Der Abend wäre mit Sicherheit gelaufen gewesen – nur, wäre das etwas Neues?

Er musste wieder an Pia denken.

»Hey, redest du noch mit mir? Ich habe gefragt, wie du darauf kommst, dass ich in deinem Arbeitszimmer gewesen sein könnte?«

»Die … die Tür stand auf.«

»Dann hast du wohl diesmal vergessen, sie abzuschließen. Das machst du ja neuerdings immer.«

Sie hatte es also mitbekommen.

»Es ist nur … dadrinnen sind sensible Daten, von meiner Arbeit, die nicht für Außenstehende gedacht sind. Viele Dinge würden dir auch nur unnötig Angst machen.«

Magnus starrte die Tür an. Wie lächerlich, dass sie sich wieder einmal durch sie hindurch unterhalten mussten. Wenn es nicht so verrückt gewesen wäre, hätte er schon ein Foto von Nina auf seiner Seite angebracht – nur um das Gefühl zu haben, sich Auge in Auge mit ihr zu unterhalten.

»Und, wie weit seid ihr?«

»Wir haben jemanden verhaftet, der damit geprahlt hat, der Mörder zu sein.«

»Ach, tatsächlich?« Klang das etwas *zu* überrascht oder bildete es sich Magnus nur ein?

»Ich glaube nicht, dass er es war.«

»Warum nicht?«

»Ich habe da jemand anderen in Verdacht!« Magnus hatte nicht lange über seine Worte nachgedacht und wartete nun gespannt auf ihre Reaktion.

Nichts, kein Wort.

»Nina? Warum sagst du nichts?«

»Ich bin müde, Magnus. Bitte, lass mich einfach schlafen.«

Das war ihre Reaktion? Keine Frage, *wer* seiner Meinung nach der Täter war?

Weil sie es schon weiß!

Unsinn. Woher sollte sie das? Trotzdem, ihr aufgesetztes Desinteresse war unheimlich – oder war *verdächtig* das passendere Wort?

»Der Typ, der es gewesen sein will, wird gerade vernommen. Wenn es keinen weiteren Mord mehr geben wird, hat er es schwer, aus der Nummer wieder rauszukommen.« Magnus brauchte einen Moment, bis ihm klar wurde, was er da eben gerade gesagt hatte. Unverblümt legte er Nina nahe, mit den Morden aufzuhören, um ungeschoren davonzukommen.

»Gute Nacht, Schatz!« Das war alles, was sie dazu zu sagen hatte.

Erwartete er etwa ein Dankeschön?

Die Zweifel machten ihn wahnsinnig – er musste jetzt wieder runterkommen. Und das konnte er am besten am PC. Sein Blick fiel auf den Karton neben dem Telefon. Er hatte den neuen Anrufbeantworter immer noch nicht ausgepackt. Guse hatte darauf bestanden, dass er mit seiner Rückkehr ins Dezernat wieder rund um die Uhr erreichbar sein solle, auch über das Festnetz.

Dinosaurier.

Der Computer konnte noch einen Moment warten.

»Na, mal seh'n.«

Er verband ein Kabel mit dem Telefon, das andere mit der Steckdose – fertig. Die Ansage würde er später draufsprechen.

Morgen ...

Oder übermorgen ...

Er würde sich nie ändern. Über sich selbst lachend, ging er ins Arbeitszimmer.

Wasser statt Cola, ansonsten erfüllte Magnus das Klischee eines Nerds. Sein Abendbrot bestand aus einer Tüte Chips, sonst nichts. Und sein Lieblingsplatz war vor dem PC – bevorzugt bis spät in die Nacht.

Er schaute auf die Uhr, kurz vor zehn. Morgen war zwar Sonntag, dennoch hatte er sich fest vorgenommen, schon früh im Dezernat aufzukreuzen. Er wollte wissen, was Ullrich in den Vernehmungen von sich gegeben hatte. Vielleicht war er es ja doch – nichts wünschte sich Magnus sehnlicher.

Er musterte seinen Schreibtisch. Alles lag so da, wie er es gestern hinterlassen hatte. Doch der Geruch war eindeutig. Der Rechner war nicht passwortgeschützt und bislang hatte es dafür auch keinen Grund gegeben. Jetzt schon. Also sollte er besser bei nächster Gelegenheit ein Passwort einrichten.

Das Programm, das er sich gestern Abend aus dem Darknet heruntergeladen hatte, lief immer noch, er hatte es seit der Installation durchlaufen lassen.

Wieder die Hoffnung, endlich die Identität von furie13 herauszubekommen, deren Post Nina in den Suizidversuch getrieben hatte. Alle Bemühungen waren bislang an der hohen Datensicherheit der Plattform gescheitert, worauf der Text hochgeladen worden war. Die neue Software verglich Eigenarten in der Schreibweise des Kommentars mit anderen Veröffentlichungen im Netz und suchte nach Übereinstimmungen.

Und sie hatte tatsächlich etwas gefunden.

Magnus traute seinen Augen nicht. Sollte seine Suche wirklich ein Ende gefunden haben?

Er schaute sich den Text an, der als Ergebnis geliefert wurde, und verglich ihn mit dem von furie13.

In beiden Posts waren sämtliche Wörter kleingeschrieben – erst mal nichts Besonderes in der Online-Community.

Trotzdem: Treffer eins!

Es tauchte jeweils das Wort Strasse auf, also der gleiche orthografische Fehler in beiden Texten. Auch so ein Ding von Powerusern, die per se das ß ablehnten. War es ihnen vielleicht zu deutsch?

Egal: Treffer zwei!

Ziel des Hasses war jeweils eine prominente Frau, und das Personalpronomen ‚sie' wurde in beiden Texten kursiv gesetzt.

Treffer drei und vier – ein individuelles Stilmittel – *jetzt wird's interessant.*

Im weitesten Sinne ging es um das Thema Abtreibung aus christlicher, besser noch katholischer Sichtweise, nur bedeutend radikaler formuliert.

Bingo – Treffer fünf!

Magnus bekam schwitzige Hände. So dicht war er noch nie dran gewesen.

Jetzt zum Nickname: Auch hier zeigte das Programm eine

Übereinstimmung an. War er etwa in beiden Fällen identisch? Eigentlich konnte das nicht sein. Magnus hatte das Netz immer wieder erfolglos nach dem Benutzernamen furie13 abgegrast.

Nein, der Verfasser der zweiten Nachricht nannte sich nemesis13.

Gab es neben der 13 noch eine Übereinstimmung?

Das Programm griff automatisch auf umfangreiche Datenbanken zurück. Ähnelten sich beide Begriffe vielleicht in ihrer Bedeutung? Furien waren die römischen Rachegöttinen, das wusste Magnus. Also googelte er Nemesis und bekam folgendes Ergebnis:

»Nemesis, griechische Göttin des gerechten Zorns und der ausgleichenden Gerechtigkeit, gemeinhin auch als Rachegöttin bezeichnet.«

Für einen Moment verschlug es ihm den Atem. Er hatte das Schwein gefunden. Die meisten User hatten eine fast liebevolle Beziehung zu ihrem Pseudonym und wenn sie es, aus welchem Grund auch immer, nicht mehr benutzen konnten, suchten sie sich etwas Ähnliches, quasi ein Synonym.

Vielleicht hatte furie ja kalte Füße bekommen, als bekannt wurde, was die Nachricht angerichtet hatte?

Wie auch immer, nemesis war furie. Jetzt blieb nur zu hoffen, dass das Portal, auf dem nemesis derzeit postete, nicht so gut abgesichert war wie das erste.

Bereits nach drei Minuten hatte Magnus erst den E-Mail-Account und kurz darauf Name und Adresse ermittelt.

furie13 alias nemesis13 war eine Sie.

Er notierte auf einem Zettel sämtliche Daten, die er über sie zusammentragen konnte – neben den Personalien ihr Facebook- und ihr Twitter-Profil -, bevor er sorgfältig das Arbeitszimmer abschloss und sich ins Bett legte.

Zuerst Ullrich, dann furie – das war ein sehr erfolgreicher Tag gewesen.

Zufrieden mit sich wie schon lange nicht mehr schlief Magnus ein.

SONNTAG, 1. DEZEMBER

46

Du dumme schlampe ich würde dir die Zunge abbeißen deine Augen mit Zement zukleben und deine fotze von einem Elefanten fögeln lassen

Nachdem das »Geschenk« im Keller versteckt war, schlich die Gestalt die Stufen zurück nach oben. Das Ziel war sein Arbeitszimmer. Er hatte sich angewöhnt, die Tür abzuschließen, weshalb sie den Diedrich herauskramte. Simple Zimmertürenschlösser wie dieses könne man damit im Handumdrehen knacken – das Versprechen des Internetverkäufers hatte sich bewahrheitet.

K.-o.-Tropfen, Waffen, Einbruchswerkzeuge – neutral verpackt und binnen weniger Tage geliefert, anonym und nicht nachverfolgbar. Wie sind Verbrecher früher bloß ohne das Darknet klargekommen? Sie schüttelte den Kopf – es stand Wichtigeres an als solche Gedankenspiele.

Die Zeit war reif für das große Finale. Die Fährte lag aus – selbst, wenn die Bullen blind wären, könnten sie nicht umhin, die Rückschlüsse zu ziehen, die ihnen mundgerecht serviert wurden.

Bevor sie sich an den Schreibtisch setzte, lauschte sie ins Haus hinein. Von Magnus war nichts zu hören, und sonst war ja niemand im Haus. Auf seinem Schreibtisch herrschte wie immer ein heilloses Durcheinander. Sie machte sich ein Foto, damit später alles wieder an seinem alten Platz lag – obwohl, eigentlich war es egal, da ihm sowieso niemand mehr glauben würde.

Gleich obenauf ein Zettel mit der Überschrift

furie13 = nemesis13 und darunter die vollständige Adresse.

Einen Moment wurde ihr schwarz vor Augen. Sollte das wirklich möglich sein? Das wäre großartig und selten hätte der Spruch »Zwei Fliegen mit einer Klappe schlagen« besser gepasst.

Sie fotografierte den Zettel, ließ ihn aber dort, wo er lag. Sie kannte die Straße, in der furie wohnte. Weit draußen am Stadtrand, im Grunde schon außerhalb. Eine einsame Gegend, da standen nicht viele Häuser. Als sie den Diedrich bestellt hatte, waren noch andere Einbruchswerkzeuge dabei, sogar eine schriftliche Anleitung. Geübt hatte sie schon einige Male, ein echter Einbruch war allerdings noch nicht nötig gewesen. Und eigentlich hatte sie auch nicht vor, ausgerechnet heute damit anzufangen.

Eigentlich …

Bei furie musste sie eine Ausnahme machen.

Sie würde ihr Glück versuchen. Sollte es nicht klappen, gab es immer noch Alternativen.

Es muss klappen, damit wäre die Rache perfekt.

Sie öffnete ihre Tasche und kontrollierte ein letztes Mal den Inhalt. Aufgezogene Spritzen, Spezialwerkzeuge zum Türöffnen, der Bolzenschneider – alles war da.

Heute Nacht ging es ein letztes Mal auf die Jagd.

47

Wir werden uns das Schwein schon holen, oder?

Magnus träumte.

Er träumte von Nina und ihr strahlendes Lächeln verzauberte ihn aufs Neue. Sie hielten Händchen auf dem Pausenhof des Leibnizgymnasiums.

Seit wann ging Nina in Hannover zur Schule?

Es klingelte zur sechsten Stunde. Sie gingen in verschiedene Klassen und mussten sich jetzt trennen.

Ihr Lächeln erstarrte.

Wortlos drehte sie sich um und ging.

Nein, bitte … bleib bei mir!

Wieder das Läuten, unerbittlich.

Das ist nicht die Schulglocke.

Das ist …

Magnus schlug die Augen auf. Das Telefon klingelte. Am Sonntag? Es war noch dunkel. Wer rief ihn an, noch dazu mitten in der Nacht?

Das Telefon stand im Flur, nicht im Schlafzimmer – aus gutem Grund. Er sprang aus dem Bett. Gab es wieder eine Leiche? Was sollte es sonst sein, an seinem freien Tag?

Auf dem Weg zum Telefon hörte er ein leises Klicken – sein neuer Anrufbeantworter.

Eine vertraute Stimme aus dem Lautsprecher: »Hallo Magnus, ich bin's, Nina!«

Nina? Warum ist sie nicht im Bett?

Er stolperte im Dunkeln über einen Schemel, während

sie weitersprach. Mit zitternden Fingern hob Magnus den Hörer ab.

»Nina? Wo bist du?«

Zuerst keine Antwort, nur ein entferntes Rascheln, dann: »Ich bin nicht allein, Magnus. Bei mir ist furie13. Du weißt, wer furie13 ist, und nemesis, nicht wahr?« Im Hintergrund ein verzweifelter Hilferuf, der schnell erstickte. Was …?

Magnus erstarrte, heißkalte Wellen durchliefen seinen Körper. »Bitte, Nina, tu das nicht. Sie wird ihre gerechte Strafe bekommen. Dafür sorge ich.«

»Gerechte Strafe? Dass ich nicht lache. Eine Geldstrafe, bestenfalls ein paar Monate auf Bewährung. Soll das angemessen sein für das, was sie mir … was sie uns angetan hat?«

»Nina, mach jetzt keinen Fehler, der dich dein Leben lang verfolgen wird. Ein Mord ist …«

»*Ein* Mord?« Sie lachte. »Ach, tu doch nicht so, als ob du es nicht schon lange gewusst hättest. Das hier wird vielleicht mein letzter Mord, aber gewiss nicht mein erster sein.«

»Nina, ich flehe dich an, lass uns drüber reden! Wo bist du?«

»Im Wochenendhäuschen. Aber ich wüsste nicht, was es noch …«

»Tu nichts, bevor ich bei dir bin!« Er schaute aus dem Fenster. Im Licht der Straßenlaterne konnte er den Roadster sehen. »In zwanzig Minute bin ich da. Glaub mir, es gibt eine Lösung!«

Dann legte er auf, ohne eine Antwort abzuwarten. Zwei Minuten später raste er mit dem Mercedes los in Richtung Süden.

48

ihr linken und judenschweine ihr werdet noch für eure straffreie hetze bezahlen wundert euch dann nur nicht für die Pogrome

Das Notruftelefon klingelte in einem fort wie so häufig in den Nächten von Samstag auf Sonntag. Was es wohl jetzt war? Ruhestörung, Ärger mit Betrunkenen, eine Diskoschlägerei? Oder wieder einer dieser Fake-Anrufe?

Wachtmeister Waldheim legte seine Leberwurststulle beiseite. »Notrufzentrale!« Mehr nicht.

Am anderen Ende eine weibliche Stimme, flüsternd, kaum zu verstehen: »Bitte helfen Sie mir!«

Eine junge Frau – bestimmt wieder ein Fake-Anruf, obwohl, meistens waren es ja männliche Jugendliche.

»Sie müssen schon lauter sprechen, Fräulein!« Waldheim war noch vom alten Schlag und Fräulein für ihn eine ganz normale Anrede für eine junge Frau.

»Ich kann nicht – ich bin nicht allein. Ich … ich wurde entführt. BITTE!«

Die Stimme, angsterfüllt, tränenerstickt. Wenn sich die Anruferin einen Scherz mit ihm erlaubte, dann konnte sie verdammt gut schauspielern. Waldheim schaute auf seinen Bildschirm. Ein Festnetzanschluss ohne Rufnummernunterdrückung.

So dämlich konnte niemand sein!

Er winkte seinen Kollegen zu sich und bedeutete ihm, die Adresse herauszubekommen und eine Streife hinzuschicken.

Dann widmete er sich wieder der jungen Frau. »Ganz ruhig, Hilfe ist schon unterwegs!«

»Gott sei Dank!« Echte Erleichterung, nicht gespielt. Diese Frau schwebte wirklich in Gefahr – oder sie bildete es sich zumindest ein, was letztlich aufs Gleiche hinauslief. Manche Menschen mussten vor sich selbst geschützt werden. Waldheim ließ seinen Zeigefinger in der Luft rotieren, was höchste Priorität bedeutete.

»Können Sie reden?«, flüsterte er.

»Weiß nicht, ich höre etwas im Nachbarraum …«

Der Entführer durfte den Anruf auf keinen Fall mitbekommen. Waldheim entschloss sich, nicht nach Lehrbuch vorzugehen. »Legen Sie den Hörer neben das Telefon, seien Sie ganz leise und verstecken Sie sich, wenn möglich. Wir sind gleich bei Ihnen, also keine Angst. Alles wird gut.« Sein Kollege hielt fünf Finger in die Höhe – fünf Minuten also noch. Waldheim musste an die abgeschnittenen Finger denken und hatte plötzlich eine Ahnung, wer die junge Frau festhielt.

Die Verbindung stand noch und Waldheim konnte hören, was am anderen Ende der Leitung geschah. Er spürte, wie ihm kalter Achselschweiß die Taille hinablief, und wagte kaum zu atmen, aus Angst, sie dadurch zu verraten.

Nur fünf Minuten …

Wenn der Anruf unbemerkt geblieben war, sollte alles gut gehen. Dieser Hunoldt war tagelang festgehalten worden, eilig hatte es der Mörder bei ihm nicht gehabt.

Einen Moment glaubte Waldheim, die Leitung wäre tot, so still war es, umso überraschender plötzlich das Krachen einer aufschlagenden Tür.

Aus der Ferne ihre Stimme, zuerst erstaunt, dann entsetzt:

»Sie? …

… aber nein, das ist doch unmöglich …

… bitte nicht, es tut mir unendlich leid …«

Die Worte gingen in Wimmern über, dann Schreie – entsetzlich laut.

Hilferufe.

Danach – nichts mehr.

Schließlich das Klacken des Hörers – aufgelegt.

Ein Blick auf die Uhr. Es war noch nicht einmal eine Minute vergangen. Waldheim schaute auf seine Hände. Niemals zuvor hatte er so sehr gezittert wie jetzt.

49

halts maul du Ziegenersatz!

Pia gab die Adresse ins Navi ein, dann raste sie los, deutlich schneller als erlaubt. Die Straßen waren an diesem Sonntagmorgen noch wie ausgestorben. Neben ihr saß Rudolph. Ob sie wohl genauso unausgeschlafen aussah wie er?

»Wann genau ist der Notruf eingegangen?«

Rudolph schaute auf seine Uhr. »Um 5 Uhr 50, also vor exakt zwölf Minuten.« Er schüttelte den Kopf. »Wir hätten uns ruhig etwas mehr Zeit lassen können, bis wir ankommen, sind die Einsatzkräfte längst da.«

Pia war anderer Ansicht. Je früher sie eintrafen, desto heißer die Spur – vielleicht war der Täter sogar noch vor Ort.

»Gib's zu, Pia! Du hattest Angst, dass dein Paps heute abreisen würde. Deshalb hast du das hier inszeniert, nicht wahr?« Er lächelte sie mit seinem schiefen Grinsen an – es wirkte frech und charmant zugleich.

»Du wolltest heute abreisen?« Natürlich wusste sie das, aber sie konnte die Gelegenheit nicht ungenutzt verstreichen lassen, ihm seine Unverschämtheit heimzuzahlen.

Er schaute gekränkt, doch Pia kannte ihn inzwischen gut genug, um zu wissen, dass er es damit nicht ernst meinte. »Kinder! Kaum aus dem Haus, kümmern sie sich nicht mehr um ihre alten Herrschaften.«

Pia zuckte mit den Schultern und überlegte, noch einen draufzusetzen, ließ es dann sein. Es war jetzt nicht der Moment für alberne Spielchen.

»Ist der Name der Entführten bekannt oder weiß man sonst irgendetwas? Wieso soll es überhaupt *unser* Mörder sein?«

»Kein Name und auch keine Klarheit darüber, ob es sich um den Serienmörder handelt.«

»Aber ist es wenigstens gesichert, dass es keiner dieser Spaßanrufer war?«

Rudolph schaute skeptisch. »Sicher kann man sich natürlich erst vor Ort sein. Aber allein die Tatsache, dass vom Festnetz angerufen wurde – ohne Rufnummernunterdrückung –, spricht für die Echtheit des Anrufes.«

»Oder für einen selten dummen Scherzbold.«

Rudolph zog die Stirn kraus. »Eigentlich dachte ich ja, ihr hättet ihn gestern geschnappt – unseren Killer, meine ich.«

»Wenn's nach Guse geht, unbedingt. Aber Kommissar Grimm hat da so seine Zweifel, und auch ich.«

»Apropos Grimm«, unterbrach Rudolph, »hat er dir nicht auf beeindruckende Weise aus der Klemme geholfen? Man hört so einiges.«

»Ja, das war wirklich fantastisch!«

Rudolph wirkte irritiert. »Mensch, Mädchen, deine Augen leuchten ja förmlich, wenn ich seinen Namen erwähne. Läuft da etwa was zwischen euch?«

Pia konnte nichts dagegen tun, sie lief rot an.

»Ach herrje, dann stimmt es also wirklich? Was gefällt dir denn an dem blassen Nerd? Ist er nicht sogar kleiner als du?« Er schüttelte ungläubig den Kopf. »Wieso hast du dann überhaupt noch im Hotel übernachtet?«

Pia hatte keine Lust mehr, sich zu verstellen, warum auch? »Er liebt seine Frau, so einfach ist das!«

»Was?« Rudolph machte den Eindruck, sich verhört zu haben.

Was ging es *ihn* an? Allmählich ging er Pia auf die Nerven. Trotzdem wiederholte sie, langsam und in gebührender Lautstärke: »Er liebt seine Frau!«

»Du musst dich verhört haben.«

»Warum?«

»Ganz einfach – weil seine Frau tot ist!«

50

Haut dem Deppen so lange in die Fresse bis er auf andere Gedanken kommt. Entschuldigung, aber jetzt geht es mir besser.

Magnus stürzte aus dem Wagen, als der Motor noch vibrierte. Er hetzte durch Pfützen und Schlamm und stand dann auf der Veranda des Wochenendhäuschens. Matschklumpen zerplatzten auf dem Holzboden. Die Tür war nur angelehnt.

»Nina?«

Magnus horchte ins Haus hinein. Nichts.

Bitte, lass sie es noch nicht getan haben!

Mit zitternden Fingern stieß er die Tür auf.

»Nina, um Himmels willen!«

Kaum im Haus, fiel er auf die Knie. Sein Magen machte Sprünge und er musste würgen, aber es kam nichts heraus.

So viel Blut! Das könnte unmöglich von nur einem Menschen stammen. Ob *sie* noch da war?

»Nina?«

Keine Antwort. Er hatte auch nicht damit gerechnet.

Magnus kroch zu furie13. Ihre Augen waren weit geöffnet, der leere Blick ging zur Decke. Er schaute auf ihre Hände – und die Finger.

Keine Finger!

Wo waren sie?

Mit einem Schwall brach es doch noch bitter aus ihm heraus.

Oh Gott, Nina, warum nur?

Obwohl er es besser wusste, versuchte Magnus an ihrem Hals den Puls zu ertasten, an den Händen brachte er es nicht fertig. Sie war noch warm, natürlich, sie hatte ja eben noch gelebt, und trotzdem, da schlug kein Puls mehr.

Wieder ein Mord, der vierte, den Nina auf dem Gewissen hatte – wie auch immer sie das in ihrem Zustand zustande brachte.

Sie hat mir die ganze Zeit was vorgespielt.

Noch ein Leben ging auf ihr Konto. Sein eigenes. Die Schuld, die sie ihm aufgeladen hatte, brachte ihn scheibchenweise dem Tode näher.

Nina …

… wie konntest du mir das nur antun?

Der säuerliche Gestank von Erbrochenem stach ihm in die Nase. Selbst wenn er es entfernte, seine DNA bekäme er nicht aus dem Teppich. Der Spurensicherung entging nichts, schon gar nicht direkt neben einer Leiche.

Einen Moment überlegte er, ob er sie und den Teppich fortschaffen sollte, raus aus dem Haus und irgendwo im Wald vergraben.

Nein, er war Polizeibeamter und zumindest den Mord an furie 13 hätte er verhindern können. Es war mittlerweile mehr als ein bloßer Verdacht gewesen, dass Nina dahintersteckte. Und es hatte nicht so ausgesehen, als ob sie jemals damit aufhören würde.

Trotzdem hatte er geschwiegen.

Aber es ging doch um *seine* Nina!

Tränen schossen ihm in die Augen, er war wie gelähmt und unfähig, eine Entscheidung zu treffen.

Im nächsten Augenblick wurde sie ihm abgenommen. Die Tür flog auf und zwei Streifenbeamte stürmten herein.

51

ab ins Gas

Die letzten Minuten verbrachte Pia wie unter einer Glasglocke. Als sie den Wagen abstellte, wusste sie nicht mehr, wie sie ihn hierhergefahren hatte. Ihre Gedanken kreisten unaufhörlich um Magnus. Hatte er seine Frau nur vorgeschoben, damit sie ihn in Ruhe ließ?

Nein. Wenn Magnus von ihr geredet hatte, dann meinte er das auch so, Pia hätte darauf schwören können.

Aber wenn er wirklich glaubte, was er sagte, und seine Frau tot war, dann konnte das nur eines bedeuten.

Mit weichen Knien betrat sie den Tatort.

Das einsam gelegene Wochenendhäuschen platzte aus allen Nähten vor lauter Polizisten. Weiße und Blaue wuselten herum, auch die Kollegen Heinrich und Wollnick von der Mordkommission waren schon da.

Und Magnus.

Er saß teilnahmslos auf einem Sessel, sein Blick ging ins Leere. Heinrich und Wollnick hockten vor ihm und redeten auf ihn ein, doch er reagierte nicht.

Ein Spurensicherer suchte jeden Winkel des Hauses ab, in der einen Hand eine Taschenlampe, in der anderen einen Beutel, darin jede Menge Blut und … Finger? Mit seiner Pinzette holte er einen Daumen hinter einem Stapel Bücher hervor, nachdem er vorher ein Foto gemacht hatte. Pia musste an Ostern denken.

Verrückt!

Heinrich schaute zu ihr auf und sie winkte ihn zu sich heran.

»Unfassbar, nicht wahr?«, stammelte er nur und schüttelte ungläubig den Kopf.

»Ja.« Pia hatte einen Kloß im Hals. Sie musste sich sammeln, bevor sie weiterreden konnte. »Haben Sie noch etwas für uns? Hat er sich bei der Festnahme widersetzt?«

»Nein, überhaupt nicht. Ehrlich gesagt …«, jetzt flüsterte Heinrich, »… ich glaube, er hat noch gar nicht realisiert, dass er festgenommen wurde. Die beiden Kollegen sagten, er hätte unaufhörlich gestammelt, *wie sie das nur tun konnte.* Immer und immer wieder. Als ihn Wollnick fragte, wen er mit *sie* meint, sagte Grimm: ›*Meine Frau Nina*‹, worauf Wollnick erwiderte, dass seine Frau doch tot sei. Da hat Grimm dann nur noch geschrien, das sei eine Lüge, bis … aber Sie sehen es ja selbst. Seitdem starrt er nur noch vor sich hin und sagt kein Wort mehr.«

»Reagiert er auf körperlichen Kontakt?«, schaltete sich Rudolph ein.

Heinrich zuckte mit den Schultern. »Keine Ahnung, hab's noch nicht versucht.«

Rudolph ging zu Magnus, beugte sich zu ihm hinunter und umfasste seine Hand. »Herr Grimm? Magnus … ich bin es, Dr. Rudolph. Wie fühlen Sie sich?«

Nichts, nicht einmal ein Zucken mit den Wimpern.

»Darf ich mir mal Ihre Taschenlampe ausleihen?«

Der Weiße zögerte einen Moment, dann gab er sie Rudolph.

»Magnus, folgen Sie dem Licht!«

Rudolph leuchtete ihm in die Augen und ließ den Strahl nach links und rechts wandern. Nach einer Weile schüttelte er den Kopf. »Grimm ist nicht mehr bei uns.« Er schaute zu Pia auf. »Vielleicht … ja, vielleicht reagiert er ja auf dich – na los, komm, nimm seine Hand!« Er winkte Pia zu sich heran.

»Eine junge hübsche Frau wirkt oft Wunder«, fügte Rudolph augenzwinkernd an, als Wollnick erstaunt seine Brauen hochzog. Pia war es in dem Moment egal, ob Wollnick das schluckte. Sie streichelte Magnus' Hand und suchte den Blickkontakt mit ihm, doch da war nichts.

»Rede mit ihm! Auch wenn er dich nicht sieht, erkennt er vielleicht deine Stimme.«

»Aber was soll ich denn sagen?« Pia wirkte ratlos – und unsicher wie selten zuvor.

»Meine Güte, Mädchen, das weißt du doch bestimmt besser als ich!« Rudolph ignorierte Heinrich und Wollnick. Was auch immer zwischen den beiden passiert war, es war nichts Verbotenes daran. »Hol ihn nur zurück, bevor wir ihn ganz verlieren!«

»Magnus, ich … ich weiß nicht, was …« Pias Stimme erstickte in einem Schluchzen. Zitternd legte sie seine Hand behutsam zurück auf die Lehne des Sessels und stand auf, in ihrem Gesicht ein Meer aus Tränen.

»Ach Kleine, nimm's dir nicht so zu Herzen!« Tröstend nahm Rudolph Pia in die Arme und sie drückte den Kopf fest an seine Schulter.

»Tut mir leid, ich kann einfach nicht – nicht vor all den Leuten hier.«

»Schon gut«, flüsterte Rudolph sanft und streichelte ihren Rücken. »War auch eine dumme Idee von mir. Dafür gibt es Spezialisten.«

»War das ernst gemeint, dass wir ihn ganz verlieren könnten?«, fragte Pia unsicher.

»Ganz ehrlich, ich weiß es nicht, bin ja schließlich Forensiker und kein Psychiater. Das war nur so ein Gedanke von mir.«

Sie nickte, schaute dann wieder zu Magnus. Pia hatte noch nie einen Menschen erlebt, der im Wachzustand derart abwesend gewirkt hätte – als säße dort im Sessel nur noch eine leere Hülle.

Die Tür flog auf und Guse stürmte herein. Er sah aus, als sei er direkt aus dem Bett gefallen. Bestürzt ging er auf Magnus zu, redete einen Moment auf ihn ein, bevor er sich an Heinrich und Wollnick wandte. Nach einigen kurzen Sätzen kam er zu Rudolph und Pia. »Was halten Sie davon, Doktor? Kann es sein, dass er simuliert?«

»Ich verfüge zwar nur über ein begrenztes psychologisches Grundwissen, trotzdem … er reagiert auch nicht auf optische Reize. Nein, ich würde das ausschließen.«

Guse nickte. »Heinrich, Wollnick, bringt ihn ins Dezernat. Ein Untersuchungsrichter soll entscheiden, wie es mit ihm weitergeht. Und wieso trägt der Mann eigentlich noch keine Handschellen?«

Heinrich zuckte mit den Schultern. »Wir dachten, bei einem Kollegen …«

»Ach was, Kollege!«, fuhr ihn Guse an. »Wie's scheint, hat er vier Menschen getötet und verstümmelt. Außerdem kann Frau Beck bezeugen, dass Grimm erst kürzlich einen bewaffneten Mann überwältigt hat, der doppelt so viel wog wie er selbst. Also, immer schön nach Vorschrift, wenn ich bitten darf!«

Die Handschellen klickten, dann wurde Magnus von Heinrich und Wollnick zum Dienstwagen geführt. Ohne Gegenwehr kam er mit, sein Blick verweilte nach wie vor im Nichts.

»Und?« Guse, wieder an Rudolph gewandt, offenbar hielt er ihn unter den Anwesenden für die einzig kompetente Person. »Haben Sie eine Erklärung für all das?«

»Erst einmal müssten *Sie* mir ein paar Fragen beantworten. Seine Frau ist tot? Mehmet hat mir das bei einem Mittagessen gesagt.«

»Sie war Tennisprofi. Er hat sie erhängt im Haus gefunden. Ihre Organe funktionierten zwar noch, aber nachdem der Arzt ihren Hirntod festgestellt hatte, wurden die Maschinen abgestellt. Ja, sie ist eindeutig tot, ich war auf ihrer Beerdigung.«

»Sie hat sich also selbst umgebracht? Warum?«

»Eine traurige Geschichte. Ich möchte jetzt auch nicht näher darauf eingehen – jedenfalls waren es wohl diese Hassredner, die sie dazu getrieben haben. Deshalb hat sich Grimm auch in diese neue Abteilung versetzen lassen. Es konnte ja niemand ahnen, dass er sich dort die Adressen seiner zukünftigen Opfer besorgt.« Guse schüttelte den Kopf.

»Heinrich meinte, Grimm hätte seine Frau beschuldigt, die Morde begangen zu haben, und er hätte Wollnick als Lügner bezeichnet, als der ihm sagte, dass sie tot sei. Auch Frau Beck gegenüber hatte Grimm von seiner Frau geredet, als ob sie zwar schwerkrank, aber immerhin lebendig wäre. Und er machte sich wohl massive Vorwürfe wegen ihres Zustands. Also, wenn sie mich fragen, konnte er nicht mit seiner Schuld leben, hat Sie in seinem Geiste weiterleben lassen und …«

»Und für sie Rache geübt!«, beendete Guse seinen Satz.

Pia legte den Kopf schief. »Aber es gilt doch auch in seinem Fall noch die Unschuldsvermutung, oder?«

»Frau Beck, ich bitte Sie« Guse, mit einem Blick, teils mitleidig, teils ungeduldig. »Keine zehn Minuten nach dem Anruf waren die Beamten vor Ort. Sie haben Grimm bei der Leiche vorgefunden, die Hände voller Blut. Er hat ein Motiv – oder sie, wie auch immer. Ein Psychiater wird sicherlich alle Zweifel ausräumen.«

»Trotzdem möchte ich noch einen Blick in sein Haus werfen.«

»Natürlich, das hätte ich sowieso veranlasst. Sobald die Kollegen von der Spurensicherung durch sind, fahren Sie gemeinsam mit ihnen dorthin. Ich kümmere mich um den Durchsuchungsbefehl.« Guse schaute zu Rudolph. »Und was ist mit Ihnen, Doktor? Wollen Sie auch Grimms Sachen durchwühlen?«

»Nein, ich komme mit Ihnen. Ich würde mich gerne mit einem Kollegen der Psychiatrie unterhalten.«

Ein Jubelschrei lenkte die Aufmerksamkeit der drei auf einen der Weißen.

Er hatte den zehnten Finger gefunden.

52

Viel Geld geflossen, ja aber zu den Wirtschaftsmigranten und Finanzspekulanten! Auch unbemannt Richtung Merkur kostet genug.

Der Mitarbeiter eines ansässigen Schlüsseldienstes wartete bereits vor Grimms Haustür, als Pia mit der Spurensicherung anrückte. Auf ein Nicken von ihr öffnete er in weniger als einer Minute die Tür.

Die bedrückende Atmosphäre im Haus setzte Pia zu. Ob es an den geschlossenen Fensterjalousien lag oder dem Wissen, welches Drama sich hier zugetragen hatte, wusste sie nicht.

Ein durchdringend muffiger Geruch verstärkte ihre Unruhe. Nachdem einer der Kollegen den Lichtschalter gefunden hatte, bot sich ihr ein Bild des Chaos. Hier war schon lange nicht mehr aufgeräumt worden, alles lag kreuz und quer, Zeitungen, einzelne Kleidungsstücke – es sah aus wie in einer überdimensionierten Studentenbude.

Ein Raum war abgeschlossen. Auf einen Wink Pias öffnete ihn der Mann vom Schlüsseldienst. Das musste Magnus' Arbeitszimmer sein. Auf dem Schreibtisch lag die Adresse von Jasmin Berger alias furie13 alias nemesis13, daneben ein ausgedrucktes Foto. Kein Zweifel, bei der Toten aus dem Wochenendhäuschen handelte es sich um Jasmin Berger.

Nachdem sie Fotos gemacht hatten, verstauten die Spurensicherer Magnus' Unterlagen in der entsprechenden Reihenfolge, die obersten Papiere weiter obenauf, sowie

PC und Drucker in große Plastikkörbe. Auf den Deckeln notierten sie jeweils Ort und Zeit.

Pia untersuchte derweil Magnus' Schlafzimmer sowie Küche und Bad, ohne etwas Auffälliges zu finden. Ein Zimmer war noch übrig geblieben. Es knarrte, als sie vorsichtig die Tür öffnete. Staub wurde aufgewirbelt und waberte wie dichter Nebel durch das Zimmer. Unzählige Spinnweben erweckten den Eindruck eines verwunschenen Märchenschlosses. Hier drinnen war schon seit Monaten niemand mehr gewesen. Bett, Kleiderschrank und Schminktisch, davor ein Stuhl, sonst nichts. Das musste Ninas Schlafzimmer gewesen sein. Die staubige Luft nahm Pia den Atem. Hier gab es nichts zu sehen, hustend verließ sie den Raum.

Aus dem Keller kam ein Weißer, in der Hand zwei durchsichtige Kunststoffdosen. Pia rätselte, was er gefunden hatte.

Das mussten die Finger sein.

Farbige Nägel.

Mit Smileys drauf.

Monika Klein hatte solche Nägel. Pia erinnerte sich an ein Foto in ihrer Akte.

Die Beweise für Magnus' Schuld, falls man in seinem Fall von Schuld reden konnte, wurden immer erdrückender. Gab es überhaupt noch etwas, was für ihn sprach?

Außer ihrem Bauchgefühl?

Irgendwie ging Pia plötzlich alles *zu* glatt – wie arrangiert. Wenn es immer so einfach wäre, bräuchte man keine polizeilichen Ermittlungen mehr.

Nur war es eigentlich nie so einfach.

Hier aber …

Magnus hatte ein Motiv und Zugang zu den persönlichen Daten der Hater, die Spurensicherung hatte Leichenteile der

Opfer in seiner Wohnung gefunden und er war am Tatort neben der Ermordeten aufgegriffen worden.

Kurz zuvor hatte das Opfer noch bei der Polizei anrufen können.

In einem unbeobachteten Moment.

Obwohl der Mörder gleichzeitig mit ihr im Haus war.

Es war ziemlich klein und hatte dünne Wände.

»Frau Beck?« Wie aus weiter Ferne.

»Ja?« Sie fuhr herum.

»Fürs Erste wären wir so weit! Wir bringen die Funde jetzt ins Dezernat.«

»Ja, natürlich, ich komme mit.«

Ihr Handy brummte. Sie schaute auf den Absender der Nachricht und hob dann um einen kurzen Aufschub bittend ihre Hand. Der Weiße nickte. Er und seine Kollegen würden solange auf Pia warten.

Eine Sprachnachricht vom Dezernat, der Mitschnitt des Notrufs. Solange die Mordkommission nicht aufgelöst wurde, blieb sie als Mitglied im Verteiler und erhielt weiterhin laufend neu hereinkommendes Material.

Nun also Jasmin Beckers letzte Worte. Und vielleicht im Hintergrund die Stimme des Mörders? Pia war gespannt – und verwirrter denn je, nachdem sie alles abgehört hatte.

Wie passte das ins Bild?

Berger entschuldigte sich bei ihrem Entführer.

Sie kannte ihn …

Persönlich? Oder nur aus der Presse?

Promis standen in der Presse – wie Nina, der Tennisstar, Bergers Opfer. Aber Nina war eindeutig tot.

Herrgott!

Vielleicht existierten gemeinsame Fotos von ihr und

Magnus? Oder es gab einen Bericht nach Ninas Tod über den trauernden Witwer?

Was meinte Berger noch? *Das ist unmöglich?*

Was sollte unmöglich sein? Hatte sie Magnus erkannt und gewusst, dass er Polizist ist? Aber stand so etwas überhaupt in der Zeitung? Vielleicht nicht dort, aber bestimmt im Internet.

Pia schwirrte der Kopf. Sie beschloss, diese Gedanken hintanzustellen, die Kollegen von der Spurensicherung wurden ungeduldig. Derjenige, der dem Lichtschalter am nächsten stand, hatte wieder für Dunkelheit gesorgt. Deutlicher ging es kaum.

Was blinkt denn da unter dem Telefontischchen?

Ein rotes Pulsieren wie ein Herzschlag. Das Licht war so schwach, dass es nur im Dunkeln auffiel. Pia hatte bereits die Handschuhe ausgezogen, weshalb sie einen Kollegen in voller Schutzmontur ein Zeichen gab, das blinkende Ding unter dem Tischchen hervorzuziehen. Es musste heruntergefallen sein.

»Das ist ein Anrufbeantworter. Er hängt nur noch am Kabel.«

»Und das Blinken? Bedeutet es, dass noch nicht alle Nachrichten abgehört wurden?«

Der Spurensicherer nickte. Er war rot geworden unter seiner Kapuze, offensichtlich bestürzt, weil er den AB übersehen hatte.

»Bleiben die Nachrichten gespeichert, wenn Sie ihn abklemmen?«

Wieder nur ein Nicken als Antwort. Der Mann war offenbar untröstlich.

53

Die löschen permanent. Kommentare und dislikes! Ihr Versager. Bald wird sich alles wenden und dann könnt ihr rennen!

Mit zittrigen Fingern schloss sie ihre Wohnungstür auf. Aufregung oder Kälte? Keine Ahnung, und es war auch völlig egal.

Endlich!

Vorbei!

Dass es zum Schluss noch furie13 erwischt hatte, war fast zu schön, um wahr zu sein.

Die Beweise gegen Magnus waren erdrückend. Wenn der Psycho-Doc jetzt noch herausfand, dass in seinem Kopf so einiges unrund lief, konnten die Gerichte gar nicht anders, als ihn zu verurteilen. Ob lebenslang Knast oder Klapse, war ihr egal, die Todesstrafe hatte man hierzulande ja leider schon lange abgeschafft.

Magnus war aus dem Weg geräumt und nun hieß es, die Früchte ihrer Arbeit zu ernten.

Sollte sie gleich morgen zum Anwalt gehen?

Und durch ihre Ungeduld noch alles versauen?

Nein, er würde schon von sich aus bald auf sie zukommen.

Lächelnd ließ sie Wasser in die Wanne ein, glücklich darüber, endlich einmal auf der Gewinnerseite zu stehen.

Sie entsann sich noch lebhaft ihrer Verzweiflung, als sie erfahren hatte, dass Magnus Ninas Alleinerbe war. Der Verzweiflung war unbändige Wut gefolgt. Ausgerechnet er, der sie so sträflich im Stich gelassen hatte. Schließlich war sie so weit, dass sie ihn mit Insulin vergiften wollte. Insulin war nicht nachweisbar. Durch eine Spritze, nachts, wenn er schlief, ganz zart unter die Haut in ein Muttermahl oder eine Hautfalte gestochen, das Chloroform griffbereit, falls er dabei aufwachen sollte.

Sie hatte sich in sein Haus gestohlen und abgewartet, bis er schließlich von der Arbeit heimgekehrt war. Was sie dann allerdings miterleben sollte, versetzte ihr zuerst die Gänsehaut ihres Lebens und ließ dann einen völlig neuen Plan in ihr reifen. Einen Plan, der so verrückt war, dass er einfach funktionieren musste.

Nur mit Mühe hatte sie sich in ihrem Versteck ein Lachen verkneifen können. Sie würde nicht nur bekommen, was eigentlich ihr und nicht Magnus zustand, er und einige Hate-Speaker würden außerdem ihrer gerechten Strafe zugeführt werden. Sie war bereit gewesen, die Rolle des Richters *und* des Henkers zu übernehmen.

Zum Schluss musste nur alles auf Magnus zurückfallen. Und genau so war es gekommen.

Er hatte ein Motiv.

Er hatte die Möglichkeiten.

Er wurde am Tatort erwischt.

Er war erledigt!

Das Wasser in der Wanne dampfte. Nachdem sie bei starkem Regen und morgendlicher Kälte eine halbe Stunde durch den Wald hatte laufen müssen, war das auch bitter nötig.

Nun würde alles seinen Gang gehen.

Mit einem zufriedenen Seufzer tauchte sie ins heiße Wasser ein.

54

Karriere Endgültig Vorbei Gottseidank Linksversiffte Gutmusiker

Guse war in Feierlaune. Er saß im voll besetzten Besprechungsraum, in der Hand eine qualmende Zigarre, ein breites Grinsen im Gesicht.

Nicht jeder teilte seine Feststimmung und einige schüttelten betroffen den Kopf.

»Wer hätte das für möglich gehalten?«, murmelte Heinrich.

»Nie im Leben hätte ich ihm so was zugetraut«, erwiderte Burger. Offenbar kannten sie Magnus gut und schätzten ihn auch. Sie wirkten bestürzt.

»Frau Beck, meine Herren.«, Guse, immer noch strahlend, wie nach einem guten Witz. »Ich kann mich nur ganz herzlich bedanken für die großartige Arbeit, die Sie in den vergangenen Tagen geleistet haben.«

»Meinen Sie nicht, das könnte auf unsere Dienststelle zurückfallen? Immerhin hat er mit uns zusammengearbeitet«, fragte Möller ernst.

Legte sich da ein Schatten auf Guses Züge? Pia war sich nicht sicher, aber zumindest war die Euphorie verflogen. »Seit dem Vorfall mit seiner Frau gehört er nicht mehr zu unserem Dezernat, wie du weißt. Und immer noch besser er, als dass der Täter weiterhin frei rumläuft!«

Alle nickten.

»Mein ganz besonderer Dank für ihren unermüdlichen Einsatz gilt auch den beiden Kollegen Beck und Dr. Rudolph, die nun wieder zu ihren Dienststellen nach Hamburg reisen werden.«

»Was?« Leise, sodass nur Rudolph Pia hören konnte. Sie hatte die Stirn krausgezogen. Für sie war der Fall noch lange nicht abgeschlossen. Sie wollte gerade lautstark protestieren, als Rudolph die Hand auf ihre Schulter legte.

»Später!«, raunte er ihr leise zu.

Draußen vor dem Besprechungsraum nahm Pia die Wünsche der Kollegen für eine gute Heimreise kaum wahr. Sie steuerte zielstrebig auf Guse zu, Rudolph im Schlepptau. »Herr Hauptkommissar?«

»Frau Beck, Dr. Rudolph, schön, dass wir uns nochmal persönlich …«

»Ich hatte nicht vor, schon abzureisen. Es gibt noch Material zu diesem Fall, das ich sichten möchte.«

»Frau Beck«, meinte Guse in einem übertrieben beruhigenden Tonfall, mit dem er ihr sofort auf die Nerven ging. »Das können Sie ruhig unseren Leuten überlassen. Die werden sich darum kümmern.«

»*Ich* habe die Beweise sichergestellt und *ich* werde mich darum kümmern!« Direkt, schnörkellos und immer mit dem Kopf durch die Wand, wenn sie keine Kompromisse eingehen wollte.

»Frau Beck, ich muss doch sehr bitten! Noch habe ich zu bestimmen, wer hier die Ermittlungen durchführt. Ihr Vorgesetzter, Hauptkommissar Fink, hat bereits angefragt, wann Sie seinem Dezernat wieder zur Verfügung stehen. Und dann sind da noch die Hotelkosten, die unsere Dienststelle …«

»Ich bitte Sie, nur noch die Sichtung der Beweise aus Grimms Haus«, versuchte es Pia deutlich zahmer.

»Nichts da, Sie und Herr Rudolph machen sich auf die Heimreise, am besten noch heute!«

»Doktor Rudolph, wenn ich bitten darf, *Herr* Guse!«

Der Mund ein schmaler Strich, die Augen kalt wie Eis. Weder sein schelmisches Grinsen noch ein verschmitztes Augenzwinkern. Neben Pia stand ein völlig anderer Mensch. Rudolph hatte eine erstaunliche Wandlung vollzogen, die ihre Wirkung nicht verfehlte. Guse wirkte eingeschüchtert.

»Von mir aus, Oberkommissarin Beck. Sie schauen sich das Material an. Aber keine Außeneinsätze mehr, keine Befragung von Zeugen et cetera. Verstanden?«

Pia nickte.

»Und wie lange werden Sie voraussichtlich brauchen?«

»Ich denke, ein bis zwei Tage, kaum länger!«

»Gut, melden Sie sich bei mir, bevor Sie abreisen!« Und weg war er.

Dankbar strahlte Pia den Rechtsmediziner an, als Guse außer Sicht war.

Rudolph verzog die Mundwinkel zu einem säuerlichen Lächeln. »Eigentlich warten zu Hause zwei Karten für das Konzert heute Abend in der Elphi auf mich, aber egal. Die Sache ist dir wichtig. Also wird meine Frau wohl mit einem ihrer Lover hingehen müssen.«

Pia legte den Kopf schief. »*Einem* ihrer Lover?«

»Na, was denkst du denn? Dass nur ich fremdgehen darf? Wir sind mit Flower-Power groß geworden.« Trotz der Selbstverständlichkeit wirkte Rudolph nicht glücklich bei diesen Worten.

55

infantiler Rotzgesang! Schämt Euch! Wir stolzen Generationsdeutschen lassen uns die Butter von Euch links Maden jedenfalls nicht vom Brot nehmen!

Das Kriminalkommissariat wirkte wie ausgestorben. Guse arbeitete noch an seiner Pressemitteilung und die übrigen Kollegen waren bereits auf dem Heimweg. Der Mörder war gefasst, also gab es keinen Grund mehr für noch mehr Überstunden am Wochenende.

Pia sollte es recht sein, so hatte sie ihre Ruhe.

Sie überflog die Papiere aus Magnus' Arbeitszimmer. Jede Menge Notizen zu seinen Internetrecherchen, zumindest vermutete sie das. Neben Jasmin Bergers Personalien standen da noch andere Namen, mit denen Pia allerdings ebenso wenig anfangen konnte wie mit dem Rest seiner Aufzeichnungen. Zum einen war seine Handschrift nahezu unleserlich, zum anderen war der Text durchweg kryptisch formuliert. Sollte sich doch in den nächsten Tagen ein Computerspezialist damit befassen, sie würde daraus nicht schlau werden.

Pia fuhr den Computer hoch. Da es ein Desktoprechner war, hoffte sie, ihn ohne Passwort starten zu können.

Der Monitor flackerte, das Windows-NT-Logo tauchte kurz auf, verschwand ebenso schnell wieder und wurde ersetzt durch einen türkisfarbenen Hintergrund.

Kein Passwort.

Zumindest würde sie jetzt nicht an seiner hieroglyphischen Handschrift scheitern.

So chaotisch es in seinem Haus aussah, so ordentlich war sein Desktop. Neben den üblichen Icons wie Papierkorb, Arbeitsplatz und mehreren Internetbrowsern waren da nur noch zwei Ordner, bezeichnet als ›Privat‹ und ›Dienst‹.

Pia öffnete zuerst den Dienstordner, wobei sie sich durchaus im Klaren war, dass sie nicht darum herumkäme, später auch noch in seiner privaten Post herumzuschnüffeln.

Im Dienstordner waren eine Access-Datei und ein Unterordner mit über vierhundert PDF-Dateien hinterlegt. Sie öffnete eine. Es handelte sich um den elektronischen Ausdruck eines Posts auf einer rechtsnationalen Plattform, der sich wie eine Schlammlawine des Hasses vor ihr ausbreitete. Der Dateiname begann mit einem Datum, es folgten Vor- und Nachname sowie der Ort der Veröffentlichung.

Ein weiterer Klick öffnete die Access-Datei.

In der linken Spalte stand ein Datum, daneben Personalien, Internet-Plattform sowie ein Link zum Post. Ganz außen gab es dann noch eine Verlinkung zu den PDF-Dokumenten im zweiten Ordner. Für den Fall, dass die Hassbotschaften von den Onlineportalen entfernt werden würden, hatte Magnus die Kommentare als Beweismaterial gespeichert. Sauber und ordentlich wie ein Buchhalter.

Pia öffnete das Suchfeld und gab nacheinander die Namen Monika Klein, Kevin Schwartz und Christian Hunoldt ein. Alle drei tauchten in Magnus' Liste auf.

Er hatte sie also gefunden – neben furie13.

Ein weiteres Indiz für seine Schuld.

Wie sie es auch drehte und wendete – alles sprach gegen ihn.

Ihr Blick fiel auf den Anrufbeantworter.

Vielleicht sollte sie sich erst einmal mit ihm beschäftigen, bevor sie sich durch Magnus' privaten Ordner quälte?

Pia entsann sich an das blinkende Licht. Vermutlich nichts weiter. Wer weiß, ob er in seiner Verfassung überhaupt noch die Anrufe abgehört hatte? Trotzdem wäre es einen Versuch wert und die Aufzeichnung schnell abgehört.

Sie steckte den Stecker ein. Wieder blinkte es.

Pia schaute sich das Gerät genau an. Nicht auszudenken, wenn sie aus Versehen etwas löschen würde.

Sie drückte auf Play – ihr Puls raste.

Eine Männerstimme bat um Verzeihung. Offenbar hatte sich da jemand verwählt.

Enttäuscht senkte Pia den Kopf. Was hatte sie auch erwartet.

Doch dann …

»Hallo Magnus …«

Eine Frauenstimme.

»Ich bin's, Nina!«

Pia wurde schwarz vor Augen.

So alt konnte der Anruf doch nicht sein! Sie schaute aufs Display. Er war gerade einmal vor sechs Stunden eingegangen.

Keine Stunde später hatte man Magnus über der Leiche kniend im Wochenendhäuschen aufgefunden.

»Ich habe sie gefunden, Magnus! Furie13! Sie ist bei mir in …«

Dann brach die Aufzeichnung ab. Offenbar hatte Magnus den Hörer abgehoben.

Pia hörte sich die Nachricht noch einmal an, dann drückte sie mit zitternden Fingern auf Stopp. Vorsichtig, als habe sie es mit einer scharfen Bombe zu tun, zog sie den Stecker, nahm den AB und machte sich damit auf zu Guses Büro.

Sie war schon jetzt auf sein Gesicht gespannt.

56

Entartete Kunst!

Guse verzog keine Miene, als Pia die Nachricht abspielte. Auch danach verlor er kein Wort.

»Das sollte doch erst mal für weitere Ermittlungen ausreichen, nicht wahr?«, beendete Pia schließlich das Schweigen.

»Ich wüsste nicht, warum.«

»Was?« Pia war entsetzt.

»Hören Sie, Frau Beck. Ich war auf der Beerdigung. Es gibt keinen Zweifel daran, dass Nina Grimm tot ist. Der Anruf war also nicht echt.«

»Und ob der echt war. Hier stehen Datum und Uhrzeit! Lassen Sie die Nummer des Anrufers überprüfen. Es gibt doch bestimmt einen Techniker, der das auch sonntags checken kann.«

Guse schüttelte den Kopf. »Ich bleibe dabei, der Anruf kann nicht von Grimms Frau stammen. Wahrscheinlich hat er da getrickst, Grimm ist ja IT-Experte.«

Pia schaute Guse verständnislos an. »Aber Sie sind doch selbst davon ausgegangen, dass Grimm die Morde nicht bewusst begangen hat, sondern dabei in die Rolle seiner Frau schlüpfte. Wie können Sie dann vermuten, dass er Telefonate fakte, um die Schuld auf jemand anderen zu lenken? Sehen Sie denn nicht, dass er als Sündenbock herhalten soll?«

»Ich sehe nur, dass Sie der Fall emotional zu sehr mitnimmt, und das ist absolut unprofessionell. Vielleicht hat er die Manipulation in persona seiner Frau durchgeführt?«

»Das heißt, die Frau liefert selbst die Beweise für ihre Schuld? Bei allem Respekt, Herr Hauptkommissar, aber das ist Blödsinn!«

Guse schloss die Augen und seufzte, bevor er antwortete, ganz ruhig und beherrscht: »Frau Beck, ich bin mir sicher, dass wir den Täter haben. Der Rest ist Sache der Staatsanwaltschaft. Wenn ich Sie nun also bitten dürfte, die weitere Beweisführung der Anklage zu überlassen?«

»Nichts ist hier sicher, außer, dass Sie sich ganz offensichtlich nicht mit einem ungelösten Fall in die Rente verabschieden wollen. Jedenfalls habe ich keine andere Erklärung für Ihr Verhalten.«

»Unterstellen Sie mir etwa …?« Guse war rot angelaufen.

Pia sagte nichts, schaute ihn nur herausfordernd an.

»Sie kennen nicht Ihre Grenzen, Frau Beck. Ich werde mich bei Ihrem Vorgesetzten über Sie beschweren!«

»Tun Sie, was Sie nicht lassen können. Und ich werde mich weiter mit dem Fall befassen, ob nun mit oder ohne Ihre Unterstützung.«

»Das kommt überhaupt nicht infrage!«, schnaubte Guse. »Sie werden nur eines tun, und zwar auf schnellstem Wege das Dezernat verlassen. Ihr Job *hier* ist beendet.«

»Sie wollen mich also vom Fall abziehen, trotz der Aktenlage?«

»Was für eine Aktenlage soll das sein? Und selbst wenn noch etwas zu klären ist, schaffen wir das auch ohne Ihre geschätzte Hilfe, Frau Beck.«

Pia nickte und zog die Unterlippe nach oben. »Selbstverständlich, wenn Sie das so wünschen, Herr Hauptkommissar. Ich setze dann für meine Dienststelle ein Protokoll über den aktuellen Stand der Ermittlungen auf. Und natürlich wird es auch eine Notiz über Ihre Anordnung geben, mich trotz der derzeitigen Beweislage vom Fall abzuziehen.«

»Sie … Sie …!« Seine Arme zuckten nach vorne. Sollte er etwa handgreiflich werden?

Nur zu! Komm doch, du Platzhirsch!

Pia war auf alles gefasst.

Guse schloss einen Moment die Augen, lockerte dann die Krawatte und öffnete den obersten Kragenknopf.

Gut. Lass Druck ab, bevor der Kessel explodiert!

»Wie lange gedenken Sie noch, bei uns zu bleiben, Frau Beck?« Guse, bemüht, ruhig zu bleiben.

»Die zwei Tage, die Sie mir zugesichert haben, nicht länger.«

»Und keine Außeneinsätze oder Zeugenbefragungen?«

»Genau so, wie wir es besprochen haben. Recherche nur nach Akteneinsicht, die mir uneingeschränkt gewährt wird, mehr nicht!«

»Gut, dann um Himmels willen, wenn es Sie glücklich macht.« Er streckte ihr die Hand entgegen. Wie zwei Bauern auf dem Viehmarkt. Pia empfand die Geste als unpassend, trotzdem schlug sie ein.

Zwei Tage blieben ihr also, um Magnus' Hals aus der Schlinge zu ziehen. Sie setzte für ihn ihre Karriere aufs Spiel – und das wegen einer bloßen Ahnung.

57

Mord? Er wollte nicht mit dem Fallschirm springen

Magnus lag auf seiner Pritsche und starrte an die Decke. Er saß in Untersuchungshaft und sollte morgen, also am Montag, von einem Psychiater begutachtet werden.

Vielleicht käme er dann in die Geschlossene?

U-Haft oder Psychiatrie – Pest oder Cholera, eines schlimmer als das andere.

Konnte das wirklich möglich sein?

Hatte er die Morde begangen?

Vielmehr, er als sie? Ohne sich selbst daran zu erinnern?

Wenn dem so war, gehörte er lebenslang in die Klapse. Wie könnte er jemals wieder auf die Gesellschaft losgelassen werden, wenn er keine Kontrolle über sich hatte?

Bis ans Lebensende weggesperrt … je nachdem, konnten das vierzig oder fünfzig Jahre sein.

Dieser Gedanke raubte ihm den Atem.

Gib nicht so schnell auf! Vielleicht warst du es ja gar nicht?

Natürlich warst du es nicht.

Sie war es!

Und wenn schon, an den Konsequenzen änderte sich nichts.

Mitgefangen – mitgehangen!

Aus der Nummer kam er nicht mehr raus. *Sie* konnte man nicht bestrafen und *er* war ein unkalkulierbares Risiko geworden, eine Gefahr für seine Mitmenschen.

Es kann nicht deine Frau gewesen sein. Sie ist tot!

Als ihm Wollnick das gesagt hatte, war es, als sei ein Schleier von ihm gefallen. Plötzlich sah er klar, so klar, wie er die verstümmelte Frau zu seinen Füßen gesehen hatte.

Und doch wollte er es nicht wahrhaben.

Er entsann sich der täglichen Gespräche, immer durch die Tür, nie von Angesicht zu Angesicht. War es möglich, dass er sie sich nur eingebildet hatte? Ihre Stimme klang ihm noch im Ohr, genauso deutlich wie die der Kollegen. Nur Halluzinationen, geboren aus der Scham, sie damals im Stich gelassen zu haben, als sie seine Hilfe so dringend gebraucht hatte?

Es musste wohl so sein, denn auch er entsann sich jetzt, halbwegs wieder zurück in der Realität, an ihre letzten Tage und darüber hinaus. Aus den Tiefen seines Unterbewusstseins tauchten Bilder von Ninas Beerdigung und auch von der Zeit davor auf, quälende Stunden an ihrem Bett, als sie wochenlang im Koma lag.

Es war geschehen, was er so lange zu verdrängen versuchte. Er hatte die Morde begangen, für sie.

Es gab tausende Motive dafür, auf seinem Schreibtisch im Arbeitszimmer lag eine Liste, vollgeschrieben damit.

Die Morde geschahen immer nachts. Wie häufig war er morgens aufgewacht und hatte gemeint, kaum geschlafen zu haben.

Es wäre nicht seine erste Bewusstseinsstörung gewesen. Das waren damals schwere Zeiten für ihn und seine Mutter, doch sie schienen schon lange überwunden – leider nur ein Trugschluss.

Schluss …

Schluss machen!

Die einzige Alternative zur lebenslangen Sicherheitsverwahrung. Vielleicht wäre er danach wieder mit Nina vereint?

Die Vorstellung durchlief seinen fröstelnden Körper wie das warme, sanfte Brennen nach einem trockenen Rotwein. Einen Moment war Magnus mit seinem Schicksal im Einklang, um Sekunden darauf wieder zu schwanken.

»Nein!« Er schüttelte den Kopf so heftig, dass ihm schwindlig wurde.

Da war ein Gedanke, der ihn zweifeln ließ.

Das Telefonat heute Morgen. Erst wenige Stunden war es her, unglaublich. Zuerst hatte er gemeint, es wäre Ninas Stimme gewesen.

Und doch war irgendetwas an ihr anders …

Sicher, sie klang wie die von Nina, allerdings nicht so schwach und kränkelnd wie in den letzten Monaten, auch nicht leidend, eher forsch und selbstbewusst. So war seine Frau früher gewesen, kräftig und gesund, voller Tatendrang.

Die Nina, die in seinem Kopf weitergelebt hatte, das war die Nina nach dem Unfall – leidend, vorwurfsvoll.

Ohne Ausnahme.

Wie also sollte das möglich sein?

58

Frau M*****, ich verfluche den Tag ihrer Geburt

Pia bezog das Büro, in dem sie kürzlich noch gemeinsam mit Magnus die Computer der ersten drei Mordopfer durchsucht hatte. Die Laptops waren inzwischen fort, aber es stand noch der Desktoprechner auf dem Schreibtisch. Damit hatte sie Zugriff auf alle Dateien, die im Netzwerk des Dezernats hinterlegt waren. Papier war gestern, heutzutage lagen Akten in elektronischer Form vor.

Sie rief Magnus' Dateien auf. Wenn ihr Bauchgefühl stimmte und er unschuldig war, hatte jemand ganze Arbeit geleistet, ihm die Morde unterzuschieben.

Dieser jemand wollte ihn aus dem Verkehr ziehen. Und wenn es nach Guse ging, war ihm das auch gelungen.

Der Mörder musste über Magnus und die Umstände, die zum Tod seiner Frau führten, Bescheid wissen.

Und er hatte Zugang zu seinem Haus. So konnte er die Finger im Keller deponieren. Darüber hinaus Einblick über den aktuellen Stand seiner Ermittlungen, die Posts der Hater, ihre Adressen.

Auch die von Nemesis.

Magnus war der Schlüssel. Nur über ihn kam sie an den wahren Täter.

Wenn es ihn überhaupt gab, den anderen, wahren Täter.

Infrage käme ein Bekannter oder Verwandter, der die Schlüssel hatte, um bei Bedarf nach dem Rechten zu sehen. Er wüsste auch über Nina Bescheid.

Aber warum nur? War es Hass, der diesen perfiden Plan reifen ließ? Nur, damit Magnus zeitlebens weggesperrt wurde?

Weggesperrt?

Der Mörder hatte vier Menschen getötet, ließ Magnus aber am Leben? Hass alleine konnte nicht das Motiv sein.

Was also sonst?

Ging es ums Geld?

Magnus hatte bestimmt nicht viel …

Aber seine Frau. War sie nicht Tennisprofi gewesen?

Wenn er ihr Vermögen geerbt hatte, war er vielleicht doch reich.

Wenn!

Nina Grimm hatte monatelang im Koma gelegen, bis sie schließlich gestorben war. Das konnte nicht lange her sein. Vielleicht war das Testament noch nicht eröffnet? Wie war das mit der Erbfolge, wenn der Erstberechtigte für unzurechnungsfähig erklärt wurde?

Rutschte dann der Nächste nach?

Wenn der Erstberechtigte starb, würde er das mit Sicherheit tun. Aber falls dieser Erstberechtigte ermordet wurde, würde sich der Verdacht schnell auf den Nachfolgenden richten.

So aber …

Pia war wie elektrisiert.

Konnte das die Lösung sein?

Für Beamte wie Guse war die Sache klar. Magnus litt unter einer schwerwiegenden Psychose. Er hatte ein Motiv, kein Alibi, war kauernd neben der letzten Leiche aufgegriffen worden und man hatte in seinem Haus Gliedmaßen der früheren Opfer gefunden.

Ein glasklarer Fall. Er war der Mörder. Die Akte konnte geschlossen werden.

Viele Kripobeamte waren wie Guse, wenige so wie Pia.

War sie ein Glücksfall für Magnus oder verzögerte sie alles nur mit weiteren, überflüssigen Ermittlungen?

Nein, ihre Arbeit war nicht überflüssig, selbst wenn sich herausstellen sollte, dass sie sich irrte. So konnte sie zumindest beruhigt sein, alles in ihrer Macht Stehende zur Wahrheitsfindung beigetragen zu haben.

Pia schaute auf die Uhr. Es war kurz nach elf Uhr. Obwohl sie noch nicht einmal zum Frühstücken gekommen war, hatte sie keinen Appetit, aber ein Kaffee wäre gut. Eine kurze Pause würde auch helfen, die Gedanken zu sortieren.

Zielsicher steuerte Pia auf den Automaten zu. Wie ein grantelnder alter Mann stand er in der Ecke und brummte vor sich hin.

Magnus und Nina hatten keine Kinder. Wer kommt dann als nächster Erbe infrage?

Mit einem mechanischen Sirren erschien ein Plastikbecher unten in der Ausgabe, dann suppte die schwarze, dampfende Brühe hinein. Selbst aus einem Meter Entfernung stieg Pia der Kaffeeduft in die Nase.

Wenn Nina nicht aus einer früheren Beziehung Kinder hatte, dann wären es wohl ihre Geschwister.

Der Kaffee war glühend heiß und Pia zog erschrocken die Hand vom Becher, als sie ihn herausziehen wollte. Nur am oberen, verstärkten Rand konnte man ihn halten. Sie pustete, schlürfte dann vorsichtig einen Schluck ab. Jetzt konnte sie ihn unfallfrei ins Büro tragen.

Das interne System war bestens mit anderen Behörden vernetzt. Also sollte sie an grundlegende Informationen wie Geburts- und Wohnort sowie Name der Eltern und Geschwister auch an einem Sonntag und ohne fremde Hilfe herankommen.

Wieder zurück im Büro befasste sich Pia mit Nina. Sie hatte ihren Geburtsnamen behalten, was für einen Sportstar nicht ungewöhnlich war. Beim zweiten Blick klingelte etwas bei Pia. Der Name kam ihr bekannt vor.

Aber natürlich …

Sie ging zum Feld »Geschwister«. Und tatsächlich, es gab eine Übereinstimmung. Die Person wohnte auch in Hannover, aber das wusste Pia ja bereits. Ohne zu zögern, warf sie sich ihren Mantel über. Sie hatte Guse zwar versprochen, keine Zeugenbefragungen durchzuführen, aber das musste sie jetzt klären.

59

 # Auch Sie linke Türkensau haben es nun auf unsere Todesliste geschafft ... zurzeit sind wir am Planen, wie und wann wir sie hinrichten werden ...

Marie Escher war schon lange aus der Wanne gestiegen, trug aber immer noch den Bademantel. Warum auch nicht, heute war Sonntag und ein ganz besonderer noch dazu. Im Fernseher lief N-TV und NDR-Info im Radio, mit dem Computer war sie auf Google-News und drückte alle paar Sekunden die Aktualisierungstaste.

Irgendwo musste doch etwas kommen!

Magnus hatte das Wochenendhaus noch nicht verlassen, als die erste Streife eintraf. Das hatte sie gesehen, während sie durch den Wald davonschlich.

Ganze sechs Stunden war das mittlerweile her. Die Mordserie hatte bundesweit für Aufsehen gesorgt, also musste die Kripo doch endlich mit Informationen rausrücken, nachdem lange genug auf sie eingeprügelt worden war.

Da, im Internet: Die Mordkommission in Hannover hatte für zwölf Uhr eine Pressekonferenz anberaumt.

Es war kurz vor zwölf.

Plötzlich stand auf dem roten Laufband bei N-TV marktschreierisch in Großbuchstaben BREAKING NEWS.

Jetzt ging es los – gleichzeitig auf allen Kanälen.

Ihre Hände schwitzten.

Welchen Status hätte Magnus? Würden sie ihn noch als Zeugen bezeichnen oder doch schon als mutmaßlichen Täter?

Die Beweislage gegen ihn war erdrückend, schließlich hatte sie alles getan, was möglich gewesen war, und vielleicht noch ein bisschen mehr. Mochten sie ihn also nennen, wie sie wollten. Er würde bis an sein Lebensende in der Klapse sitzen.

Sie freute sich schon auf die erste Sendung über ihn auf Galileo oder einem anderen Schrottformat: Der Fingermörder von Hannover oder so.

In der Glotze Bilder von Berlin, Hamburg, Rom und Rio de Janeiro, dazu Temperaturanzeigen.

Was soll der Quatsch? Macht endlich!

Ein kurzer Jingle – eine in Streifen geschnittene Erdkugel – dann kam der Sprecher ins Bild. Marie stellte das Radio leiser.

»Guten Tag und willkommen, liebe Zuschauer.«

Sie meinte, gleich zu kollabieren.

»Die Kriminalpolizei Hannover hat zur Mordserie in der niedersächsischen Landeshauptstadt eine Pressekonferenz anberaumt …«

Der Puls drohte Marie den Hals zu sprengen, aber noch gab es für sie keine Erlösung. Die Stühle hinter beiden Mikrofonen blieben unbesetzt.

Der Moderator verlor ein paar Worte über die bisherigen Morde, dann kamen von links zwei Männer ins Bild. Ein älterer Herr mit erheblicher Stirnglatze und ein deutlich jüngerer Beamter in Uniform, der den anderen als Dezernatsleiter Guse und sich selbst als Polizeisprecher Hanke vorstellte. Ein paar Regeln noch zum Ablauf, dann begann er.

Marie wollte förmlich in den Fernseher hineinkriechen, da klingelte es an der Tür.

Sie wäre beinahe vom Stuhl gefallen.

»Doch nicht ausgerechnet jetzt!« Sollte klingeln, wer wollte, dafür hatte sie im Moment keine Zeit.

Wieder das Klingeln, bestenfalls zehn Sekunden später.

Die Post? Quatsch, nicht am Sonntag.

Aber wer …?

Und ein drittes Mal.

Unverschämt!

Marie stand auf und ging zum Türspion. Sie hatte es nicht weit, ihre Wohnung war winzig.

Der Blick durchs Guckloch ließ sie erstarren. Sie kannte diese Frau. Sie war kürzlich mit einem ihrer Kollegen vorbeigekommen, heute war sie allein.

Und wenn ich so tue, als ob ich nicht da wäre?

Ihre Gedanken überschlugen sich. Nein, der Fernseher lief und war viel zu laut, um nicht durch die Tür gehört zu werden. Außerdem musste sie wissen, was die Blonde von ihr wollte – gerade jetzt.

Also aufmachen, notgedrungen. »Ja bitte?«

»Oberkommissarin Beck. Ich hätte da noch ein paar Fragen.«

Maria rannte zum Fernseher und stellte ihn aus. Die Schnüfflerin musste nicht mitbekommen, wie sehr sie sich für diesen Fall interessierte.

Konnte sie den Bademantel anbehalten?

Warum nicht? Heute war Sonntag. Und in ihrer Wohnung konnte sie schließlich rumlaufen, wie sie wollte.

»Frau Escher?« Von draußen, ungeduldig.

»Ja, schon da!« Im gleichen Moment öffnete sie die Tür. »Ich komme gerade aus der Wanne!«, begrüßte sie Pia entschuldigend.

Sofort spürte sie den prüfenden Blick der Blonden auf

ihren Haaren. Sie reichten ihr weit über die Schulter hinab – und sie waren trocken.

Sie könnte sich ja beim Baden die Haare hochgesteckt haben, oder nicht? Sollte sie das sagen? Nein, das klänge doch sehr nach einer Rechtfertigung. Dafür gab es keinen Grund, sie würde sich damit nur verdächtig machen.

Aber warum war diese Beck überhaupt da?

Und wieso war sie allein gekommen?

War es nicht üblich, dass die zu zweit kamen?

Aber … dann wäre sie ja inoffiziell hier!

Ob andere wussten, wo sie gerade war?

Und wenn nicht …

… konnte sie die Blonde einfach verschwinden lassen?

60

I hät nu a gasflasche und a Handgranate rum liegen für des gfrast Lieferung ist frei Haus

Pia lauschte in die Wohnung hinein, bevor sie klingelte. Eine Frauenstimme, wohl aus dem Fernseher oder Radio. Sie schaute auf die Uhr – Punkt zwölf.

Im gleichen Moment hörte sie den N-TV-Jingle. Der Sender lief bei ihr zum Frühstück, ob daheim oder im Hotel.

Einzelne Wortfetzen drangen zu ihr durch – Pressekonferenz, Mord, Hannover. Kein Zweifel, es ging um die PK, auf die sich Guse gerade vorbereitet hatte, als sie mit Magnus' Anrufbeantworter zu ihm kam.

Und nicht sah.

Und nicht siegte.

Ganz im Gegenteil.

Pia läutete. Ein durchdringender, anhaltender Ton. Sie ließ den Finger so lange auf dem Klingelknopf, dass es gerade eben noch nicht unverfroren wirkte.

Drinnen passierte nichts. Keine Tür, die sich öffnete, kein Fußgetrappel, auch kein gerufenes ›Moment‹ oder Ähnliches. Ob der Fernseher zu laut war, um die Klingel zu hören?

Pia läutete ein zweites Mal, jetzt noch etwas länger.

Die Wohnung war klein, also musste Escher sie gehört haben. Sie war da und machte nicht auf. Und das am helllichten Tag. Gut, es war Sonntag – trotzdem, schon ungewöhnlich.

Pia klingelte ein drittes Mal – lang, zu lang, da es ja eigentlich nur um eine Routinebefragung ging.

Ein Schatten legte sich von innen vor den Türspion, dann: »Ja bitte?«

Na endlich. »Oberkommissarin Beck von der Kripo Hannover. Ich hätte da noch ein paar Fragen.« So freundlich, wie es Pia fertigbrachte. Sie wollte Marie Escher nicht verschrecken …

Oder vorwarnen?

Quatsch, es liegt nichts gegen sie vor.

Der Fernseher verstummte.

Die Tür blieb immer noch geschlossen. Türmte sie etwa aus dem Fenster? Unsinn, die Wohnung lag im fünften Stock. Pia lauschte, wurde sekündlich ungeduldiger. »Frau Escher?«

»Ja, schon da! Ich komme gerade aus der Wanne!«

Da stand sie, im Bademantel. Er gab den Blick frei auf sehnige Unterarme und muskulöse Waden. Escher war in allerbester körperlicher Verfassung, für eine Frau fast schon zu durchtrainiert.

Irgendetwas an ihr störte Pia. Natürlich, die Haare. Sie waren nicht hochgesteckt, sondern fielen bis zur Mitte des Rückens an ihr herunter – und sie waren trocken. Sah so eine Frau aus, die eben aus der Wanne kam? Und warum lief überhaupt der Fernseher, wenn sie im Bad war?

Entgegen ihren Gepflogenheiten streckte sie Escher zur Begrüßung die Hand entgegen. Der Händedruck, genauso trocken wie ihre Haare. Bis eben in der Badewanne hatte diese Frau jedenfalls nicht gelegen.

Sie log. Aber vielleicht war es ihr auch nur peinlich, gegen Mittag noch im Bademantel herumzulaufen.

»Na, dann kommen Sie doch erst mal rein!«

Escher schloss hinter Pia die Wohnungstür, nicht ohne einen skeptischen Blick ins Treppenhaus zu werfen. Niemand war zu sehen und ihr Gesichtsausdruck entspannte sich. Die Nachbarn mussten ja nicht alles mitbekommen, schien er auszudrücken.

Im winzigen Flur lief Pia auf ein Foto zu, das ihr beim ersten Besuch nicht aufgefallen war. Zwei Frauen waren darauf zu sehen, zum Verwechseln ähnlich. Eine davon war Marie Escher und die andere …

»Das ist meine Schwester Nina.« Escher hatte Pias Blick bemerkt. »Man könnte denken, wir wären Zwillinge gewesen, dem war aber nicht so. Ich bin die Ältere.«

Sie? Das ist doch unmöglich – Pia erinnerte sich an die letzten Worte von Jasmin Becker.

Die Spur wurde heißer.

»Und, was verschafft mir die Ehre?«

Escher war genervt. Konnte ihr Pia das verdenken? Nun schon zum zweiten Mal befragt zu werden, jetzt sogar an einem Sonntag, das gab durchaus Anlass zur kritischen Nachfrage.

»Es gibt Neuigkeiten, die Mordserie betreffend – haben Sie schon davon gehört?«

Escher schüttelte den Kopf.

Sollte sich Pia getäuscht haben eben mit den Nachrichten? Ihr Blick fiel auf den aufgeklappten Laptop. In der obersten Meldung bei Google-News ging es um die hannoversche Mordserie und die Ergreifung eines unter dringendem Tatverdacht stehenden Mannes.

Und sie wollte nichts davon gewusst haben?

Vielleicht aktualisierte sich die Seite selbstständig? Pia war sich nicht sicher. Vielleicht log Escher aber auch, was nicht das erste Mal heute wäre. Und dabei war sie gerade erst angekommen.

Irgendetwas stimmte nicht mit ihr!

Pias Bauchgefühl machte sich wieder einmal bemerkbar.

»Wir haben den *mutmaßlichen* Mörder.« Sie hob beide Hände und zeichnete mit ihren Fingern imaginäre Anführungszeichen in die Luft. »Es handelt sich dabei um Ihren Schwager, Magnus Grimm.«

»Mein Gott. Magnus?« War die Überraschung echt oder nur gespielt? »Und warum, also, ich meine …?« Fassungslos verstummte sie.

Einen Moment herrschte Stille. Pia versuchte, Eschers Miene zu lesen. Sie konnte das eigentlich ganz gut, aber aus ihrem Gegenüber wurde sie nicht schlau. Serientäter, so hatte Pia gelernt, sind prinzipiell auch Soziopathen, die es aufgrund ihrer Störung gewohnt sind, sich in ihrem Alltag zu verstellen. Also die perfekten Lügner.

War Escher eine perfekte Lügnerin?

Eine Soziopathin? Eine Serienmörderin?

Pia rückte näher an sie heran. »Also, eigentlich darf ich ja in einem noch laufenden Verfahren nichts sagen, aber wenn Sie mich fragen: Er war's, ganz sicher!« Die letzten Worte hatte Pia geflüstert. Es sollte verschwörerisch klingen – und vertraut.

Und es sollte Escher unvorsichtiger werden lassen.

»Hat er denn schon gestanden?« Die Betroffenheit in ihren Worten wich unverhohlener Neugier.

»Nein, die Ermittlungen sind auch noch nicht vollständig abgeschlossen, deswegen bin ich ja hier.«

»Und meine Aussagen sollen dem lieben Schwager endgültig das Genick brechen, sehe ich das richtig? Ausgerechnet jetzt, wo er *einmal* etwas Sinnvolles getan hat.«

Escher hielt mit ihrer Meinung nicht hinter dem Berg. Das war schon beim ersten Mal so gewesen.

»Natürlich steht es Ihnen frei, die Befragung im Beisein eines Anwalts weiterzuführen. Dann müsste ich Sie aber bitten, ins Dezernat zu kommen.« Pia hoffte, dass Escher nicht darauf bestehen würde.

»Anwalt? Stehe ich etwa selbst unter Verdacht?«

»Nein, selbstverständlich nicht«, Pia lächelte. »Es ist nur, weil Sie gegen einen Verwandten aussagen würden.« Und nach einer kurzen Pause: »Hatten Sie denn ein gutes Verhältnis zu Herrn Grimm?«

Escher wiegte nachdenklich den Kopf hin und her, bevor sie betont ruhig antwortete: »Ach wissen Sie, Verwandtschaft kann man sich ja nicht aussuchen.«

Wieder unverblümt offen. Sie machte aus ihren Gefühlen kein Geheimnis.

»So, Frau Beck«, Escher sprang unvermittelt auf, »ich zieh' mich jetzt um und mache uns beiden dann einen Kaffee, einverstanden?«

Pia nickte und hoffte, einen Moment das Wohnzimmer für sich allein zu haben, entdeckte dann jedoch hinten in der Ecke Bett und Kleiderschrank. Wird wohl nichts aus der diskreten Durchsuchung, ärgerte sie sich – oder doch, wenn Escher in der Küche beschäftigt war?

»Wissen Sie, ich fand eigentlich immer, dass die beiden nicht zueinander passten«, sagte Escher und ließ ungeniert ihren Bademantel fallen. Pia konnte nicht umhin, ihren Körper zu bewundern. Da war kein Gramm Fett, alles an ihr wirkte hart und fest, selbst die flachen Brüste schienen aus Beton und bewegten sich kaum beim Ankleiden. Unwillkürlich erinnerte sie Eschers Figur an ein Ypsilon – schmale Hüfte und breite Schultern. An Kraft würde es diesem Muskelpaket jedenfalls nicht gefehlt haben.

»… aber das wäre ja noch okay gewesen, wenn er sie nicht im Stich gelassen hätte, als sie seine Hilfe brauchte.«

»Ach ja, was hat er denn getan?«

»Sie hören nicht zu, Frau Beck«, antwortete Escher scharf, »es geht nicht darum, was er tat, sondern was er nicht getan hat!«

Der versprochene Kaffee war vergessen, die Zeit der Nettigkeiten vorbei. Die Intensivität, mit der die Frau ihr über den Mund gefahren war, überraschte Pia. Die Lunte glomm schon, sollte sie jetzt weiterzündeln und Escher zu einer unbedachten Äußerung bewegen? Pia entschied sich dagegen. Vorweg mussten noch andere Dinge geklärt werden. Und sie sollte versuchen, ihr den Schulterschluss anzubieten, und sich zu ihrer Vertrauten machen. Wenn dann der richtige Zeitpunkt gekommen wäre, würde sie das Pulverfass schon noch zur Explosion bringen.

»Ja, ich muss schon sagen, mir war er auch irgendwie unheimlich«, sagte Pia. »Er hat sogar in unserem Team an dem Fall gearbeitet. Können Sie sich das vorstellen? Bei der Gelegenheit habe ich ihn auch mal kurz gesehen. Ein seltsamer Mann. Mein Bauchgefühl hat mir gleich gesagt, dass etwas mit ihm nicht stimmt.«

Escher wirkte überrascht. »Ja, aber wenn Sie ihn gleich in Verdacht hatten, warum …?«

Pia winkte ab. »Na ja, so war es auch wieder nicht. Er wirkte auf mich wie ein typischer Nerd – null Sozialkompetenz, verschroben, introvertiert, fast ein bisschen autistisch. Einen Mord habe ich ihm deshalb aber noch lange nicht zugetraut. Wenn ich allerdings gewusst hätte, wie tief er eigentlich in diesem Fall involviert war …«

»Wussten Sie denn nichts von Nina?«

»Nein, woher? Er hat mir nichts erzählt und die Kollegen auch nicht.«

»Aber hätten dann nicht die anderen …?«

»Ach, wissen Sie, Marie … Darf ich Sie Marie nennen?«

»Natürlich, sehr gern!«, Escher wirkte fast ein bisschen geschmeichelt.

»Ich bin die einzige Frau in der Mordkommission, und Sie wissen ja selbst, wie es bei Männern um ihre Gefühle bestellt ist«, erwiderte Pia. Sie vermutete, dass sich Escher nicht wirklich gut mit Männern auskannte. Sollte ihr Gefühl sie nicht trügen, hätte sie einen weiteren Trumpf in der Hand, den sie ungeniert ausspielen würde. Dass sie eine gewisse Wirkung auf Frauen ausübte, wusste sie nicht erst seit ihrem Erlebnis auf dem Kiez.

»Mit Männern hab ich's nicht so!«, meinte Escher vielsagend.

Na bitte! Da hatte sie also wieder einmal richtiggelegen. Der Schulterschluss war geschafft, sie und Escher gemeinsam gegen die unsensible Männerwelt. Pia war gespannt, wie weit sie gehen musste, bis sie Escher da hatte, wo sie sie haben wollte.

Was für ein naives Blondchen – und so leicht durchschaubar. Sehr unvorsichtig von ihr zu behaupten, sie würde Magnus kaum kennen, wo er ihr doch kürzlich erst die Haut gerettet hatte. Im Internet kursierten reichlich Bilder und sogar ein Filmchen von Magnus' Heldentat … und der langen Umarmung danach.

Nein, hier stimmte etwas nicht. Aber das hatte sie ja schon geahnt, als Beck allein vor ihrer Tür gestanden hatte.

Sie ermittelte offensichtlich auf eigene Faust, ohne

stichhaltige Beweise in der Hand zu haben, sonst wäre schon ein Einsatzkommando angerückt. Aber was konnte ihren Verdacht erregt haben?

Und was sollte sie jetzt mit ihr anstellen?

Sie einfach wieder ziehen lassen?

Würde Beck dann lockerlassen?

Oder allein schon aus Dankbarkeit für ihre Befreiung weiter am Fall dranbleiben? Vielleicht empfand sie sogar etwas für den armseligen Trottel – so wie Nina, warum auch immer. Wenn Beck weiter nachforschte, würden über kurz oder lang auch die anderen davon Wind bekommen. Durfte sie das zulassen?

»Ach, wissen Sie, Marie … Darf ich Sie Marie nennen?«

Schau an. Damals, bei der ersten Befragung, schien Beck kein Interesse an ihr gehabt zu haben, hatte fast ein wenig gelangweilt gewirkt und dem anderen das Reden überlassen.

»Ich bin die einzige Frau in der Mordkommission, und Sie wissen ja selbst, wie es bei Männern um ihre Gefühle bestellt ist.«

Herrje, wie plump, diese Anbiederei. Die Kleine musste noch viel lernen. Sie meinte wohl, es mit einer Lesbe zu tun zu haben, nur weil sie alleine lebte und ihren Körper mit Bodybuilding in Form hielt. Dabei stand sie weder auf Männer *noch* auf Frauen. Sie hatte es mit einigen Männern versucht und mit einer Frau, ohne dabei jemals etwas empfunden zu haben. Trotzdem entschied sie sich, Becks Spiel mitzuspielen. »Mit Männern hab ich's nicht so!«, sagte sie also und ließ einen eindeutigen Blick folgen.

Sie war gespannt, wie weit Beck gehen würde.

»Aus dem Kriminalkommissariat Hannover nun in einer

Sondersendung Ingo Freytag mit einer Zusammenfassung der Pressekonferenz zur Mordfallserie Hatespeech.«

Beide horchten auf.

»Unter dringendem Mordverdacht steht ein Mann Mitte dreißig. Nähere Angaben sind aufgrund der noch nicht abgeschlossenen Beweisführung nicht möglich. Der Täter wurde heute Morgen von einer Polizeieinheit in einem Wochenendhaus gestellt, als er mit dem vierten Opfer, einer Neunundzwanzigjährigen aus …«

»Ich sagte ja, die Beweislage ist eindeutig!«

»Und wieso kommen Sie dann noch zu mir, Frau Beck?«

»Pia!«

»Okay, also wieso, Pia?«

»Wir ermitteln nicht wegen Ladendiebstahl. Bei einem Mordfall tragen wir für die Staatsanwaltschaft sämtliches Material zusammen, das zur Verfügung steht. Dazu gehören natürlich auch Aussagen naher Verwandter und Bekannter. Auf Letztere sind wir übrigens gar nicht gestoßen.«

»Werden Sie auch nicht. Seit ihrer Fehlgeburt und dem Karriereende lebten sie sehr zurückgezogen.«

»Sehen Sie, Marie, deshalb bin ich bei Ihnen. Also, wie war die Beziehung der beiden?«

»Nach dem Abort, weiß nicht …« Escher wirkte nachdenklich. »Hatten sie da überhaupt noch eine Beziehung?«

»So schlecht?«

Escher nickte.

»Und, wie kam es dazu?«

»Nina hatte sehr unter dem Verlust ihres Kindes gelitten. Dann kam das Karriereende, sie konnte einfach nicht mehr spielen, und schließlich der Terror mit den Hassbotschaften. Anstatt bei ihr zu bleiben und seiner Frau beizustehen, flüchtete sich Magnus in die Arbeit.«

»Sie geben ihm die alleinige Schuld? Auch ihn muss der Verlust schwer getroffen haben, immerhin war er der Vater.«

Escher funkelte Pia zornig an, sagte aber nichts.

»Hat sie ihn zum Schluss gehasst?«

»Aus tiefster Seele.«

Sprach da Escher nicht doch von sich selbst? Pia hätte wetten wollen, dass es so war. »Sie haben die Schlüssel zum Haus und schauen ab und an nach dem Rechten, ist das korrekt?« Das war gepokert. Pia hatte keine Ahnung.

»Ja. Aber warum ...?«, fragte Escher überrascht.

»Wie gesagt, Marie, nur Routinefragen. Und wie steht es mit dem Boot? Befindet es sich noch in Herrn Grimms Besitz?« Wieder ein Schuss ins Blaue.

»Soweit ich weiß, liegt es immer noch am Pier ihrer Ferienwohnung ...«

»Sie meinen die bei Cuxhaven?«

»In der Nähe, ja! Er hat sich bisher nicht um den Verkauf gekümmert. Schlüssel und Papiere sollten im Arbeitszimmer liegen, Sie können ja selbst nachschauen.«

Innerlich jubilierend ließ sich Pia nichts anmerken. Auch die Bootsfrage war geklärt. Sie notierte sich die Aussage in ihrem Block.

Zeit, die Daumenschrauben anzuziehen. »Sie sagten, das Verhältnis zwischen Herrn Grimm und seiner Frau wäre miserabel gewesen. Wissen Sie, warum sie ihn trotzdem als Alleinerben eingesetzt hat?« Noch eine Vermutung, provozierend, und die Grundlage von Pias Verdacht. Jetzt kam es drauf an.

Einen Moment stockte Escher. Zum ersten Mal wirkte sie verunsichert. »Was hat Ninas Erbe mit dem Mordfall zu tun?«

»Bitte beantworten Sie meine Frage, dann sind wir bald durch. Also, Marie, was …?«

»Scheiß auf Marie – ich möchte jetzt verdammt nochmal wissen, was das Erbe mit der Mordserie zu tun haben soll?«, erwiderte Escher aufgebracht.

Herrgott!

Zu früh!

Zu direkt!

Pia ärgerte sich. *Eine* Frage und das ganze Vertrauen war dahin. Aber hatte sie wirklich geglaubt, Escher würde sich verplappern?

Dann halt auf die harte Tour, Provokation durch Unterstellung. »Für uns ist natürlich auch relevant, wer einen Vorteil davon hätte, wenn Grimm aus dem Verkehr gezogen wird.«

»Sie wollen wissen, wer danach das Erbe bekäme?«

Escher stand jetzt mächtig unter Strom. Pia nickte nur. Es gab kein Zurück mehr. Gut, dass sie die Waffe dabeihatte, denn körperlich war ihr Escher klar überlegen.

»Keine Ahnung, hat mich auch nie interessiert. Ich brauche das Erbe jedenfalls nicht. Ich komme auch so gut klar!«

Pia ließ ihren Blick auffallend langsam durch das schäbige, kleine Zimmer schweifen. »Wie man sieht!«

Escher stockte der Atem. »Unverschämtheit! Was zum Teufel fällt Ihnen eigentlich ein?« Sie war rot angelaufen. »Sie kommen in meine Wohnung und unterstellen mir, mehrere Morde begangen zu haben, um meinen Schwager zu diskreditieren? Wenn Sie schon glauben, dass ich auf das Erbe scharf sei, warum hätte ich ihn nicht gleich umbringen sollen?«

Pia wog den Kopf hin und her. Im Gegensatz zu Escher

blieb sie schon fast provozierend ruhig. »Frau Escher, wie ich bereits sagte, ich bin nur hier, um abschließend sämtliche Erwägungen für die Staatsanwaltschaft aufzugreifen.«

»Da scheint Ihr Chef aber schon einen Schritt weiter. So wie sich das im Radio anhört, ist er von Magnus' Schuld überzeugt.«

Pia nickte zustimmend. »So wie wir alle. Er wurde am Tatort angetroffen, hatte ein Motiv und verfügte über Mittel, die Opfer als Hate-Speaker zu entlarven. Sämtliche Namen und Adressen wurden in seinen Aufzeichnungen gefunden.« Wie aus dem Nichts hatte Pia plötzlich eine Eingebung und fuhr ohne nennenswerte Pause fort: »Letztlich auch die von Nemesis, dem letzten Opfer!« Pia meinte, ihr Herzschlag müsste im ganzen Raum zu hören sein. Kalter Schweiß lief von ihren Achseln.

Escher wirkte überrascht. »Hat er das Miststück also auch erwischt. Das geschieht ihr recht!«

Pia legte den Kopf schief. »Wie kommen Sie darauf, dass Nemesis eine Frau ist?«

»Na, Nemesis ist doch weiblich!« Ein schwacher Versuch der Beck. Dank Magnus' Notizen wusste Escher, dass Nemesis eine Göttin war. »Kaum vorstellbar, dass ein Mann den Namen einer griechischen Göttin annimmt, finden Sie nicht auch, Frau Kommissar?«

»Und wieso meinten Sie, dass Magnus sie *endlich* erwischt habe?«

»Ja, aber liegt das nicht auf der Hand?«, erwiderte Escher erstaunt. »Immerhin war Nemesis für den Tod meiner Schwester verantwortlich.«

»Das war nicht Nemesis!«

»Wie bitte?« *Was hatte das nun zu bedeuten?*

»Der Kommentar kam von Furie! Dass Furie und Nemesis identisch sind, wissen nur Magnus, die eingeweihten Polizeibeamten … und der Mörder!«

Escher legte den Kopf schief. Das war Becks Todesurteil. Aber eigentlich hatte Escher eh nicht vorgehabt, sie noch gehen zu lassen.

Pia öffnete die Knöpfe ihres Mantels.

Sie will an ihre Waffe

Schnell jetzt!

Mit den Armen gestikulierend ging Escher auf Pia zu. »Nemesis13, furie13. Meinen Sie nicht auch, dass man da schon mal durcheinanderkommen kann?«

»Ich habe nie die Dreizehn erwäh…«

Als Escher über das Wohnzimmertischchen sprang, zuckte Pias Hand zum Halfter.

Zu langsam.

61

I häd nu 60 Eintrittskarten fürs Onkelzkonzert mit Zugticket herzugeben. Aber ohne Rückfahrt. De erübrigt sich dann sowieso.

Was war das für ein Geräusch?

Bei jeder Bewegung knisterte und quietschte es. Pia öffnete die Augen. Sie lag bäuchlings im Bad auf einer Plastikfolie, der ganze Boden war damit ausgelegt. Instinktiv bewegte sie ihre Finger. Sie konnte sie noch spüren, wenn auch nicht sehen. Ihre Hände waren auf dem Rücken zusammengebunden, überkreuz mit jeweils einem Fuß. In ihrem Mund steckte ein Knebel.

Wie lange mochte sie hier wohl schon so liegen?

Ihr Mund war trocken, sie hatte Kopfschmerzen, wie bei einem Kater. Vermutlich hatte ihr Escher die K.-o.-Tropfen gespritzt, nachdem … ja, was genau war eigentlich passiert?

Escher war wie ein D-Zug auf sie zugestürmt – danach Filmriss. Pia erinnerte sich, dass sie ihre Waffe ziehen wollte und nicht schnell genug gewesen war.

Rücken, Arme und Beine, Hals – alles tat weh. So, wie sie vielleicht schon seit Stunden dalag, war das auch kein Wunder. In den Händen und Füßen kribbelte es, aber immerhin spürte sie sie noch.

Sie musste versuchen, sich auf die Seite zu drehen, bevor der Schmerz sie in die nächste Ohnmacht schickte.

Ob sie daraus noch einmal erwachen würde?

Sie fühlte sich wie ein Käfer, der auf den Rücken gefallen

war. Mühselig schaukelte sie nach links und rechts. Nur langsam wurden die Schwünge größer, doch schließlich kippte sie auf die Seite. Augenblicklich wurden die Schmerzen erträglicher. Auch das Atmen fiel ihr deutlich leichter.

Wie spät es wohl inzwischen war?

Über ihr, in der Dachschräge, ein kleines Fenster, die Scheibe kaum größer als ein Schreibblock. Der Himmel dahinter war dunkelgrau, es fielen keine Tropfen. Dann musste es bereits dämmern.

Sie hatte gegen Mittag an Eschers Tür geklingelt, die Sonne ging gegen vier Uhr unter, also lag sie hier bereits seit über drei Stunden.

180 Minuten

10.800 Sekunden

Die Mittagspille war schon lange überfällig – kein Wunder.

Und wenn schon. Warum bei klarem Verstand abtreten? Lebend würde sie hier eh nicht wieder rauskommen. Escher hatte vier Menschen getötet, da kam es auf einen fünften auch nicht mehr an.

Wo steckte sie überhaupt?

Vielleicht hatte sie Panik bekommen und war bereits in Richtung Landesgrenze unterwegs? Schließlich konnte sie nicht wissen, dass keiner im Dezernat von Pias Alleingang wusste.

Ein zartes Fünkchen Hoffnung – irgendwie würde sie sich schon aus diesen Fesseln befreien. Im nächsten Augenblick hörte Pia, wie die Haustür aufgeschlossen wurde.

Verdammte Sch…!

»Huhu Schatz, ich bin wieder da!« Escher stand in der Tür und starrte auf sie herunter, ihre Miene ein krasser Gegensatz zur warmen Begrüßung. Sie legte den Kopf schief, als hätte sie eine Antwort erwartet, dann: »Ach, wie unaufmerksam von mir«, und nach einer kurzen Pause: »Pia – ich darf doch Pia zu dir sagen, nicht?«

Escher beugte sich runter und öffnete den Knebel. »Kein lautes Wort, verstanden? Die Wohnung unter mir steht leer und den anderen ist es eh scheißegal, was man hier treibt, also kein Geschrei, verstanden?«

Pia nickte.

»Wir müssen reden!« Escher schaute sich nach einer Sitzgelegenheit um. Außer Toilettendeckel und Badewannenrand gab es nichts. »Okay, wir gehen rüber. Ich werde dir jetzt die Fesseln abnehmen. Bleib schön friedlich! Du weißt, dass du gegen mich keine Chance hast?«

Pias Kehle fühlte sich an wie Sandpapier. Wieder nickte sie nur.

»Na, wirst du wohl?« Escher zerrte schnaubend an den Fesseln. »Na bitte!«

Wie tot fielen Pias Arme und Beine auf den Boden, ein paar Sekunden später krabbelten unzählige Ameisen durch ihre Venen.

Versuch es erst gar nicht!

In ihrem Zustand konnte sie kaum gehen, aussichtslos, sich gegen die durchtrainierte Escher zur Wehr zu setzen. Augenblicke darauf war Pias Freiheit auch schon wieder vorbei. Die Hände wurden ihr auf dem Rücken gebunden, wenn auch lange nicht so fest wie zuvor.

Escher half ihr auf. Schwankend gingen sie gemeinsam vom Bad ins Wohnzimmer.

»Was macht der Kopf?«

»Könnte besser sein«, krächzte Pia.

»Schaffst du es alleine zum Sessel?«

»Denke schon!«

»Okay, ich hole dir ein Glas Wasser. Wie gesagt, wir müssen reden.« Escher ließ vorsichtig los und ging dann Richtung Küche.

Pia war noch immer unsicher auf den Beinen. Ein Blick zur Eingangstür – sie war durch eine Kette gesichert. Und abgeschlossen, das war vorhin deutlich zu hören. Vom Schlüssel keine Spur. Hier käme sie nie raus.

Lass dir gefälligst was einfallen!

Ist das etwa …?

Fast hätte sie das Handy übersehen. Es lag auf der Anrichte, ein altes Nokia 2700, und es war eingeschaltet.

Sie hatte selbst mal so eines besessen. War ein Renner gewesen, vor den Smartphones. Damals, zu ihrer Uni-Zeit. Das musste zehn Jahre her sein.

120 Monate

3652 Tage

… oder 3653 …

Reiß dich zusammen!

Escher kam aus der Küche zurück und war jetzt im Flur.

Mach schon – schnell, sonst …!

Pia schnappte sich das Handy, blind und trotz der auf dem Rücken zusammengebundenen Hände.

Gerade noch rechtzeitig.

»Ich meinte den Sessel, nicht das Sofa.« Escher griff ihr unter die Achsel und führte sie zu ihrem Platz. Es staubte, als Pia auf den Sessel plumpste. Hier hatte schon lange niemand mehr gesessen.

»Mund auf!« Escher führte ein Glas an ihre Lippen. Einen Moment kratzte die Kohlensäure wie auf einer offenen Wunde, danach war es eine Wohltat.

»So, das muss erst mal reichen. Ich gebe dir später noch was, wenn du magst.« Handzahm, irgendwas führte sie im Schilde.

»Wo warst du?«, fragte Pia. Sie musste Zeit gewinnen.

Wie waren die Tasten angeordnet?

Komm, konzentrier dich!

Sollte sie jemanden anrufen? Ein Polizist würde mitbekommen, was hier gerade lief, wenn er das Gespräch mithörte. Aber er würde sich zuerst mit seinem Namen melden.

Würde Escher das hören?

Vielleicht, je nach Einstellung der Lautstärke!

Es war leise in der Wohnung.

Zu leise?

Pia spürte, wie ihre Stirn feucht wurde.

Fang bloß nicht an zu schwitzen!

Die merkt sonst noch, das was nicht stimmt.

Kein Anruf also.

Eine SMS!

Ohne die Tasten zu sehen?

Wem sollte sie schreiben?

Ihr fiel im Moment noch nicht einmal der Straßenname ein. Sie hatte vor dem Losfahren die alte Adresse aus dem Navi-Speicher gewählt, aber jetzt war sie wie weggeblasen. Vielleicht eine Nebenwirkung der K.-o.-Tropfen. Mehmet wüsste Bescheid, wenn Eschers Name fiele, doch wie war nochmal seine Handynummer?

Plötzlich hatte Pia sie vor Augen. Sie vergaß keine Nummer, schon gar nicht, wenn sie wieder einen Anfall hatte – wie jetzt. Sollte ihr *Fluch* einmal auch ein *Segen* sein?

»Ich hatte noch was zu erledigen!«, antwortete Escher und legte Pias Autoschlüssel auf den Couchtisch.

»Du hast meinen Wagen weggefahren?«

Neben den drei Menütasten gibt es noch zwölf andere, drei neben- und vier untereinander

Zweite Reihe, links oben, die Eins.

Eine Schweißperle rann langsam Pias Schläfe herab. Sie wandte den Kopf zur Seite.

Wie kommt man zu den Textnachrichten?

Über die Menütaste. Die große in der Mitte.

Und wie oft muss man sie drücken?

Komm, konzentrier dich, du hast früher täglich Dutzende Nachrichten verschickt, heimlich, im Unterricht, also …

»Ich wollte ihn nicht direkt vor meiner Haustür stehen haben. Du verstehst das sicherlich.«

Vor Pias geistigem Auge tauchte der Bildschirm des alten Nokia auf. Ein Druck auf die Menütaste und es erschien *MITTEILUNGEN*. Nach mehreren Bestätigungen – insgesamt vier – musste die Rufnummer eingeben werden.

Die Tastatur ist sehr leise.

Gott sei Dank!

Kein verräterisches Piepsen.

»Also, wie bist du auf mich gekommen?«

»Was?«

Escher legte den Kopf schief. Pia lief es kalt den Rücken runter. Sie musste höllisch bei ihr aufpassen.

»Tut mir leid, bin wohl ein bisschen groggy. Also, was hast du gerade gesagt?«

»Ich fragte, wie du ausgerechnet auf mich gekommen bist?«

»Bis zu Magnus' Verhaftung hatten wir keine Anhaltspunkte. So ziemlich jeder hätte es sein können, politische Extremisten, Hinterbliebene, auch Psychos. Deswegen kamen wir zu dir …«

Eschers Miene verfinsterte sich.

»Wir sind zu dir gekommen, weil du eine Hinterbliebene bist. Vergiss das mit Psycho.« Pia lächelte schief. »Erst als Magnus festgesetzt wurde, hatten wir endlich den Fokus auf eine Person – und sein Umfeld. Ich stellte mir die Motivfrage: Wer hätte etwas davon, wenn er für unzurechnungsfähig erklärt würde? Seine Frau war Tennisprofi und wird einiges verdient haben. Ihr Erbe müsste beträchtlich sein. So kamst du ins Spiel.«

»Und warum wissen die anderen nichts davon? Und lüg mich nicht an, du wärst sonst niemals allein gekommen.«

»War halt nur so eine Ahnung.« Escher hatte das völlig richtig erkannt und Pia entschied sich, nicht zu bluffen. Zeit zu gewinnen, bis sie die Nachricht abgeschickt hatte, das war ihre einzige Chance. Das Gespräch musste also am Laufen gehalten und nebenbei das Handy bedient werden. Vor allem aber durfte ihr bei Mehmets Nummer kein Fehler unterlaufen. Sie tippte so sorgfältig, wie sie es noch nie getan hatte. Ihr Leben hing davon ab.

Escher wirkte unschlüssig. Ihr Blick wanderte von Pia zur Anrichte – dorthin, wo eigentlich das Handy liegen sollte.

»Wieso hast du ihn nicht einfach umgebracht?«, fragte Pia, lauter als nötig, aber mit dem gewünschten Effekt. Escher wandte sich wieder ihr zu.

»Jetzt enttäuscht du mich aber. Liegt das nicht auf der Hand? Würde er eines unnatürlichen Todes sterben, wäre ich als Nächste der Erbfolge sofort eure Verdächtige Nummer eins. So aber …«

Die Zifferntasten sind mit Buchstaben belegt …

… sie sind unter der Menütaste …

… beginnend bei der Zwei mit a-b-c.

Pias erstes Wort sollte HILFE sein. Im nächsten Moment hatte sie eine Zahlenkolonne vor Augen.

44 444 555 333 33

0

So war es früher schon gewesen. Worte wurden in ihrem Kopf zu Zahlen, ganz wie von selbst – besonders, wenn sie wie jetzt wieder ihr Denken bestimmten.

9 33 777 3 33

0

444 66

»… hat ja auch funktioniert, bis du kamst!«

»Und woher wusstest du, dass er meinte, seine Frau würde noch leben?«

0

33 7777 222 44 33 777 7777

0

»Eigentlich wollte ich ihn mit Insulin vergiften. Ich bin schon vor ihm ins Haus, damit er nicht aufwacht, wenn ich nachts die Haustür öffne. Als er schließlich kam …«, Escher schüttelte den Kopf, sie schien es immer noch nicht glauben zu können, »… er unterhielt sich durch die Schlafzimmertür mit Nina, stritt sogar mit ihr. Das war ein Wink des Schicksals. Der Plan war geboren, ihn so leiden zu lassen, wie er es verdiente.«

»Du musst ihn wirklich sehr hassen, wenn du für deine Rache vier unbeteiligte Menschen ermordest.«

»Unbeteiligt?« Escher sprang vom Sofa auf, stürzte zum Sessel und stützte die Hände auf den Lehnen ab. Ihr Gesicht war jetzt ganz nah vor Pias. »Diese Schweine haben den Tod verdient – und ganz bestimmt kein Mitleid. Ohne an die Konsequenzen zu denken, haben sie ihren Hass an

Unschuldigen ausgelassen. Nein, der Tod der vier war nicht Mittel zum Zweck, sondern eine ganz besondere Genugtuung. Sie haben es nicht anders verdient, und ich hoffe, dass andere meinem Beispiel folgen werden!«

Pia unterbrach das Eintippen. So nah, wie ihr Escher gerade war, könnte sie etwas bemerken – leise, mechanische Klickgeräusche oder minimale Bewegungen der Arme. Wenn nur die Zahlen nicht wären, die immer tiefer in ihre Gedanken eindrangen und ihren Verstand benebelten. Hoffentlich blieb ihr noch genügend Zeit.

Sie musste dafür sorgen.

Fragen stellen und dabei halbwegs klar bleiben.

»Wie passe ich dann ins Bild? Ich habe keine Hasskommentare gepostet, geschweige denn deiner Schwester etwas angetan. Und trotzdem wirst du mich töten.«

Escher stieß sich von den Lehnen ab und ging wieder zurück zum Sofa. Sie ließ sich Zeit mit der Antwort. »Du bist mir egal und du weißt zu viel, das reicht schon!«

9 666 44 66 88 66 4

Ein Wort noch, dann kann ich senden.

Lass mich bloß alles richtig gemacht haben, sonst bin ich erledigt.

»Gibt es überhaupt einen Menschen, der dir etwas bedeutet?«

Legte sich da tatsächlich so etwas wie ein Schatten über Eschers selbstgefällige Miene? »Da gibt es nur einen, oder besser, es gab einen Menschen – meine kleine Schwester. Ich habe sie geliebt und dann hat dieses Schwein sie mir weggenommen.«

Beim Blick in Eschers hasserfüllte Augen fragte sich Pia, ob diese Liebe erwidert worden war. Wenn sie jemals heil hier herauskäme, musste sie das Magnus fragen.

Das letzte Wort war eingetippt. Endlich.

Einen Augenblick darauf stockte ihr Atem.

Mit welcher Taste sendet man?

Vor ihrem inneren Auge fiel der schwarze Vorhang.

Kein Schimmer – wie weggeblasen.

Konzentrier dich!

In diesem Moment klingelte das Handy.

Pia erstarrte, während sie Escher mit aufgerissenen Augen auf sich zustürmen sah. Sie drückte die erstbeste Taste, die ihr in den Sinn kam.

62

We all know Hitler's only mistake was to not have killed enough Russians.

Magnus hatte sich entschieden.

Was auch immer mit ihm nicht stimmte, es hatte vier unschuldige Menschen das Leben gekostet. Sicher, er hatte es nicht bewusst getan, das änderte allerdings nichts an der Tatsache, dass er den Rest seines Lebens weggesperrt würde. Ein schrecklicher Gedanke – und absolut inakzeptabel.

Zeit, Goodbye zu sagen, sich selbst und der Gesellschaft zuliebe. In der U-Haft bot sich ihm dazu noch die Möglichkeit, die Selbstschutzvorkehrungen waren deutlich laxer als unter Sicherheitsverwahrung in der Psychiatrie. Die Zeit drängte also, zumal er vermutlich nur deshalb noch nicht in der Klapse saß, weil heute Sonntag war.

Er schaute sich in seinem vorübergehenden Zuhause um. Die senkrechten Gitterstäbe waren an ihren Enden mit einer Querstange verbunden. Die obere war ungefähr einen halben Meter höher, als er groß war. Das würde reichen. Den Gürtel hatten sie ihm natürlich abgenommen, aber er trug ja noch eine Anstaltshose.

An der Wand, in der die Tür eingelassen war, konnte er nicht durch das Guckloch beobachtet werden. Dort zog er sich die Hose aus, vorsichtig darauf bedacht, möglichst leise zu sein, als er sie an der Schrittnaht in zwei Hälften riss. Er hatte immer noch Kraft in den Händen, obwohl er schon seit Jahren nicht mehr zum Ringen gekommen war. Sorgfältig knüpfte er die Hose an den Enden zusammen. Sein *Seil* war nicht sehr lang, musste es auch nicht sein, schließlich plante er keine Flucht.

Jedenfalls keine aus dem Gefängnis.

Er hatte etwas anderes damit vor.

Vielleicht …

… vielleicht würde er bald Nina wieder in den Armen halten?

Ein wunderschöner Gedanke.

63

Das sind die dreckigen Nigger!

»Du mieses Dreckstück, was machst du mit meinem Handy?«

Pia knallte mit ihrem Kinn hart auf den Couchtisch, als Escher sie aus dem Sessel zerrte. Ihr wurde kurz schwarz vor Augen, sie blieb aber bei Bewusstsein. Mit aller Kraft umklammerte sie das Nokia und wollte es nicht hergeben. Jetzt zählte jede Sekunde – wenn sie ihre Nachricht noch abgeschickt hatte.

Und wenn's nicht geklappt hat?

Dann war's das. Ohne Hilfe kommst du hier nicht mehr lebend raus.

»Gib schon her. Ich brech' dir deine verdammten Finger!« Eschers Nägel bohrten sich in Pias Hand und der Schmerz wurde unerträglich.

Fünf Minuten … maximal.

Beschäftige sie noch fünf Minuten.

Mit Schwung knallte das Handy gegen die Wand, Deckel und Akku flogen im hohen Bogen durch die Luft.

»Hast du jemanden angerufen?« Escher ließ von Pia ab, hob das Handy auf und suchte fieberhaft den Akku. »Na los, sag schon! Nein, dann hätte es ja nicht geklingelt! Aber was zum Teufel …? Ah, da ist er ja!« Sie reckte den Akku wie eine Trophäe nach oben und setzte ihn wieder ein.

Pias Herzschlag trommelte. Wie viel Zeit mochte inzwischen vergangen sein? Eine Minute? Höchstens zwei!

Mehmet müsste noch im Krankenhaus liegen.

Aber wenn in den Zimmern kein Funknetz ist?

Oder ich mich vertippt habe?

»So, jetzt bin ich mal gespannt, was du …« Escher riss die Augen auf. »Du verdammte … aber wie …?

HILFE WERDE IN MARIE ESCHERS WOHNUNG GEFANGNGEHALTEN

Eine SMS! Du hast eine SMS geschrieben – und gesendet! Unglaublich, wie hast du das hinbekommen?«

Die Nachricht ist rausgegangen.

Pia konnte sich ein Grinsen nicht verkneifen. Sie bezahlte es mit einem Faustschlag ins Gesicht.

Escher schüttelte den Kopf, immer und immer wieder. Ihr Blick ging ins Leere. Sie wusste, dass sie verloren hatte. »Okay, jetzt weiß jeder Bescheid. Dann kann ich dich auch gleich fertigmachen!«

Sie zog Pia an den Haaren aus dem Sessel und schleifte sie ins Bad. Erst als Pia vollständig auf der ausgelegten Folie lag, ließ Escher von ihr ab.

»Willst du, dass sie keine Spuren finden? Die sind eh gleich hier, das kannst du dir also schenken.«

»Ich hab's gern sauber in meiner Wohnung!«

»Du bist verrückt. Eindeutig durchgeknallt!«

»Und du gleich tot!« Eschers Blick irrte durch das Bad – auf der Suche nach einer Waffe.

Inzwischen waren mindestens drei Minuten vergangen.

180 Sekunden.

Schmeiß die Zahlen aus dem Kopf!

Du brauchst deinen klaren Verstand.

Rede mit ihr!

Und sei dabei verdammt nochmal überzeugend.

»Warum noch mehr Blut vergießen? Es ist aus. Lade

dir nicht auch noch den Mord an einer Polizistin auf. Die Richter stehen da nicht drauf.«

Stimmt, einige …

Andere machen da keinen Unterschied.

»Ob vier oder fünf – einer mehr oder weniger ist doch auch schon egal. Die werden mich eh nicht mehr rauslassen. Und soll ich dir was verraten?« Escher zog eine Nagelschere aus dem Unterschrank und rückte ganz nah an sie heran. Pia konnte ihren Atem spüren, als sie die Spitze der Schere unter ihren Augen kreisen ließ. »Nach allem … wird's mir bei dir richtig Spaß machen!«

Vier Minuten. Wo bleiben die denn?

»Du bist kein bisschen besser als die Hater im Netz. Du willst Menschen dafür töten, dass sie ihre Arbeit tun?«

Pia verzog angewidert ihr Gesicht. »Ich bin nicht besser, aber ich verabreiche die Medizin, die diese Arschlöcher verstehen. Was dich betrifft, du bist eher ein Unfall!«

»Und trotzdem sagst du, du hättest Spaß dran!«

»Was willst du eigentlich?«

Unwillkürlich musste Pia auf die Uhr schauen, was Escher nicht verborgen blieb.

»Aber natürlich, du hoffst, dass dich deine Bullenfreunde hier noch irgendwie raushauen, was?«

Escher fuhr mit der Schere über Pias Gesicht, dann langsam den Hals hinab. Suchte sie die Stelle, an der sie den größten Schaden anrichten konnte?

Sie konnte jeden Moment zustechen.

Sechs Minuten, und immer noch nichts.

Ich muss die falsche Nummer gewählt haben!

Oder Mehmets Handy war ausgeschaltet!

Pia zitterte am ganzen Körper wie ihre Stimme. Sie war

machtlos dagegen. »Und wenn du mich als Geisel nimmst? Vielleicht hast du dann doch eine Chance, hier noch heil rauszukommen!«

Ein Blick in Eschers Augen zeigte Pia, dass ihr Tod beschlossene Sache war. Eine Geiselnahme würde ihr nur etwas Lebenszeit schenken … oder vielleicht doch die *eine* Möglichkeit, sich zu retten? Sie musste an Magnus denken. Er hatte ihr vorgemacht, wie es gehen konnte. Magnus war dem Geiselnehmer körperlich eindeutig unterlegen gewesen, genau wie sie jetzt Escher. Trotzdem hatte er es geschafft und war dabei noch nicht einmal aus der Puste gekommen. Bloß, ohne eine Ablenkung funktionierte das nicht.

Da kratzt was an der Wohnungstür.

Herrgott, bitte …

»Dich als Geisel nehmen?« Escher schien nichts gehört zu haben. »Und wie …«

Wieder das Scharren, jetzt etwas lauter.

Escher brach mitten im Satz ab. Ihre Augen weiteten sich, der Blick fuhr zum Flur. Jetzt hatte sie es auch mitbekommen. Starr wie eine Statue lauschte sie in die Stille hinein, wagte nicht zu atmen.

Da, nochmal …

Geht das nicht leiser?

Fuck!

Escher schnappte sich Pias Waffe, entsicherte sie und baute sich vor der Wohnungstür auf.

»Achtung. Sie schießt gleich!«, rief Pia, so laut sie konnte.

Blitze zuckten durch den dunklen Flur, Holzsplitter spritzten durch die Luft. Es roch nach Schießpulver, als Escher das ganze Magazin auf die Wohnungstür abfeuerte. Im Treppenhaus ein erstickter Schrei, dann schweres Atmen *oder Gurgeln*?

Schließlich das Quietschen von Gummisohlen, die über Steinboden geschleift wurden.

Escher rannte zur Küche. Besteck schlug klirrend auf die Fliesen. Pia wusste, was Escher dort suchte. Einen Moment später stand sie bebend vor ihr.

Diese Augen, sie ist völlig außer Kontrolle.

In der Hand ein Küchenmesser, zog sie Pia an den Haaren zum Wohnzimmerfenster.

»Okay, du hast es ja so gewollt – eine Geiselnahme. Aber glaub bloß nicht, dass du das hier irgendwie überstehst!«

Escher riss das Fenster auf, schob Pia davor und hielt ihr das Messer an den Hals.

Unten sah alles ganz normal aus, kein Einsatzwagen weit und breit, auch nicht die üblichen zivilen Fahrzeuge.

Auf den zweiten Blick allerdings …

Weder Fußgänger noch fahrende Autos auf der Straße – und das um diese Zeit?

Sie mussten sie abgeriegelt haben. Und vermutlich war auch schon ein Sondereinsatzkommando vor Ort.

Pia atmete auf. Die Spezialisten hatten Erfahrung mit Entführungen. Wenn sie einer hier heil rausholen konnte, dann das SEK.

»Na los, kommt schon aus euren Löchern und zeigt euch!«, schrie Escher nach unten. »Wird's bald? Sonst mache ich das Miststück gleich hier kalt!«

Nach und nach füllte sich die Straße mit Beamten des Einsatzkommandos, die aus sämtlichen Hauseingängen strömten.

»Draußen vor meiner Wohnungstür gibt es Verletzte. Schickt den Doc nach oben!«

Einer der Vermummten winkte und aus dem Verborgenen

trat der Notarzt hervor, in der Hand einen schweren Koffer. Im Laufschritt hastete er ins Haus und dann, deutlich hörbar, im Treppenhaus die Stufen nach oben.

»Bist du mein Verhandlungspartner?« Escher zeigte mit der freien Hand auf den Vermummten, der dem Notarzt das Zeichen gegeben hatte. Er nickte. »Kapuze runter! Ich will sehen, mit wem ich es zu tun habe.«

Er tat, wie ihm befohlen. Zum Vorschein kam ein drahtiger Endvierziger mit Glatze. Pia hatte ihn noch nie gesehen.

»Und, haben Sie auch einen Namen?«

»PHK Gieger, SEK Hannover!«, kam die Antwort laut und deutlich oben an. Er hatte eine kräftige Stimme.

»Holla, was für eine Ehre, das Sondereinsatzkommando!«, flüsterte Escher Pia zu. Es schien fast, als mache ihr die Sache Spaß. Vielleicht hatte sie aber auch nur mit allem abgeschlossen. Jedenfalls war sie brandgefährlich und zu allem entschlossen, daran hatte Pia keinen Zweifel. Die Messerspitze stach ihr unerbittlich in den Hals, ein Blutstropfen lief heiß den Nacken hinunter. Trotzdem war es Pia unmöglich, dem Drang zu widerstehen, die Kollegen zu zählen.

Neun unten auf der Straße.

Eine unbestimmte Anzahl im Treppenhaus.

Und der Notarzt.

Der Notarzt – direkt vor der Tür!

Pia kam ein Gedanke, der mit viel Schmerzen verbunden war. Und wenn es schlecht lief, mit ihrem Tod.

Nur …

… blieb ihr noch etwas anderes übrig?

64

Absaufen! Absaufen!

Magnus wartete, bis sich die Schritte von seiner Zelle entfernt hatten. So regelmäßig, wie der Schließer draußen die Runde drehte, würde er erst in zehn Minuten wieder an seiner Tür vorbeikommen. Das sollte reichen.

Er stellte sich auf den Hocker und knüpfte das provisorische Seil oben an die Querstange des Fenstergitters. Der Rest langte nicht mehr für eine Schlinge, ein Knoten um den Hals musste reichen. So könnte es länger dauern, aber er war bereit dazu, wenn nur alles bald vorbei wäre.

Vielleicht würde er Nina wirklich wiedersehen?

Magnus hatte sich nie viele Gedanken um Gott und ein Leben nach dem Tod gemacht und bezeichnete sich immer gerne als Agnostiker aus Mangel an Beweisen. Bald würde er mehr wissen.

Oder eben nicht.

Er stellte sich auf die Zehenspitzen, um möglichst viel vom Seil übrig zu haben, legte es sich um den Hals und knotete es mit beiden Händen im Nacken fest. Ein letzter Moment der Einhalt, dann stieß er den Hocker um.

Er fiel.

Ein Ruck – nicht hart genug.

Der Hals wollte nicht brechen. Damit war auch nicht zu rechnen gewesen. Die Beine strampelten in der Luft, ein Reflex, er konnte nichts dagegen tun. Der raue Stoff der Anstaltshose scheuerte durch die Schaukelei den Hals auf, der Kehlkopf wurde mit brutaler Gewalt nach innen gedrückt.

Was für eine beschissene Art zu sterben.

Tausend Gedanken – wie ein Gewitter im Kopf –, was er Schreckliches getan haben soll, obwohl er sich an nichts erinnern konnte.

Gedanken an Nina und die Gespräche, die er mit ihr durch die Schlafzimmertür geführt hatte, Wochen und Monate nach ihrem Tod.

An das letzte Gespräch mit ihr.

Ein Telefonat, was Neues.

Die Stimme am anderen Ende hatte irgendwie wie Nina geklungen und gleichzeitig auch nicht.

Nun tanzten schwarze Punkte vor seinen Augen. Dann überkam ihn eine Gänsehaut am ganzen Körper und schließlich der Drang, urinieren zu müssen.

Irgendwoher kannte er diese Stimme …

Marie! Natürlich, das war Marie gewesen! Sie hatte sich zwar Mühe gegeben, wie ihre Schwester zu klingen, aber trotzdem …

Marie ist aus Fleisch und Blut.

Sie hasst mich.

Der Anruf war real, keine Einbildung.

Sie hatte ihn zum Tatort gelockt.

Eine Falle!

Das musste Pia erfahren.

Seine Hände wollten zum Knoten, doch wie? Er hatte keine Kontrolle mehr über seinen Körper, kein Gefühl in den Armen. Nutz- und kraftlos wie zwei Sandschläuche baumelten sie schlaff an ihm herunter.

Schreien?

Der Kehlkopf war Brei und nicht mehr dort, wo er hingehörte.

Sollte es so enden?

Wärme durchflutete Magnus' Körper und ließ den Schmerz vergessen. In den Ohren ein Pfeifen, der Blick trübte sich. Plötzlich fühlte sich Magnus von allem befreit.

Ja, so endete es wohl.

Er war bereit.

Nina …

65

 # Dieser ekelhafte Menschenmüll gibt den Anlass, sich ins Auto zsetzen und vollgass zu geben. Etwas anderes verstehen diese Kreaturen nicht.

Egal, wie es ausginge, zumindest Magnus wäre rehabilitiert. Ein schwacher Trost zwar, aber immerhin. Das war ihm Pia schuldig.

»Schau dir an, was du angerichtet hast, Miststück!« Escher griff ihr mit der freien Hand ins Haar und schob ihren Oberkörper durchs Fenster. Mit den auf dem Rücken gebundenen Händen hatte Pia Mühe, das Gleichgewicht zu halten. Der Weg nach unten war weit – fünf Stockwerke, mit dem Kopf voran. Keine Chance, das zu überleben.

Die hatte sie aber auch nicht hier oben in Eschers Gewalt, was mit jedem ihrer Worte deutlicher wurde. »Diesen ganzen Scheiß habe ich nur dir zu verdanken. Dein Chef hatte den Fall doch schon abgeschlossen, warum musstest du alles kaputtmachen? Wie bist du überhaupt auf mich gekommen?«

»Magnus' AB. Da war ein Anruf drauf, von einer Frau, heute Morgen. Keine imaginäre Frau, sondern eine echte, angeblich seine Nina. Mein Chef wollte nichts davon wissen und meinte, Magnus hätte getrickst. Deshalb habe ich mich noch mal alleine drangesetzt und bin auf dich gestoßen.«

»Ein Anrufbeantworter? Der muss neu sein, verdammt!« Escher spuckte vor sich aus. »Na ja, jedenfalls herzlichen Glückwunsch! Du hast den Fall gelöst. Dumm nur, dass dieser Geistesblitz auch dein letzter war!«

»Frau Escher, darf ich hochkommen? Lassen Sie uns bereden, wie wir diese Situation möglichst friedlich lösen können. Noch ist ja nicht viel passiert!«, rief Gieger von der Straße herauf.

»Nicht viel passiert? Soll das ein Witz sein? Ich habe vier Menschen getötet und das wissen Sie ganz genau. Warum sonst würde ich das hier wohl veranstalten? Nein, Sie bleiben schön unten und wir reden über meine Forderungen!«

Der Kahle schüttelte den Kopf. »Frau Escher, ich glaube, Sie verkennen die Lage. Sie sind nicht in der Position, um Forderungen zu stellen!«

»Ach ja, und was ist mit ihr?« Escher zerrte an Pias Haaren und drückte sie noch weiter über das Fensterbrett hinaus. Einsetzender Regen trommelte auf ihren Hinterkopf. »Glauben Sie etwa, Blondie kann fliegen? Oder ist Sie Ihnen egal?«

Wenn sie mich weiter runterdrückt, wird das nichts.

Ich muss aufrecht neben ihr stehen.

Und es darf nicht mehr lange dauern. Der Notarzt muss noch vor der Tür sein, sonst dauert es zu lange, bis …

»Also, was wollen Sie?« Wieder der Kahle.

»Erst einmal einen Verhandlungsführer, der die Kompetenzen besitzt, meine Forderungen zu erfüllen.«

»Ist schon unterwegs, müsste gleich eintreffen – und um Himmels willen. Lassen Sie die arme Frau nicht die ganze Zeit so gebückt stehen. Nachher passiert noch unabsichtlich ein Unglück!«

Draußen vor der Wohnungstür wurde es lauter, vermutlich halfen sie dem Verwundeten auf, um ihn runterzubringen.

Da ist auch der Notarzt dabei.

Keine Zeit mehr, es noch weiter hinauszuzögern.

Escher verringerte den Druck auf Pias Hinterkopf und sie konnte sich wieder aufrichten. Die Messerspitze drückte immer noch in ihren Hals. Magnus hatte ihr vorgemacht, was ein Hinterkopf im Gesicht des Gegners ausrichten konnte.

Nur leider befand sich das Messer zwischen ihr und Eschers Nasenbein. Pia müsste ihren Kopf auf die Klinge zustoßen, und noch bevor sie Eschers Nase erreicht hätte, wäre das Messer schon in ihren Hals eingedrungen.

Doch das durfte sie nicht davon abhalten.

Die Schlagader ist weiter vorne.

Wird schon schiefgehen.

Die Klinge ist nicht sehr lang.

Vor der Tür ist ein Notarzt.

Alles wird gut.

Mit einem lauten Schrei stieß Pia zu.

Ihr Schädel krachte mit Wucht gegen Eschers Nase. Irgendetwas knackte. Und das Messer fuhr tief in ihren Hals.

Alles schwankte vor ihren Augen. Wie durch dichten Nebel sah sie Escher, die sich entgeistert die Nase hielt.

Die Klinge – verbrennt meinen Hals …

Escher, selbst angeschlagen, taumelte auf Pia zu. »Du bist ja irre, völlig durchgeknallt. Ich … ich mach dich fertig, und wenn es das Letzte ist.«

Der Schuss wie ein Donner. Pia beobachtete nur noch, ohne zu verstehen, was gerade um sie herum geschah. Unten stand der Kahle, Rauchkringel stiegen aus seiner Waffe hoch.

Vor ihr Marie Escher. An der Schulter breitete sich ein roter Fleck aus. Der Einschlag der Kugel hatte sie herumgewirbelt und sie stand jetzt mit dem Rücken zum offenen Fenster.

Sie raste vor Wut.

Irgendetwas in Pia sagte ihr, dass es noch nicht ganz ausgestanden wäre. Das Messer im Hals war im Moment vergessen, pumpendes Adrenalin sorgte für *den* einen lichten Moment, den es jetzt brauchte.

Für Magnus!

Brutal ließ sie ihre Stirn in die blutige Nase vor sich krachen. Wieder dieser überraschte Blick, dann tauchte Escher Kopf nach hinten ab, sank nach unten, war plötzlich nicht mehr zu sehen, stattdessen nur noch die Hüfte, die Füße – bis sie komplett verschwunden war.

Dann schaute Pia auf das gegenüberliegende Haus. Da war nichts mehr, was ihr die Sicht versperrte.

Ein Geräusch von unten wie Eicheln unter Schuhsohlen.

Draußen im Treppenhaus eine männliche Stimme aus einem Funkgerät, dann wurde die Wohnungstür aufgebrochen.

Pias Knie gaben nach.

Bloß nicht auf das Messer fallen!

Sie sah nur noch die Zimmerdecke und schließlich – nichts mehr.

66

Brandrodung. Dann läuft das Gesindel

»Also ich muss schon sagen, die Kleine hat mehr Eier in der Hose als alle meine Männer zusammen.« Diese Stimme wie durch Watte von irgendwoher kam Pia bekannt vor – klar, der Glatzkopf.

»In Kauf zu nehmen, dass ihr die Klinge in den Hals jagt, das ist schon …«

»Ganz schön lebensmüde?«

»Ich meinte eher …«

Die Stimme des anderen kannte Pia nicht. Immer noch mit geschlossenen Augen, versuchte sie ihre Umgebung wahrzunehmen. Sie lag nicht mehr auf dem harten Fußboden, sondern weicher wie auf einer dünnen Matratze. Das musste eine Trage sein. Es waren Menschen um sie herum, die sich um sie kümmerten.

Pia sammelte sich. Selbst das Öffnen der Augen erschien ihr zu anstrengend, und sie wäre am liebsten einfach eingeschlafen. Aber sie musste wissen, was nach ihrem Zusammenbruch geschehen war – ob Escher noch lebte und wie schlimm es sie selbst erwischt hatte.

Langsam öffnete sie die Lider. Grelles, künstliches Licht, als ob sie direkt in einen Scheinwerfer hineinschaute. Augenblicke später zeichneten sich, noch verschwommen, erste Konturen ab. Sie nahm das Innere eines Krankenwagens wahr, neben ihr den Glatzkopf vom SEK und einen jungen Mann, jünger als sie, blond, gut aussehend, wohl der Notarzt.

»Frau Beck, wie fühlen Sie sich?« Mit interessiertem Blick musterte er ihr Gesicht. Ärzte guckten immer interessiert, nie besorgt. Das musste also nichts heißen.

»Schwach, und der Hals tut weh.«

»Wundert Sie das etwa? Jetzt nicht den Kopf bewegen, bitte. Ich bin gerade dabei, Ihnen eine Halskrause zu verpassen.«

Der SEK-Beamte lächelte ihr freundlich zu, bevor er sich verabschiedete, während der Arzt an ihrem Hals herumfummelte.

Die Türen schlossen sich und sie fuhren los – ohne Sirene, also konnte es nicht so schlimm sein.

»Was ist mit dem Messer? Steckt es noch drinnen?«

»Nein, es ist beim Sturz rausgerutscht.«

Pia wollte nicken, doch der Arzt hielt ihren Kopf sanft fest. »Habe ich nicht eben gesagt, Sie sollen den Kopf nicht bewegen?«

Wie früher ihre Mutter. Pia hasste, es, Befehle zu befolgen – auch wenn sie sinnvoll waren.

»Dann kann der Stich ja nicht tief gewesen sein, oder?«

»Die Klinge ist am C5-Wirbel hängengeblieben.«

Pia wurde blass. Sofort bewegte sie die Zehen und ballte ihre Finger zu Fäusten, was der Arzt mit einer gewissen Genugtuung registrierte.

»Genau! Wenn die Klinge zwischen die Wirbel gerutscht wäre …«, er legte eine dramatische Pause ein. »Einen Zentimeter tiefer und Sie wären vom Hals ab gelähmt, einen Zentimeter höher und Sie hätten zusätzlich bis an Ihr Lebensende künstlich beatmet werden müssen. Also, was zum Teufel haben Sie sich dabei gedacht?«

»Sie hätte mich umgebracht, so oder so, ich hab's ihren

Augen angesehen. Und da ich wusste, dass ein Notarzt ganz in der Nähe war …«

»Gelobt sei Ihr Optimismus und besten Dank für Ihr Vertrauen. Aber Sie müssen mir versprechen, so was nie wieder zu machen!« Er grinste sie an.

»Ich kann's nicht versprechen, aber ich werde mich zumindest bemühen«, antworte sie mit einem schiefen Lächeln. »Außerdem meinte ich, dass das Messer an der Stelle nicht viel anrichten würde.«

Der Arzt legte den Kopf schief. »Sind wir etwa Kollegen?« Er wusste genau, dass sie bei der Kripo war.

»Nein«, schon wieder der Versuch, den Kopf zu schütteln. Diesmal verhinderte es die Halskrause. »Aber mein Vater war Mediziner. Wir haben uns oft über seine Arbeit unterhalten.«

»Aber offensichtlich nicht genug. Sonst wüssten Sie, dass sich im Hals neben zwei Schlagadern, der Speise- und Luftröhre und so überflüssigen Dingen wie dem Kehlkopf auch noch die Wirbelkörper befinden. Da bleibt in solch einem zierlichen Exemplar wie dem Ihren nicht mehr viel Platz, wo ein Messer *keinen* Schaden anrichtet.« Er schien jetzt tatsächlich ein wenig verärgert.

»Sie hätte mich getötet, ganz sicher«, erwiderte Pia bestimmt. »Und wie geht es ihr?«

Er schüttelte den Kopf. »Kommissar Gieger meinte, sie wäre sofort tot gewesen. Gut für Sie, Frau Beck, so konnte ich mich voll und ganz Ihnen widmen. Zum Glück war der Schock größer als die eigentliche Verletzung. Deswegen sind Sie auch schon wieder wach.«

Der Rettungswagen kam zum Stehen.

»So, wir sind da. Die Nacht über bleiben Sie im Krankenhaus, dann sieht man weiter.«

Pia wollte noch protestieren. Sie wäre am liebsten sofort zu Magnus ins Untersuchungsgefängnis gefahren, um ihm selbst alles zu berichten und um sich bei ihm zu bedanken. Ohne seine Rettungstat hätte sie Escher nie so überwältigen können. Als sie sich allerdings aufrichten wollte und den stechenden Schmerz im Hals spürte, ließ sie sich widerstandslos von zwei Krankenpflegern aus dem Wagen in die Klinik tragen.

Dann halt morgen. So wäre sie zwar nicht die Erste, die es ihm erzählte, aber egal – es eilte ja nicht.

67

 # Leute ich habe die Schnauze voll all das wird wegen diesen Drecksratten von Ökopissern veranstaltet und der Bürger muss zahlen, Warum rotten wir uns nicht alle zusammen und schlagen diesem Mistpack den Schädel ein und Ruhe ist in H***.***

In ihrem Krankenzimmer wurde Pia mit Applaus empfangen. Mehmet stand dort auf zwei Krücken gestützt und brachte es trotzdem fertig, herzhaft in die Hände zu klatschen. Neben ihm standen Guse und der Rest der Mordkommission. Zumindest Guses Begeisterung hielt sich in Grenzen.

»Das hätte böse ausgehen können, Frau Beck. Einfach so alleine zu einer Tatverdächtigen zu fahren«, wurde Pia dann auch gleich vorwurfsvoll von ihm begrüßt.

»Ich weiß, aber ich sah keine andere Möglichkeit, nachdem Sie mich abgewimmelt haben.« Diplomatie war gestern, Pia sprach jetzt Klartext, und das vor versammelter Mannschaft.

»Abgewimmelt?« Guses Tonlage driftete eine Oktave nach oben. »Ich möchte mir doch diese Ausdrucksweise verbieten. Sie haben eigenmächtig …«

»Ja, was habe ich gemacht? Eigenmächtig die wahre Täterin gefunden, nachdem Sie *Ihren* Mörder schon hatten? Richtig, das habe ich gemacht. Dank mir konnte der Fall aufgeklärt und ein Unschuldiger rehabilitiert werden. Und wissen Sie was, *Herr* Guse? Ich bin stolz drauf!«

»Das wird noch Folgen für Sie haben!«

»Und ich werde einen Bericht schreiben. Sollen sich doch unsere Vorgesetzten den Kopf darüber zerbrechen.«

Mit hochrotem Kopf und ohne ein weiteres Wort zog Guse ab. Seine Leute folgten ihm – bis auf Mehmet.

»Schön, dass du geblieben bist, Lieblingskollege!«

»Was soll ich machen? Auch ich bin Gast in diesem Haus«, sagte er grinsend und hob kurz seine Krücke. »Du bist übrigens der Star im Internet. Ein Nachbar von gegenüber hat deine Aktion am Fenster gefilmt und das Video geht gerade viral.«

»Ziemlich verrückt, was?«

»Auf alle Fälle ziemlich mutig!« Mehmet nickte anerkennend.

»Und, gibt's auch Kommentare dazu?«

»Ja, jede Menge!«

»Positiv?«

Er wog seinen Kopf hin- und her. »Na ja, die meisten schon. Natürlich gibt es auch immer ein paar Armleuchter, die *ganz* anderer Meinung sind. Aber das weißt du ja selbst am besten.« Seine Unterlippe schob sich leicht nach oben, er schien nachzudenken. »Wie hast du es eigentlich fertiggebracht, mir diese Nachricht zu senden? Als der Arzt dich fand, waren deine Hände auf dem Rücken gebunden.«

»Ich habe mir in einem unbeobachteten Moment Eschers Handy geschnappt und dann losgetippt.«

»Einfach so, ohne zu sehen, was du eingibst?«

Pia überlegte. Konnte sie ihn einweihen? Aber wenn nicht ihn, wen dann? Und irgendwie musste es auch raus, sonst würde sie noch platzen – jetzt war eh schon alles egal. »Ich … ich habe ein Problem mit Zahlen, die Psychologen nennen es Arithmomanie. Unter anderem hat man dadurch quasi ein fotografisches Gedächtnis für Zahlen.«

Mehmet schien nicht zu begreifen, was Pia meinte. »Was hat das mit dem Schreiben einer Nachricht zu tun?«

»Kennst du noch die alten Handys – also ich meine keine Smartphones, sondern die Generation davor, wo auf einer Zifferntaste mehrere Buchstaben hinterlegt sind?«

Jetzt ging ihm ein Licht auf. Er lächelte. »Na, das hätte ich in der Schulzeit gut gebrauchen können.«

Wenn Pia dazu in der Lage gewesen wäre, hätte sie heftig den Kopf geschüttelt, so aber blieb ihr nur die Stimme: »Nein, ehrlich, das ist ein Fluch, kein Segen. Weißt du noch, bei diesen Linken, als ich nur unbeteiligt zugesehen habe, wie du angegriffen wurdest?«

Als Mehmet schuldbewusst zu Boden schaute, kam ihr ein Verdacht. »Wusstest du etwa davon?«

»Der Doc hat's mir erzählt.«

»Und du hast es für dich behalten?«, fragte Pia überrascht.

»Ich dachte, wenn du es nicht erzählen willst, sollte ich es auch nicht machen.«

»Ach Mehmet«, Pia war sichtlich gerührt, »so einen Kollegen wie dich gibt es nicht zweimal auf der Welt!«

»Na na, was hör ich da?« Rudolph stand in der Tür, in der Hand einen Blumenstrauß.

»Du kommst mir grade recht«, erwiderte Pia verärgert. »Hatten wir nicht vereinbart, es für uns zu behalten?«

Rudolph wollte gerade ansetzen, als Mehmet ihm ins Wort fiel. »Der Doc hat es mir nur gesagt, damit ich vorbereitet bin, zu unser beider Schutz.«

Rudolph schaute schuldbewusst und nickte.

Eine Weile sagte niemand etwas.

»Und«, unterbrach Pia schließlich die Stille, »weiß Magnus schon Bescheid?«

Beide Männer senkten den Kopf.

MITTWOCH, 18. DEZEMBER

Eine psychiatrische Klinik bei Hannover

Pia hatte alles stehen und liegen lassen, als der Anruf des zuständigen Arztes sie erreicht hatte, dass Magnus aus dem Koma erwacht sei.

Seit über zwei Wochen war sie bereits wieder in Hamburg und ihre Krankmeldung reichte noch bis Neujahr. Irgendetwas Posttraumatisches, wurde ihr gesagt. Pia hatte nicht richtig zugehört und sie drängte auch nicht darauf, sofort wieder in den Dienst zurückzukehren. Julius Fink, der Dienststellenleiter, war vom gleichen Schlag wie Guse. Könnte sie noch einmal unter so einem Chef arbeiten?

Und dann war da ja auch noch Emma Wallmann, ihre direkte Vorgesetzte.

Guse war aufgrund ihres detaillierten Berichts einige Monate früher in den Ruhestand versetzt worden. Pia hoffte, ihm damit nicht auch noch einen Gefallen getan zu haben.

Nein, nicht bei seinem Ego.

Aber selbst wenn, so konnte er wenigstens keinen weiteren Schaden anrichten.

Rudolph hatte es sich auf der Rückfahrt nicht nehmen lassen, selbst zu fahren, Führerscheinentzug hin oder her. »Mit dem Hals lasse ich dich nicht ans Steuer«, hatte er gesagt, und es war ihr in dem Moment auch egal gewesen.

Sie hatte oft an Magnus denken müssen. Wenn der Vollzugsbeamte nicht durch das Geräusch des umfallenden Stuhls aufmerksam geworden wäre, würde es keinen Magnus Grimm mehr geben. Als sie damals auf dem Weg zurück nach Hamburg gewesen war, hatte er noch im Koma gelegen und kein Arzt sagen können, ob er jemals wieder aufwachen würde.

Nun allerdings war es so weit – und Pia wollte unbedingt sehen, wie es ihm ging.

Vor der Klinik waren noch einige Parkplätze frei, worüber sie froh war. So musste sie nicht rückwärts einparken, wobei der Hals ihr immer noch Probleme bereitete.

Der Empfang durch den Arzt Dr. Wohlfeil war herzlich – ein freundlicher älterer Herr, zu dem man gleich Vertrauen fassen konnte. Und das war gut so, denn sie hatte auch noch ein persönliches Anliegen mit ihm zu besprechen.

In erster Linie ging es ihr aber um Magnus.

Das Besprechungszimmer hätte aus einem Hollywood-Klassiker sein können. Es war geräumig und durch die hohen Altbaufenster lichtgeflutet. Unzählige Bücher standen ringsum in Regalen, nahezu ausschließlich gebundene Ausgaben. Und natürlich durfte auch ein menschlicher Schädel nicht fehlen, der allerdings mehr als Bücherstütze denn medizinischen Zwecken zu dienen schien.

»Und, Herr Doktor, wie geht es ihm?«

Dr. Wohlfeil lehnte sich zurück, legte die Hände zusammen und tippte die Daumen gegeneinander. »Organisch scheint sein Gehirn durch die Strangulation keinen Schaden genommen zu haben, was wohl hauptsächlich dem Umstand geschuldet ist, dass er mit seinem selbst gebastelten Seil keine richtige Schlinge knüpfen konnte. Wenn es sich durch sein Körpergewicht noch zugezogen hätte, wäre er vermutlich im Gefängnis gestorben.«

»Organisch ist also alles okay! Und sonst?«

Der Doktor hielt kurz inne, schaute dann durch seine

goldgeränderte Brille zu Pia, bevor er begann: »Wissen Sie, Frau Beck, es gibt nichts Faszinierendes als die menschliche Psyche mit ihren Schutzmechanismen. Das Gehirn ist dafür konzipiert, Konflikte zu lösen – notfalls auch mit sich selbst. So liegt der Fall bei Herrn Grimm. Qualvolle Selbstvorwürfe in Verbindung mit einer Vorbelastung der Psyche, dessen Ursache in seiner Kindheit liegt und die jetzt und hier nicht erörtert werden muss, sorgten dafür, dass er in seiner eigenen Welt die Ehefrau wieder zum Leben erweckt hat. Somit wurden die Schuldzuweisungen an sich selbst obsolet und er konnte wieder ein halbwegs normales Leben führen. Nur …«, Wohlfeil hob vielsagend den Zeigefinger, »… ist solch ein Prozess nicht einfach wieder umkehrbar. Herr Grimm ist nun seit drei Tagen ansprechbar.«

»Aber ich dachte, er wäre gerade erst aus dem Koma erwacht?«

»Nein, Frau Beck, aber ich hätte Sie nicht früher zu ihm lassen können. Jedenfalls hat sich in den letzten Tagen herausgestellt, dass Sie wohl seine einzige Bezugsperson sind. Eigentlich spricht er nur von Ihnen und seiner Frau Nina.«

Pia war überrascht. »Aber ich hatte nur ein paar Tage mit ihm zu tun.«

»Dann haben Sie wohl großen Eindruck auf ihn gemacht.« Der Doktor löste sich aus seiner zurückgelehnten Komforthaltung und stützte die Hände auf dem Schreibtisch ab. »Worauf ich hinauswill: Ich glaube, mit Ihrer Unterstützung könnten wir ihn von seiner Schimäre befreien.«

Pia war sich nicht sicher, ob sie das wollte. »Wäre das nicht sehr schmerzlich für ihn?«

Der Arzt nickte. »Sicherlich, zu Anfang schon. Aber

immer noch besser, als lebenslang unter einem pathologischen Realitätsverlust zu leiden. Also, was meinen Sie, Frau Beck?«

Pia überlegte lang, sehr lang, sogar für ihre Verhältnisse. »Sie unterliegen doch der ärztlichen Schweigepflicht, oder?«

Dr. Wohlfeil legte die Stirn kraus. »Ja?« Eine Frage, keine Antwort.

Pia zögerte noch einen Moment, sollte sie ihn wirklich einweihen – und um Hilfe bitten?

Ja – sollte ich.

Also los, raus damit!

»Wenn ich Ihnen bei Ihrer Arbeit behilflich sein sollte, müssten Sie sich dafür revanchieren. Ich selbst hätte da auch noch ein kleines Problem!«

Schade, dass ihr Vater das nicht hören konnte.

Er wäre stolz auf sie.

Nachruf

Eva Hereld

Juni 1932 – Mai 2022

Wir werden Dich nie vergessen.

Peter Hereld wurde 1963 in Hildesheim geboren. Nach dem Abitur und einer kaufmännischen Ausbildung folgten Jahre gefüllt mit diversen Tätigkeiten und als selbstständiger Kaufmann. Er arbeitete unter anderem als Redakteur beim Fernsehsender H1, bei der Hildesheimer TV-Produktion Fernflimmern und seit 2006 in einem hannoverschen Werbeunternehmen. Nicht nur dort, sondern auch für andere Unternehmen produzierte er Werbefilme.

»Ich bin als Kurzfilmer irgendwann an den Punkt geraten, an dem sich meine Ideen nicht mehr in die Tat umsetzen ließen. Ein guter Freund meinte, bring sie doch zu Papier.« Seitdem schreibt er, so viel und solange er Zeit dafür findet. Inzwischen sind sieben Romane erschienen. Zuletzt hat er mit den beiden Thrillern »Der Belarus-Deal« und „Herr der Drohnen" sein Lesepublikum begeistert. In seinem neuen Roman »Hashtag – Eine Nachricht für dich« ermittelt Pia Beck begleitet vom Gerichtsmediziner Dr. Paul Rudolph.

Peter Hereld ist Mitglied bei den Hildesheimlichen Autoren.

Als ich mich umdrehte, stand sie plötzlich vor mir.
Wie ein Geist, aber doch ganz aus Fleisch und Blut.
Unversehrt und mit ihrem süßesten Lächeln im Gesicht.

Alexander ‚Lex' Caviazel lebt nach einem Motto: Alles oder nichts! Der mittelmäßig erfolgreiche Surf-Profi träumt seit Jahren davon, sich in der Weltspitze zu etablieren. Auf der Rückfahrt nach einem Weltcuprennen vom Gardasee nach Köln streikt der Motor seines gelben Bullis. Notdürftig repariert, aber unter der Bedingung, dass der Motor nicht mehr abgestellt werden dürfe, fährt er los.

Bei einem Tankstopp mit laufendem Motor wird plötzlich die Beifahrertür aufgerissen. Die wortgewandte und attraktive Liechtensteinerin Marie bittet ihn darum, sie ein Stück mitzunehmen. Gemeinsam setzen sie ihre Fahrt fort.

Doch schon bald lässt Marie die Maske fallen und klärt Lex über ihre wahre Identität und ihren Daten-Diebstahl in einer Liechtensteiner Bank auf. Sie hat einen USB-Stick entwendet, auf dem sich die Daten von über dreißigtausend Steuersündern befinden, mit dem sie einen groß angelegten Coup geplant hat.

Es beginnt eine scheinbar ausweglose Odyssee kreuz und quer durch Europa, immer auf der Flucht vor einer Meute internationaler Polizisten und brutalen Gangstern. Die beiden kommen sich näher und nach einer waghalsigen Überfahrt auf einem Containerschiff nach Montevideo beginnen Marie und Lex gemeinsam, die betroffenen Steuersünder um hohe Geldbeträge zu erpressen. Auf vermeintlich sicherem Boden agierend wächst ihr Vermögen in astronomische Höhe. Aber dann geschieht das Unaussprechliche und Lex verliert sich in einer ambivalenten Mischung aus Wut und Trauer …

1943: Peter Heuer, deutschstämmiger Kommandant des US-Navy Geleit-Zerstörers *USS Ellwood*, erhält einen gefährlichen Auftrag. Beim Kampf gegen Nazideutschland und dessen Gräueltaten wird er von seinem langjährigen Freund Alexander „Aki" Smith, Captain der US-Navy, für eine Spionagemission des amerikanischen Geheimdienstes angeworben. Es gilt, die Lage und Einsatzfähigkeit einer militärischen Versuchsanstalt an der Kieler Förde ausfindig zu machen, auf der die Nazis eine neuartige Schiffsabwehrrakete mit dem Namen „Thors Hammer" erproben. Dieses innovative Waffensystem soll die geplante Invasion der Alliierten in der Normandie aufhalten. Bald landen Heuer und Smith per Fallschirm an der Ostseeküste und treffen dort Gräfin Dorothea von Zwiewitz, Spionin des britischen Geheimdienstes. Peter und Dorothea kennen sich seit Jugendtagen und verlieben sich ineinander, als der gefährliche Auftrag beginnt. Als die Mission fast schon gelungen scheint, kommt es zu einem dramatischen Showdown. Wird es Heuer, der Gräfin und Smith gemeinsam gelingen, dem SS-Hauptsturmführer Bodo von Schwentau zu entkommen?

Während der Mission erinnert sich Heuer an die zahlreichen Abenteuer, die er bereits auf See erlebt hat. Temporeich und voll überraschender Wendungen erzählt Jörg Rönnau vom Schicksal eines Mannes, der das Leben auf See liebt, und liefert damit ein spannendes Kaleidoskop der Seefahrt der ersten Jahrzehnte des 20. Jahrhunderts.

maximum-verlag.de
/MaximumVerlag
@maximumverlag